옥상
생태텃밭
가꾸기

옥상 생태텃밭 가꾸기

펴 낸 날   2017년 7월 10일

지 은 이   이계묵
펴 낸 이   최지숙
편집주간   이기성
편집팀장   이윤숙
기획편집   장일규, 윤일란, 허나리
표지디자인   장일규
책임마케팅   하철민
펴 낸 곳   도서출판 생각나눔
출판등록   제 2008-000008호
주   소   서울 마포구 동교로 18길 41, 한경빌딩 2층
전   화   02-325-5100
팩   스   02-325-5101
홈페이지   www.생각나눔.kr
이 메 일   bookmain@think-book.com

• 책값은 표지 뒷면에 표기되어 있습니다.
ISBN 978-89-6489-731-7 (03810)

• 이 도서의 국립중앙도서관 출판 시 도서목록(CIP)은 서지정보유통지원시스템 홈페이지
(http://seoji.nl.go.kr)와 국가자료공동목록시스템(http://www.nl.go.kr/kolisnet)에서
이용하실 수 있습니다(CIP제어번호: CIP2017014736).

환경 살리는 빈 그릇 운동

옥상
생태텃밭
가꾸기

이계묵 지음

생각나눔

　여여법당(필자의 집) 옥상 생태 텃밭에는 1999년부터 친환경 순환식 유기 농법으로 채소 농사를 지어서 먹습니다. 도시 옥상에 텃밭을 만들어 채소를 가꾸는 것은 첫째가 자연 생태 환경을 살리자는 취지에서 출발한 것이고, 가정마다 나오는 음식물 쓰레기를 제로로 줄이는 데 목적이 있습니다. 우리나라 음식물 쓰레기 통계를 보면 5조 4,000억이라는 엄청난 비용이 낭비된다는 보고입니다. 가정마다 도시 옥상에 생태텃밭을 만들면 옥상 텃밭에 흙을 파고 가정마다 나오는 음식물 찌꺼기를 묻어두면 지렁이나 미생물들의 먹이가 되어서 20일 정도면 퇴비로 변하게 됩니다. 음식물을 이렇게 집집이 처리하게 되면 자연 생태적 순환식으로, 음식물 쓰레기가 훌륭한 채소 퇴비가 되어서 채소를 키우면 사람들의 먹거리로 순환을 하게 됩니다. 도시 옥상에 생태텃밭을 만들면 도시 옥상이 농촌 전원과 다름이 없습니다. 삭막한 콘크리트 건물 위에서 각종 유실수와 관상용 꽃나무와 곡식 채소가 자라기 때문에 그대로 시골 전원 풍경을 볼 수가 있고, 계절별로 피는 꽃에 벌과 나비가 찾아오는 것을 볼 수가 있습니다.

여름에는 감나무에 매미도 날아와서 울어댑니다. 옥상 생태 텃밭은 건물 안쪽 가장자리로 빙 둘러서 1m 정도로 마사토로 흙을 채워서 만든 텃밭입니다. 지심이 1m 정도 깊기 때문에 음식물이 나오면 구덩이를 파서 묻고 빙 돌아가면서 퇴비를 만들 수가 있습니다. 텃밭 한복판에는 정자를 지어놓아서 봄부터 늦가을까지 가족들 휴식 공간으로 활용을 하게 됩니다. 옥상 바닥 빈자리에는 여름에는 비치 파라솔과 의자를 갖다 놓으면 무더운 여름 각종 채소가 자라는 시골 전원 풍광을 볼 수가 있게 됩니다.

도시건물 옥상 공간을 이렇게 생태 텃밭으로 활용을 하게 되면 일석삼조(一石三鳥)의 효과를 볼 수가 있어서 좋습니다. 옥상 텃밭을 생태 텃밭이라고 한 뜻은 자연 생명 생물이 텃밭에서 꿈틀대고 생존하기 때문에 그렇습니다.

꽃이 피면 벌과 나비가 날아오고, 거미는 나무나 꽃 사이에 거미줄을 쳐서 생존을 하게 되고, 땅속에는 많은 생명체가 살기 때문에 그렇습니다.

옥상 생태 텃밭을 만들면 첫째가 음식물 쓰레기를 줄일 수가 있고, 채소 먹거리를 직접 가꾸어 먹기 때문에 경제적으로도 도움이 되고, 무농약 유기 농법으로 직접 농사를 지어서 먹기 때문에 농약으로부터 해방

될 수가 있어서 건강상 좋습니다. 그리고 녹지가 조성되어서 신선한 공기를 마시게 됩니다. 이렇게 일석삼조의 옥상 생태텃밭을 여러분들께서도 활용하여 보십시오.

  환경을 살리는 빈 그릇 운동, 『옥상 생태 텃밭 가꾸기』를 18년 산고 끝에 출판하게 된 것은 산파역을 맡아주신 도서출판 생각나눔 최지숙 사장님과 편집주간 이기성 님, 기획편집 장일규 님, 윤일란 님, 허나리 님의 노고의 덕분입니다. 생각나눔 출판사 여러분께 저자로서 감사의 말씀을 올립니다.

  『옥상 생태 텃밭 가꾸기』를 많은 분들이 읽고 하나뿐인 지구 환경을 살리는 데 동참한다면 출판의 의미는 크다고 봅니다. 『옥상 텃밭 가꾸기』의 산파역을 맡아주신 생각나눔 출판사 여러분! 수고 많으셨습니다. 그리고 고맙습니다.

노고산방에서 이계묵 화옹거사 합장. __()__

심우정 정자

심우정자 후면

심우정 풍경

옥상생태 텃밭 장독

옥상 생태 텃밭 봄 철쭉꽃 만발

옥상 생태 텃밭 겨울 설경雪景

옥상 생태 텃밭 겨울 동백 만발

홍매 만발

현관에 있는 쥐똥나무 향이 진동

옥상 계단에 핀 꽃

옥상 생태 텃밭에 핀 호박 꽃, 백일홍 꽃

옥상 생태 텃밭 계단 화분에 핀 자스민꽃

옥상 생태 텃밭 봄 진달래꽃 만발

옥상 생태 텃밭 계단 화분 천리향 나무

옥상 생태 텃밭에 핀 호박꽃, 접시꽃, 부추꽃, 풀 송이 꽃

옥상 생태 텃밭에 핀 달맞이꽃. 방아나무 꽃

옥상 생태 텃밭과 심우정자

옥상 생태 텃밭 고추나무 성장 사진

옥상 생태 텃밭 호박 배향초(방아나무)에 벌과 나비

차
례

옥상 생태 텃밭 가꾸기

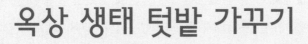

환경 살리는 빈 그릇 운동

1. 옥상 생태 밭 파 수확 소식

오늘 아침 기온 체감 온도는 영하 날씨입니다. 그래서 아침 식사를 마치고, 바로 생태 텃밭에 나가서 9월 중순에 심었던 파를 수확했더니, 이렇게 큰 양은그릇 가득하게 수확을 했습니다. 생태 텃밭도 관리를 해야 합니다. 농사짓는 것과 똑같습니다. 그냥 대충 해서는 별 볼일이 없습니다. 오늘 파 수확을 하다 보니, 느끼는 것이 많습니다. 똑같은 날 똑같은 파 종자를 심었는데, 사진에 본 파가 확연하게 차이가 납니다. 왜 이렇게 차이가 날까 곰곰이 살펴보았더니, 파가 심어진 토양 조건과 연관이 있는 것을 알았습니다. 똑같은 토양이지만 퇴비 밑거름이 충분하면 좋은 파가 생산되고, 퇴비가 충분하지 못하면 이렇게 작은 파가 나옵니다. 식물인 파도 조건(토양)이 좋은 곳에서는 마음껏 뿌리를 내려서 좋은 음식 먹거리가 된다는 사실을 오늘 파 수확을 하면서 새삼 배우게 됩니다. 왜 이런 말을 하느냐 하면 앞으로 대통령을 뽑는 선거일이 얼마 남지 않았기 때문입니다. 우리나라는 민주주의 나라입니다.

파 농사 수확 사진

민주주의는 국민이 주인이라는 것 아닙니까? 제도만 민주주의면 뭐합니까? 주인이 주인 노릇을 해야 합니다. 국민의 의식이 깨어나야 합니다. 주인이 노릇 못하니까 머슴들이 설치고, 허구한 날 파당만 짓고, 좌다, 우다, 이념논쟁이나 일삼고 있습니다. 한심

한 작태 아닙니까? 정치라는 것도 파 농사와 같다고 봅니다. 잘못 뽑아 놓으면 똑같은 파 종자라도 이렇게 차이가 나는 파가 됩니다. 대한민국 국민 여러분! 페이스북 친구(이하 페친으로 표기함) 여러분! 여러분은 주인입니다. 호남이다, 영남이다, 좌파다, 우파다, 국민을 분열시키고, 이념논쟁이나 일삼는 그런 정치인(머슴)은 뽑지를 말아야 합니다. 국민의 의식이 깨어나야 나라가 바로 섭니다. 파 농사 지은 생태 텃밭에서 큰 파와 작은 파를 보고 한 말씀 올렸습니다.

2. 옥상 생태 텃밭 소식

옥상 생태 텃밭은 일석삼조(一石三鳥)의 효용 가치가 있습니다. 그냥 방치한 도시 옥상을 활용하여 생태 텃밭을 만들어서 음식물 쓰레기를 퇴비로 만들어 친환경 유기 농법으로 모든 먹거리 채소를 심어서 먹을 수가 있어서 좋고, 음식물 찌꺼기를 줄일 수가 있어서 좋고, 생태 텃밭에 비치 파라솔 하나만 놓아도 가족들의 옥상 쉼터가 되고, 꽃나무와 유실수를 심어 놓으면 옥상 생태 정원이 됩니다. 필자는 1999년부터 옥상 생태 텃밭을 만들어서 지금까지 먹거리 채소들을 직접 심어서 먹고 있습니다. 우리나라 1년 음식물 쓰레기 낭비액이 5조 4천억이라고 합니다. 버리는 음식물 낭비액이 5조 원이고, 그 음식물 쓰레기 처리 비용이 4천억 원이라고 합니다. 무언가 잘못된 것 아닙니까? 우리나라 보릿고개 넘긴 지 얼마나 됩니까? 음식물 낭비는 죄악입니다.

필자의 집에서는 식탁 밥상부터 일식(一食) 사찬(四饌)으로 절에 스님들 공양하는 식사법으로 식문화를 바꾸었습니다. 밥 한 공기에 반찬은 네 가지로 먹을 만큼만 덜어서 먹습니다. 전혀 음식물이 남지 않게 하기 위해서 그렇게 합니다. 자그마한 옥상 생태 텃밭 가꾸기 문화가 문화 운동으로 확산한다면 하나뿐인 지구도 살리고, 세계 곳곳에서 지금도 기아로 굶어 죽어가는 사람들을 도와준다면 얼마나 좋은 세상이 되겠습니까? 한쪽에서는 배불러 배 터져 죽고, 한쪽에서는 배고파 굶어 죽어간다면 문제가 많습니다. 음식물로 낭비한 5조 4천억만 낭비하지 않고 이웃을 위해 쓰여진다면 우리나라는 선진국 중에 최고의 선진국이 될 것입니다. 겨울에는 땅이 얼기 때문에 오늘 옥상 생태 텃밭에 미리 구덩이를 파놓았습니다. 음식물 찌꺼기를 퇴비로 활용하기 위해서입니다. 페친 여러분들께서도 활용하여 보십시오.

옥상 생태 텃밭에 구덩이를 파서
음식물을 퇴비로 활용함

3. 생태텃밭 황국(黃菊) 소식

가을은 국화의 계절이라고 합니다. 예부터 국화는 시인들에게 많은 사랑을 받은 꽃입니다. 국화꽃을 유난히 사랑한 사람은 중국 시인 도연명이라고 하지 않습니까? 그래서 오늘은 생태 텃밭에 갓 피어난 황국(黃

菊)과 함께 고전 속에 있는 국화꽃 시(詩)를 몇 편 음미할까 합니다. 시
詩는 가을에 읽고 외우는 것이 제맛이 납니다. 낙엽이 지고 찬바람이
불어오는 가을 정취와 詩는 찰떡궁합입니다.

국화
도연명

結廬在人境 초막을 짓고 사람들 속에 살아도

而無車馬喧 말과 수레 소리 시끄럽지 않구나!

問君何能爾 묻노니 어찌 그럴 수 있단 말인가

心遠地自偏 마음이 속세를 떠나면 저절로 그렇다네!

採菊東籬下 동쪽 울타리에서 국화꽃 꺾어들고

悠然見南山 유연히 남산을 바라보니!

山氣日夕佳 산 기운은 황혼에 곱고,

飛鳥相與還 날던 새들은 짝지어 돌아오니!

此中有眞意 이 가운데 참뜻이 있으니,

欲辨已忘言 말하고자 하되 말을 잊었노라

전원생활을 하는 옛 시인의 일상을 한 폭 그림으로 본 듯한 시정이 물
씬 나는 국화 시입니다.

국화꽃 옆에서

서정주

한 송이의 국화꽃을 피우기 위해
봄부터 소쩍새는
그렇게 울었나 보다
한 송이의 국화꽃을 피우기 위해
천둥은 먹구름 속에서
또 그렇게 울었나 보다.
그립고 아쉬움에 가슴 조이던
머 언 먼 젊음의 뒤안길에서
인제는 돌아와 거울 앞에 선
내 누님같이 생긴 꽃이여.
노오 란 네 꽃잎이 피려고
간밤엔 무서리가 저리 내리고
내게는 잠도 오지 않았나 보다.

옥상 생태 텃밭에 핀 황국

가을은 서리와 함께 우리 곁에 피는 꽃이 누런 국화꽃입니다. 옛 시인
들은 이렇듯 국화꽃과 함께 삶을 뒤돌아 보았습니다. 페친 여러분들도
누렇게 피어난 국화꽃과 함께 마음에서 우러나는 시(詩) 한 편씩 읊어
보십시오.

4. 옥상 생태 텃밭 무 시래기 소식

오늘은 일요일이라 여여법당에 글을 올리고 나니, 우리 보살님이 무 잎 시래기를 잔뜩 사가지고 와서 겨울철 된장국 먹거리를 장만해야 한 다고 시래기를 매달라고 야단이어서 사진과 같이 엮어 계단 난간에 이 렇게 매달았습니다. 시래기는 햇볕이 안 드는 그늘에서 말려야 합니다. 한 달 정도면 아주 잘 마릅니다. 시래기와 된장국은 찰떡궁합입니다. 겨 울 내내 먹어도 싫증이 나지 않는 건강식품 중 하나입니다. 무와 시래기 의 영양 분석표를 보니, 시래기에는 비타민 A, C, B1, B, 칼슘 등 풍부 한 영양소가 함유되어 있고, 비타민 C가 10~30mmg 가량 들어 있다고 하며, 특히 무 껍질에는 2.5배가 더 들어있으므로 껍질째 먹는 것이 좋 다고 합니다. 무의 단맛은 포도당과 설탕이 주성분이고, 무의 매운맛 성 분은 항암 효과가 있다고 최근 연구 결과 밝혀진 사실입니다.

무는 전분 분해 효소, 단백질 분해 효소, 지방 분해 효소 등 여러 가지 소화 효소를 함유하고 있고, 특히나 소화 흡수를 촉진한다고 합니다. 소 화가 잘 안 되는 사람은 무밥을 해 먹으면 소화가 아주 잘 됩니다. 민간 요법으로는 무가 기침을 멎게 하는 효능이 있고, 무 시래기는 식이성 섬 유가 많이 있어서 장내 노폐물을 제거하여 대장암을 예방하는데도 아주 좋은 식품임이 밝혀졌습니다. 대장암은 옛날에는 없던 병이었는데, 우리 나라에도 이제는 흔한 병이 되었습니다. 육류중심 서구 식단을 선호하다 보니 그 병폐에서 오는 문제점입니다. 시래기는 뼈를 튼튼하게 하는 비타 민 D가 풍부하기 때문에 멸치와 함께 국을 끓여 먹으면 칼슘 흡수율을 높여준다고 합니다.

건강을 해치게 하는 가공식품은 피하는 것이 좋습니다. 전통적으로 내려오는 우리 식단을 아이들에게도 많이 먹여서 가족의 건강을 챙기는 것이 생활의 지혜가 됩니다. 요새 주위를 보면 변비 있는 분 꽤 많습니다. 시래기는 변비를 없애주는 아주 좋은 식품입니다. 옛말에 쾌식(快食) 쾌변(快便) 쾌면(快眠)이라고 했습니다. 밥 잘 먹는 것도 인생 낙이고, 변 잘 보는 것도 인생 낙이고, 잠 잘 자는 것도 인생삼락(三樂)에 속합니다. 가공식품을 많이 먹으면 인 섭취가 과다해져 칼슘의 흡수를 방해하게 됩니다. 칼슘 섭취가 안되면 골다공증이 필수적으로 옵니다. 시래기가 아무것도 아닌 것 같지만 이렇게 알고 보면 건강 보고 식품입니다. 우리 조상님들의 생활의 지혜가 우리 전통 식단에 듬뿍 들어있습니다. 오늘 전통 시장에 가족 식구 아이들 손잡고 가셔서 무 시래기 사다

무 시래기 엮어 말리기

가 손수 엮어서 말렸다가 금년 겨울 내내 된장국 끓여 잡수십시오. 시래기에는 비타민 C가 귤보다 2배가 많다고 합니다. 콜레스테롤을 낮추는데도 효과가 크다고 하니, 망설이지 마십시오.

5. 끽다거(喫茶去)

오늘은 아침부터 비가 오다 말다 합니다. 이럴 때에는 머리도 무겁고

마음도 날씨 따라 좀 착 가라앉아 무겁습니다. 이럴 때 마시는 차(茶)로는 국화(菊花)차(茶)가 딱 맞습니다. 국화차 효능은 신농 본초학에서 아주 자세하게 언급을 해놓았습니다. 국화차는 성미(性味)를 성(性)은 평무독(平無毒)하고 맛(味)은 달(甘)고 좀 쓰(苦)다고 했습니다. 귀경(歸經)으로 보면 심장(心臟), 간장(肝臟), 담장(膽腸), 위장(胃腸), 대장(大腸), 소장(小腸)으로 들어가는 약입니다. 효능(效能)을 보면 풍열(風熱)을 발산시켜주고, 간(肝)을 진정시켜주며, 눈을 밝게 해준다고 되어 있고, 머리 통증(頭痛)을 없애주며, 눈이 빨갛게 되는 것도 없애주고, 정신을 맑게 해준다고 했습니다.

필자의 집에서는 옥상 생태 텃밭에 황국(黃菊)과 설국(雪菊)을 심어서 꽃 피면 꽃도 관상용으로도 보고, 꽃을 따서 이렇게 차(茶)로도 마시기도 하고, 국화주(菊花酒)를 담아 벗이 오면 주거니 받거니 도담(道談)과 함께 활용을 합니다. 오늘 같이 날씨가 찌푸린 날에는 국화차 한잔 들고 나면 정신이 아주 맑아집니다. 끽다거(喫茶去) 국화차 한잔 드십시오.

옥상생태 텃밭에 핀 황국차(黃菊茶)

6. 끽다거(喫茶去)

페친 여러분

차(茶)나 한잔 듭시다.

커피 아닌 녹차로 한잔 합시다.

녹차는 먹고 나면 입맛이 개운합니다.

잠도 쫓아주고, 머리가 맑아져서 공부하기에 딱 맞은 차입니다.

상쾌한 가을 날씨만큼이나, 정신을 깨어나게 합니다.

옛 성인들이 차를 다 좋아했으니, 차는 군자와 같아 성품이 삿됨이 없다.

古來聖人俱愛茶 茶如君子性無邪

작설차(雀舌茶) 끽다(喫茶) 한잔의 여유

작설차의 애찬사입니다. 차를 오래 마시다 보면 마음이 차(茶)의 성품을 닮아 갑니다. 그러니 어찌 차(茶)를 마시지 않겠습니까? 페친 여러분 건강에도 좋고, 정신 수양에도 좋은 녹차를 많이 드십시오.

7. 국화차 만들기

오늘은 일요일이라 좀 일찍 일어나서 옥상 생태 텃밭에 있는 화분을 춥기 전에 실내로 들여 놓기 위해서 분갈이를 했습니다. 겨울에 한지에 둘 수 없는 화분이 30개나 되다 보니 그것도 보통 쉬운 일이 아닙니다. 밑거름 퇴비를 흙과 함께 분갈이를 하다 보니, 허리도 아프고, 어깨도

목도 뻐근한 것이 쉽지는 않습니다. 이렇게 해놓으면 꽃들은 아름답게 피어 방긋 웃는답니다. 힘든 만큼 꽃들도 보답을 해마다 합니다. 오늘도 네 번째로 서리를 맞고 노랗게 핀 국화꽃을 한 바구니 따서 국화차를 만들기 위해서 이렇게 찜통에 살짝 쪘습니다. 응달에서 10일 정도 말리면 향기로운 국화차가 됩니다. 국화차는 감기에도 좋고, 아토피 피부병에도 좋고, 혈액순환, 불면증에도 아주 좋습니다. 늦기 전에 국화차를 만들어 드세요.

옥상 생태 텃밭에 핀 황국 설국을
살짝 쪄서 국화차를 만들었습니다.

국화차 말리는 사진

8. 저녁 토란국 소식

오늘 저녁은 토란국을 끓이기로 했습니다. 토란은 토연(土蓮)이라고도 합니다. 토란잎이 꼭 연잎 같아서 비가 토란잎에 내리면 젖지 않고 그냥 빗물이 또르르 흘러 내립니다. 그래서 토연土蓮이라고 한 것 같습니다. 토란은 버릴 것이 없는 식물입니다. 알 구근부터 줄기, 잎, 다 먹을 수가 있어서 좋고, 병충해도 없는 무공해 식품입니다. 토란은 당질과 단백질이 아주 풍부한 식품입니다. 감자에 비하면 칼륨이 아주 많습니다. 토란이 건강식품으로 주목받고 있는 이유는 멜라토닌을 함유했기 때문이고, 멜라토닌 성분은 비행기를 타고 멀리 여행을 하다 보면, 시차 관계로 오는 불면증과 피로감을 완화, 해소시켜주며, 토란의 아릿한 맛은 수산화 칼륨 때문인데, 이 성분이 몸의 열을 없애주고, 염증을 소염시키는 작용이 있고, 타박상이나 어깨 저림, 다리가 삐었을 때 토란을 갈아서 밀가루를 섞어 붙이면 효과가 크다고 되어 있습니다.

특히 여름철에 들에서 뱀에 물렸을 때는 응급처치로 토란잎을 부벼서 2, 3장 겹쳐 붙이면 고통이 멎고, 독이 전신에 퍼지는 것을 막아준다고 합니다. 상식적으로 알아두면 위급할 때 사용하면 이런 것도 생활의 지혜가 됩니다. 토란은 원래 열대 아시아가 원산지입니다. 좀 습한 곳에서 잘 자랍니다. 토란의 아릿한 맛을 없애기 위해서는 물에 담가 아릿한 맛을 제거 후에 국을 끓이면 좋습니다. 토란은 들깨가루로 국을 끓이면 맛이 환상적입니다. 맛도 영양도 금상첨화입니다. 토란은 날것으로 먹으면 독이 있으니, 꼭 익혀서 잡수셔야 속이 편안합니다.

토란은 섬유질이 풍부하기 때문에 변비로 고생하시는 분은 아주 좋습니다. 한방에서는 뱃속의 열을 내리게 하고, 위와 장의 운동을 원활하게 해준다고 되어 있습니다. 토란은 콜레스테롤을 저하시키는 효능도 있고, 토

껍질을 깐 토란

란의 미끈거리는 것은 뮤신이란 성분인데, 혈관 속에 들어가면 혈관의 혈류 흐름을 원활하게 하는 작용이 있어서 건강식품으로도 각광을 받고 있는 식품이니, 요새 시장에 가면 토란이 많이 나와 있습니다. 페친님들! 이 가을 토란국으로 건강을 지키십시오.

9. 공양 식탁 차림 단상

오늘 필자의 집 저녁 공양 식탁입니다. 토란국을 저녁에 끓여서 밥과 함께 차린 식탁 차림입니다. 왜 이렇게 식탁까지 공개하느냐 하면 음식물 줄이기 운동을 해볼까 해서입니다. 식탁에 차려진 음식이 좀 색다르지 않습니까? 반찬 그릇이 좀 특색이 있죠. 원형 도자기 그릇에 6분할한 반찬 그릇입니다. 제가 이 그릇을 택한 이유는 사찰에서 스님들 발우 공양을 변형하여 세속에 맞게 응용한 것입니다. 어떻게 하면 음식물을 줄일 수가 있을까 고심하다 보니, 밥그릇은 스테인레스 이중 밥, 국 그릇이고, 찬 그릇은 1食 4饌으로 하려 했으나, 손님이 오면 우리가 먹는 대로 내놓으면 그것도 禮가 아닌 것 같아서 1食 6饌 그릇으로 아예 바꾸어서 한 끼 식구 수대로 먹을 만큼만 찬 그릇에 덜어서 식사를 하면 남은 음식물이 하나도 나오지 않아서 이렇게 했습니다. 작년 우리나라 음식물 낭비액이 5조원이라고 합니다. 처리 비용은 4,000억이고요. 1년에 우리가 버린 음식물이 5조 4,000억이라고 하면 문제가 있지 않습니까?

세계 인구가 64억인데 굶어서 죽거나 기아에 허덕이는 인구가 세계 도처에 널려 있습니다. 지구촌 세상은 이런데 음식물을 함부로 하면 죄가 됩니다. 우리나라가 보릿고개 넘긴 지 얼마나 됩니까? 우리나라도 60, 70년대만 해도 굶기를 밥 먹듯 했습니다. 해서 도시 속에 살지만 옥상에 생태 텃밭을 만들어서 옛날 우리 농사법 유기농으로 채소도 가꾸어 먹고, 과일 껍질과 생활 음식 찌꺼기는 생태 텃밭에 묻어서 퇴비로 활용을 합니다. 우리가 식탁 문화만 바꾸면 음식물은 하나도 나오지 않게 됩니다. 우리나라 국민이 다 식탁 문화를 바꾸어서 버리는 음식물이 없다면 그것이 선진 문화가 아니겠습니까? 필자의 저녁 식탁 공양물은 깻잎 무침, 생도라지 김치, 고사리 무침, 열무김치, 시금치 무침, 된장, 사과, 귤이었습니다. 밥은 보리밥에 토란국이고요. 오늘 저녁도 버리는 음식물은 하나도 나오지 않았습니다. 사찰 스님들 발우 공양을 변형한 식사법이 필자의 식사법입니다. 뜻있는 분들은 한번 시도해 보십시오.

저녁 공양 식탁 1食—羹 6餐食

10. 옥상 생태 텃밭 황국(黃菊) 소식

오늘은 일요일이라 좀 쉬려고 했는데 내일은 음력 9월 초하루라 이것 저것 할 일이 많아서 쉬지도 못하고 옥상 생태 텃밭에 나갔더니, 어제 한 바구니 黃菊을 採菊을 했는데도 또 한 바구니 따서 이번에는 국화차 를 만들었습니다. 반 바구니는 설탕으로 발효를 시키고, 반 바구니는 차 용으로 살짝 쪄서 심우정자(尋牛亭子) 안에 음지에서 말려 놓았습니다. 국화꽃은 따고 나면 새로운 꽃이 만발을 합니다. 향기가 진동을 하니, 벌떼가 아침 일찍부터 이 송이 저 송이로 옮겨 다니면서 부산합니다.

옥상 생태 텃밭에 핀 황국 발효 재료　　　　황국차 찜통에 살짝 찌기 전 사진

11. 옥상생태 텃밭 황국단상

오늘은 아침 일찍부터 경동 과일 시장에 가서 고창에서 올라온 산머 루 5 박스를 사왔습니다. 산머루를 한 1년간 발효시켜서 약용 효소로 쓰기 위해서입니다. 옥상 생태 텃밭에 한창 만발한 황국黃菊을 듬성듬

성 한 바구니 따서 국화주를 한 병 담았습니다. 지기지우(知己之友)나 심우(心友)가 찾아오면 국화주를 마시면서 도담(道談)을 나누기에 꼭 맞는 술이라서 이렇게 준비를 해 둡니다. 황국(黃菊)은 한방(韓方)에서는 감국(甘菊)이라고 합니다. 약성(藥性)을 보면 달고(甘), 쓰(苦)고, 차고(凉) 무독(無毒)이라고 했습니다.

오장육부 귀경(歸經)은 폐(肺)와 간(肝)으로 들어가는 약으로 되어 있습니다. 효능(效能)은 소산풍열(疏散風熱), 청간명목(淸肝明目), 청열해독(淸熱解毒), 평간장(平肝陽),이라고 합니다. 풍열을 흩어주고, 간과 눈을 맑게 해주고, 열을 내리게 하고, 독을 풀어내는 해독 작용을 한다는 약

입니다. 알고 보면 모든 식물이 다 약입니다. 국화차를 마시면 혈기를 좋게 하고, 몸이 가벼워지고, 푹 숙면할 수가 있고, 두통, 감기 예방에도 좋고, 눈을 맑게 하는데도 효능이 있다고 합니다. 황국지절(黃菊之節)을 맞아 한번 활용해 보십시오.

국화주 담기 소주에다가 황국을 담아 놓음

12. 옥상생태 텃밭 가지 말리기

오늘은 가지를 썰어서 건조하기 위해 줄에 꿰어서 옥상 햇볕이 잘 드는 빨랫줄에 걸어 놓았습니다. 말려 놓으면 오래 두고 먹을 수가 있기

때문입니다. 가지는 고혈압에 좋고, 콜레스테롤 제거 효과가 있고, 식욕을 증진시켜주는 작용이 있으며, 식물성 기름으로 요리를 하면 리놀레산과 비타민 E를 많이 섭취할 수가 있어서 좋다는 음식입니다. 가지는 몸을 차게 하는 작용이 있기 때문에 고혈압이나 몸에 열이 많은 사람에게는 좋은 음식이나, 냉증이 심한 사람과 임산부는 좋지 않고, 특히 기침이나 천식이 심한 사람에게는 좋지 않습니다.

생태 텃밭 가지 말리기 사진

13. 카페 개설 소식

페이스북에 글을 올려놓고 보니, 흘러간 물 위에 글을 올려놓는 것과 같아서 다음(daum) 사이트에 여여법당을 4일 전에 개설하였습니다. 부처님 말씀은 좀 차분하게 마음을 가라앉혀서 내면 마음자리로 반조하여 체득하는 것이 수행인지라, 카페법당이 제격이라고 생각이 들어서 그렇게 하였습니다. 개설하자마자 하루 60명씩은 방문을 합니다. 기존 카페는 회원으로 등록을 해야만 카페를 들고 날 수가 있지만 여여법당 카페는 문을 활짝 열어 놓았습니다. 완전 개방형 카페 법당입니다. 방마다 메뉴도 다양하게 꾸며놓았습니다. 페친으로 인연이 되었던 벗님들께서도 시간이 나시면 여여법당(如如法堂) 카페에 들려서 쉬었다 가십시오. 그리고 여기 올려놓은 감나무 사진은 필자의 집 옥상 생태 텃밭의 감나무입니다. 심은 지 5년 만에 딱 5개가 금년에 달려 2개는 따먹고, 남은 3개는 겨울에 까치나 새 밥으로 남겨 놓았습니다. 도시 옥상에 있는 감나무지만 비둘기도 날아오고 참새도 매미도 날아와서 노래하고 갑니다. 그래서 우리 조상님들이 하던 풍습대로 감 3개 까치밥으로 남겨 놓았습니다.

옥상 생태 텃밭의 감나무

14. 고추 장아찌 단상

오늘은 토요일입니다. 날씨가 벌써 영하로 내려가서 겨울임을 실감하게 합니다. 페친 여러분! 감기 조심하십시오. 오늘 소식은 한 달 반 전에 덜 익은 파란 고추를 소금물에 담가놓았던 것을 막 꺼내서 손질을 했더니, 큰 양은그릇으로 하나가 됩니다. 소금에 담가놓았기 때문에 꼭지는 떼어내고, 물러진 것도 가려내고, 파랗고 아싹아싹한 것만 골라서 마늘, 파, 갈치 액젓과 생강도 좀 넣어서 조선간장으로 간을 맞추면 겨울 내내 반찬거리로 최고입니다. 맛은 얼큰한 고추맛이라 아주 일품입니다. 내년에는 페친 여러분들께서도 한번 담아 보십시오.

생태 텃밭 고추 장아찌 담기 사진

15. 첫눈 소식

오늘은 음력 10월 22일, 서울에도 첫눈이 내렸습니다. 필자의 옥상 생태 텃밭에도 하얀 눈이 장독에도 진달래 철쭉나무에도 감나무에도 라일락 꽃나무에도 소복이 내렸습니다. 첫눈이라 그런지 마음이 동심(童心)으로 돌아갑니다. 그런데 도시 생활은 눈이 오면 빙판이 지기 때문에 자기 집 앞은 얼기 전에 빨리 쓸어야 합니다. 그래야 오고 가는 사람들이 넘어지지 않고 안전하게 다닐 수가 있습니다. '얼벗(페친)' 여러분! 자기 집 앞은 자기가 쓸도록 합시다. 아직도 눈 쓸지 않은 분은 지금 바로 나가 눈을 쓸어내십시오. 방금 나도 내 집 앞 골목을 깨끗하게 쓸고 들어왔습니다. 혹 출타하실 때는 조심조심 걸어가십시오. 빙판에서 넘어지면 나이 드신 분들은 골절하게 됩니다. 조심조심하십시오.

장독대 첫눈

16. 감식초 담기 단상

오늘은 아침부터 눈이 조금씩 내려서 첫눈이 다 녹지 않은 위를 덮어서 길이 빙판이 되어서 아주 미끄럽습니다. 오늘 같은 날 출타할 때는 조심조심 걸어야 합니다. 넘어지기라도 하면 나이와 상관없이 크게 다칩니다. 오늘 필자의 집에서는 감식초를 담았습니다. 보름 전에 사온 먹감을 홍시가 되도록 놔뒀다가 꼭지를 뽑으면 바로 뽑힐 정도로 익은 감을 김장 담는 비닐봉지에 넣어서 잘 밀봉을 해서 1년간 두면 아주 맛있는 감식초가 됩니다. 감식초는 몸에 아주 좋습니다.

매일 유리컵에 물과 포도 달인 물과 함께 한 잔씩 먹으면 피로가 없어집니다. 특히 감식초가 좋은 것은 제 경험으로 보면 잇몸 염증에 아주 탁월하게 효능이 있습니다. 잇몸에 염증이 있는 분은 감식초를 장기적으로 복용하면 염증이 생기지를 않습니다. 감식초는 다이어트에 좋다고 합니다. 체내에 지방이 합성되는 것을 예방해 주고, 체내에 유입되는 기름진 지방과 나쁜 콜레스테롤의 혈관 내 유입도 분해, 제거하여 성인병을 막아 준다고 합니다. 감식초는 비타민 C가 다량 함유되어 있기 때문에 면역력 강화에 아주 좋고, 특히 혈관계 질환인 고혈압, 동맥경화증에 탁월한 효능이 있는 식품입니다. 사다 먹는 식초보다는 직접 담가 먹는 것도 생활의 지혜입니다. 필자의 집에서는 매년 이렇게 감식초를 담가서 먹습니다. 얼벗(페친) 여러분들께서도 한번 시도해 보십시오.

감식초 담기 사진

17. 동지 서설(冬至 瑞雪)

예부터 동짓날 눈이 내리면 내년에 풍년(豊年)이 든다고 했는데, 오늘 동짓날 눈은 세 번째 내리는 눈입니다. 옥상 생태 텃밭 장독대에도 하얀 눈이 소복이 쌓였습니다. 도시에서는 눈이 내리면 교통이 아주 불편합니다. 땅 위에 눈이 내리면 지기(地氣)가 소통이 되어서 쉽게 녹는데, 콘크리트길은 쉽게 녹지도 않고 아주 미끄럽습니다. 얼벗(페친) 여러분! 자기 집 앞 골목길 눈은 쌓이기 전에 쓸어 냅시다. 나도 방금 눈을 쓸고 왔습니다. 혹 나갈 일이 있으시면 조심조심 다니십시오.

18. 귤(橘) 껍질 활용하는 방법

요즘 겨울철에 제철 과일로 노란 귤을 많이 먹습니다. 그런데 대부분 귤 속만 먹고 껍질은 버립니다. 귤껍질을 한방(韓方)에서는 진피(陳皮)라고 합니다. 이 진피(陳皮) 귤껍질은 아주 다양하게 쓰는 약입니다. 몰라서 그렇지 귤껍질은 오래되면 오래될수록 약 효과가 좋다고 해서 예부터 묵혀두고 씁니다. 오늘부터는 귤껍질 버리지 마시고 말려 두었다가 요긴하게 쓰시면 됩니다.

본초학(本草學)에 보면 진피(陳皮)는 陳皮甘溫順氣功 和脾留白痰取紅이라고 했습니다. 진피는 맛은 달고, 약성은 따뜻하다고 했습니다. 기를 순(順氣)하게 하는데 효력이 있고, 비장(脾臟)을 조화시키는 데는 속 흰 껍질을 함께 쓰고,(留白) 담(痰)약으로 쓸 때는 붉은 껍질만 쓴다고 했습니다. 유백(留白)은 귤껍질 흰 부분까지 쓰는 것이고, 취홍(取紅)은 흰 부분을 긁어내고 쓰는 것을 말합니다. 귤껍질 한 가지만 쓰는 처방이 귤피일물탕(橘皮一物湯)이라고 합니다. 마른 귤껍질 1냥(37.5g)을 새 물로 끓여 먹으면 기(氣)가 맺혀있는 데 효과가 있다고 했습니다. 또 귤껍질이 들어가는 처방으로는 귤피죽여탕(橘皮竹茹湯)이 있습니다. 위(胃)가 약(虛)하고 흉격(胸膈)에 열(熱)로 인해서 복받치는 기침을 하는데 씁니다. 죽여(竹茹) 4돈(15g) 진피(陳皮) 3돈(11.25g) 인삼(人蔘) 2돈(750g) 감초(甘草) 1돈(3.75g) 대추 5개, 생강 3쪽 물로 끓여서 마시면 됩니다. 귤껍질이

먹고 남은 귤껍질 활용법 사진

들어가는 처방은 아주 많습니다. 한약처방은 한의원 원장님들의 고유 권한입니다. 그러니 귤껍질을 말려서 모아두었다가 한의원에 치료받을 때 갖다 주고, 약값 좀 깎아 달라고 하면 일거양득 아닙니까? 왜 이런 말을 하느냐 하면 그냥 버린 귤껍질이 땅에서 3년이 되어야 완전분해가 된다고 하니, 환경을 살리는 데도 일조가 아닙니까? 등산 갔다가 귤껍질 버리지 말고 꼭 집으로 가지고 와서 생 껍질은 가위로 자르면 아주 잘 썰어집니다. 위 사진과 같이 말렸다가 활용하여 보십시오. 환경도 살리고 몸을 치료하는 약초로 활용하시면 일거삼득입니다.

19. 계사년(癸巳年) 새해 아침 소식

새해 첫날 서설(瑞雪)이 내려서 온 세상이 하얀 옷을 입었습니다. 필자의 집에도 사진과 같이 온통 눈이 쌓였습니다. 밤과 새벽에 내린 눈이라, 집 앞에 나가 보니, 눈이 소복이 쌓여서 엊그제 내린 눈과 함께 얼어붙어 제설 작업에 1시간을 꼬박 들였으나, 녹아있는 눈은 다 치우지 못하고, 다니는데 불편하지 않게는 치워 놓았습니다. 도시 생활을 하다 보니, 이웃 인심을 알 수가 있습니다. 눈이 와서 골목에 쌓여도 자기 집 대문 앞도 치우지 않는 분들이 아주 많습니다. 서로 돕고 사는 것이 우리 옛 풍습인데, 그런 인심을 이제는 찾아보기가 쉽지가 않아서 아쉬울 뿐입니다. 오늘은 새해 첫날이라 심우정(尋牛亭) 주련(柱聯) 게송(偈頌)을 소개할까 합니다. 선문염송(禪門拈頌)에 보면 부처님이 보리수 아래에서 아침 샛별을 보고 깨달음을 이룬 것을 종색선사(宗賾禪師)께서 읊어놓은 게송입니다.

한번
샛별보고 꿈에서 깨어나니,
천년 묵은 복숭아씨에서 매화가 크는구나!
비록 그렇기는 하나!
국 맛을 맞출 수는 없어도,
일찍이 조조 장수가 병사들의 갈증은 멎게 했다.
一見明星夢便廻 千年桃核長靑梅
雖然不是調羹味 曾與將軍止渴來,
(見明星悟道, 宗賾禪師頌)

계사년 새해 원단 선물 게송입니다.

옥상 생태 텃밭 장독대 계사년 설날 서설瑞雪

20. 물고구마 점심 공양 소식

오늘은 점심 공양은 물고구마로 한 끼를 때웠습니다. 이 물고구마는 아는 지인들께서 손수 농사를 지어서 보내주신 아주 귀한 공양물입니다. 보관에 아주 신경을 썼는데, 반은 썩었습니다. 씻어서 썩은 곳은 발라내고, 물 붓고 푹 쪘더니, 말랑말랑하게 아주 잘 익어서 꿀맛같이 답니다. 물고구마는 물과 함께 쪄야 제맛이 납니다. 이 물고구마만 보면 옛날 보릿고개 춘궁기 시절 생각이 새록새록 납니다. 그때는 절대적 빈곤 시대라, 겨울철 4개월은 멀건 김치죽과 이 물고구마가 주식이었습니다. 그때는 하얀 쌀밥은 잘 사는 집에서 나 먹었지 않습니까? 섣달 이맘때쯤 이면 전 농가가 양식이 떨어져서 정말 배고픈 시절이었습니다. 그때 그 시절을 망각할까 봐서 이렇게 물고구마 식사로 한 끼를 했습니다.

물고구마 점심 공양 사진

21. 새알 팥죽의 단상!

금년에는 눈이 많이 와서 걷다가 다친 사람들이 아주 많다고 합니다. 나와 평생 도반(道伴)을 맺은 선덕행(禪德行) 보살이 그만 길을 가다가 얼음판에서 넘어져서 20일이 지났는데도 완쾌되지 않아서 고생을 많이 합니다. 뼈를 다쳤으면 병원에 입원해서 치료하면 되는데, 근육 인대가 손상이 되어서 누웠다가 일어나려면 통증을 호소하고, 화장실 가는데도 옆에서 부축을 해야 합니다. 아픈 사람 병(病)간호(看護)하기가 이렇게 어려운 줄은 이번에 처음 깨달았습니다.

밤이고 낮이고 잠도 제대로 자지 못하고 수발을 들어야 하니, 부처님 말씀이 마음에 절절히 와 닿습니다. 인생팔고(人生八苦)에다가 연고(緣苦)가 추가(追加)되었으니 말입니다. 다쳐서 아프다 보니 밥맛 입맛 다 떨어져서 죽도 쑤어주고, 찰밥도 해주고, 우유죽도 해주어 봐도 통 입맛이 없다고 하기에 오늘은 작심(作心)하고 새알 팥죽을 쑤어 보았습니다. 의서(醫書)에 보면 팥의 효능은 다양합니다. 팥죽은 열을 내리게 하고 식욕이 부진할 때 먹으면 식욕이 돌아온다고 해서 사진과 같이 팥죽 한 솥을 쑤었습니다. 팥죽을 잘 끓이는 방법은 팥을 따로 씻어서 푹 삶아 채로 짓이겨서 팥물만 따로 받아 놓고, 찹쌀 1에 멥쌀 3의 비율로 물에 담갔다가 쌀이 불면 떡방앗간에 가서 가루로 빻아다가 뜨거운 물로 반죽을 해서 새알 크기로 만들고, 팥물과 멥쌀 1컵 정도를 미리 끓이다가 팥물이 팔팔 끓게 되면 새알을 함께 넣고 푹 익도록 끓여 줍니다. 이때 주의 할 것은 팥물과 멥쌀 1컵을 미리 끓이면 멥쌀이 밑으로 가라앉게 되는데, 자주 저어주어야 타지 않습니다. 팥물이 팔팔 끓으면 새알을 넣고 더 끓이다 보면 새알은 다 뜨게 됩니다. 처음에는 팥물이 멀겋다가 멥쌀 1컵과 새알이 어우러져서 멥쌀은 뜨고, 새알은 가라앉으면 팥물이 진하게 끓여져서 위로 솟구치게 되면 팥죽이 아주 잘 끓여진 상태가 됩니다.

나도 오늘 처음으로 팥죽을 쑤어봤는데, 끓이다 보니 이제 팥죽 도사

가 다 되었습니다. 한나절 정성을 다 들여서 쑨 죽이라 그런지 입맛 없
다던 선덕행(禪德行) 도반이 2그릇을 먹었습니다. 아픈 사람이 팥죽 2
그릇 먹은 것을 보니, 기분이 이렇게 좋을 수가 없습니다. 아픈 도반 덕
택으로 밥도 해보고, 죽도 쑤어보고, 팥죽도 쑤어보고, 밤낮없이 간병
도 해보아서 사람 사는 공부 이번에 아주 톡톡히 많이 하게 되었습니다.
오늘은 팥죽에 얽긴 이야기였습니다. 페친(얼벗) 여러분! 건강 하십시오.
나이 먹다 보니, 뭐니뭐니해도 건강이 최고입니다.

처음 쑤어본 팥죽 정말 잘 쑤었네요

22. 빙판 절골 병원 진단 단상!

필자의 집 선덕행(禪德行) 도반의 몸이 완쾌가 안 되어서 정형외과에
가서 엑스레이를 찍었는데, 확실치 않아서 MRI까지 찍어야 알 수가 있
다고 해서 MRI를 찍은 결과 12번 뼈가 금이 갔다고 3주 입원을 해야
한다는 진단이 나왔습니다. 20일 전에 넘어져서 다친 타박 증상이라 뼈

에 골절이 가면 쉬지 않고 아픔을 호소하고 한열이 심하여 도저히 참을 수가 없는 것이 골절상 통증인데, 일어설 때 간헐적 통증만 있는 걸로 보면 근육 인대 통증인 것 같아서 집에서 병원까지 2분 거리라 통원치료를 하기로 하고 약국에 처방전대로 약을 받아보니, 약이 한 보따리입니다. 소염제에다 칼슘약에다 골다공증약까지 3개월분입니다. 처방전에 분명히 위장이 약해서 위장약을 먹고 있다고 했는데, 그 독한 약을 먹어낼 수가 있을까 걱정이 태산이입니다. 골다공증약은 1주일에 한번 아침에 일어나자마자 식전에 물 한 컵 마시고, 약 복용 후 또 물 한 컵 마신 후 절대로 눕지 말라고 합니다. 복용 주의 사항이 까다로운 걸로 보아서 눕게 되면 무슨 문제가 생기냐고 물었더니, 식도염이 유발될 수도 있다고 합니다.

나이가 들면 뼈가 약해져서 나이 많은 노인들 대부분이 골다공증 환자라고 합니다. 노인들은 체력이 떨어지다 보니 면역력도 약하고, 오장육부 기능도 약해질 대로 약해진 상태에다 식도염까지 유발하는 골다공증약을 먹어야 하나 선덕행(禪德行) 도반 걱정이 태산입니다. 매일 먹는 음식 같이 순하게 만들 수는 없을까? 왜 양약(洋藥)은 식도염 위장장애까지 일으키는 독한 약을 만들까 의문입니다. 병원에 갔다 왔다고 하니, 걱정 안부 전화가 쉴 사이 없이 옵니다. 같은 증상으로 입원했다가 나온 사람들 이야기와 통원 치료로 경험했던 이야기들을 종합해 보면 위장이 약한 사람은 약만 타다 놓았지 못 먹었다는 이야기가 태반입니다. 이것도 고쳐야 할 문제점 같습니다. 의사가 처방한 것이니, 치료를 하려면 먹어야 하겠지만, 먹다가 부작용이 생기면 안 먹으면 그만이라고 달랬습니다. 오늘 하루 일과를 곰곰이 생각하면서 아프지 않고 사는 방법은 없을까 생각을 해봅니다. 아프지 않고 사는 방법은 평생을 몸과 마음 관리를 철저하게 해야만 건강하게 살 수가 있다고 봅니다. 동양의학은 식약동원(食藥同源)이라고 했습니다. 음식과 약은 근원이 같다고 했습니다. 한방(韓方)에 약(藥)을 보면 나무열매나 뿌리, 잎사귀 등 우리가 식용으로 먹는 음식 먹거리들입니다. 음식을 잘 섭생을 하면 병들지 않고 건강하게 살 수 있다는 지혜가 담겨져 있습니다. 그래서 병원에 갔다 오면서 더덕 2kg를 사다가 더덕 김치를 담아 보았습니다. 한방에서는 더덕을 사삼(沙蔘)이라고 합니다. 사삼(沙蔘)은 도라지과에 속하는 다년생 약초입니다. 약성 효능(藥性)으로 보면 윤폐지해(潤肺止咳) 양위생진(養胃生津)라고 했습니다. 폐열(肺熱)을 내리게 하고, 폐허(肺虛) 폐기(肺氣)를 돕고, 기침 해수(咳嗽)를 그치게 한다고 했습니다. 양위생진은 위기(胃氣)를 돕고 음허(陰虛)로 진액(津液)이 없어서 입이 마르는(口燥症)을 치료해 준다고 되어 있습니다. 우리 도반이 기침 해수기가 있어서, 밤에 기침을 자주 합니다. 기침할 때마다 통증이 나기 때문에 더덕(沙蔘) 김치를 담아 먹을까 해서 사다가 김치를 담았습니다. 더덕 김치 담그는 방법은 더덕 껍질을 까고, 깨끗하게 씻어서 비스듬하게 썰어서 나무절구로 자근자근 찧어주면 양념이 잘 스며들게 됩니다. 더덕 2kg에 양조간장과 멸치 액젓으로 간을 맞추고, 대파 2개를 썰어서 칼로 잘 다져서 흑설탕 5숟갈과 참깨를 넣어서 잘 버무려 주면 사삼(沙蔘) 김치가 사진과 같이 됩니다. 맛도 더덕 향과 함께 어우러져서 아주 깊은 맛이 납니다. 이렇게 음식으로 가지고 있는 지병을 치료할 수 있는 것이 우리 전통 의술과 식이요법입니다. 그래서 오늘부터 더덕 김치를 담아서 삼시세끼 밥 먹을 때마다 반찬으로 먹어서 기침을 멎게 할까 합니다. 그리고 약보다는 음식이니, 뼈에 좋은 칼슘 음식을 많이 섭취할까 합니다. 페친(얼벗) 여러분! 아프지 말고 건강하게 삽시다. 건강을 잃으면 모든 것을 다 잃게 됩니다.

산 더덕(사삼沙蔘) 김치 담기 사진

23. 아침 공양의 단상

일죽(一粥) 사찬(四饌)이 필자의 오늘 아침 공양입니다. 어제 병원 진찰을 받고 온 평생 도반(道伴) 선덕행(禪德行)이 독한 소염진통제와 함께 먹을 수 있도록 멥쌀 죽에다 잣을 갈아서 만든 멥쌀 잣죽입니다. 아침 일찍 일어나서 정성을 들여 만든 죽입니다. 내가 끓인 죽이지만 맛을 살짝 보았더니, 맛이 일품입니다. 독한 약과 함께 먹을 때는 위를 보호하고 소화에 부담이 없게 하기 위해서 그렇습니다. 하얀 죽은 멥쌀 잣죽이고, 팥죽은 지난번에 쑨 남은 팥죽은 내가 먹을 죽입니다. 아픈 사람은 입맛이 까다롭습니다. 페친 여러분께서도 혹 가족이나 아는 분들이 주위에 아프면 이렇게 한번 해 보십시오. 아픈 사람 입장에서는 이렇게 하면 마음에 위안을 받아서 금방 병을 이길 수가 있을 것입니다. 왜 이런 말씀을 들이냐 하면 옛 조사 스님들의 말씀에 도반(道伴)이 반 성불(半成佛)이라고 했습니다. 불교 수행은 혼자만 열심히 한다고 해서 되는 것은 아닙니다. 도반(道伴)을 잘 만나야 마음공부가 훨씬 쉬워집니다. 서로 닥마상성(琢磨相成)하기 때문입니다. 나도 지난 세월 선덕행(禪德行) 도반(道伴)에게 많은 도움의 빚을 졌습니다. 그래서 이번에 그 빚을 아주 다 갚으려고 합니다. 페친(얼벗) 여러분! 오늘도 행복한 하루 되십시오.

24. 점심 공양 단상!

이죽(二粥) 육찬(六饌)이 오늘 점심 공양입니다. 이죽(二粥)은 팥죽과 멥쌀 잣죽을 말합니다. 팥죽은 그제 쑨 죽이고, 멥쌀 잣죽은 아침에 쑨 죽입니다. 식구(食口)가 둘이다 보니, 아무리 작게 장만을 해도 늘 남습니다. 팥죽은 점심 공양으로 다 먹게 됩니다. 오늘 점심 때 육찬(六饌)은 그저께 담근 깍두기와, 묵은 김치, 어제 담근 더덕 김치, 소고기 장조림, 갓 파김치, 감태, 여섯 가지 했습니다. 필자의 집에서는 여섯 분할 사기 그릇에다 찬이 많을 때는 여섯이고, 보통 때는 일식(一食) 사찬(四饌)이 공양 메뉴 전부입니다. 왜 이렇게 먹을 만치만 덜어서 먹느냐 하면 음식을 남기지 않으려고 그럽니다. 우리나라 1년 음식물 쓰레기로 낭비되는

돈이 5조 4,000억이라고 합니다. 엄청난 액수의 음식물이 쓰레기로 버려지고 있습니다. 환경이 큰 문제 아닙니까? 하나뿐인 지구 생태계가 오염되어 환경이 죽어가고 있습니다. 그래서 필자의 집에서는 14년 전부터 옥상에다 생태 텃밭을 만들어서 과일껍질과 남은 음식물을 텃밭 퇴비로 활용하여 먹거리 채소를 손수 가꾸어서 먹고 삽니다. 음식물 쓰레기를 생태 텃밭에 퇴비로 활용하다 보니, 음식물이 전혀 나오지 않아서 음식물 제로 운동이 저절로 되고 있습니다. 음식물 제로 운동은 법륜 스님이 이끌고 있는 불교정토회에서 대대적으로 하고 있습니다. 이렇게 깨어있는 운동은 세계운동으로 확산이 되어서 전 지구촌 운동으로 확대되어야 합니다.

도시 건물 옥상에 생태 텃밭을 만들면 일석삼조의 효과를 봅니다. 음식물 쓰레기 안 나와서 좋고, 채소 먹거리는 유기 농법으로 직접 가꾸어 먹으니, 농약 채소로부터 해방되어서 좋고, 찬거리 살 돈 안 들어서 경제적으로 좋습니다. 작은 일이지만 전 인류가 각자가 깨어있는 의식으로 삶을 성찰하고 실천한다면 우리가 사는 하나뿐인 지구의 생태 환경문제는 엄청나게 좋아질 것입니다. 페친(얼벗) 여러분! 올해부터 생태 텃밭을 만들어서 일석삼조의 행복한 삶을 사시지 않겠습니까? 이 글을 읽는 여러분께 권하고 싶습니다. 점심공양으로 맵쌀 잣죽을 아픈 도반 선덕행

맵쌀 잣죽과 팥죽 이죽 육찬 점심 공양 사진

(禪德行)이 두 그릇 먹었습니다. 이제 차츰 입맛이 살아난 듯합니다. 밥 그릇은 먹고 나면 이렇게 빈 그릇이 됩니다.

25. 입춘(立春) 서설(瑞雪)

오늘은 24절기 중 첫 번째 절기인 입춘절입니다. 어젯밤부터 내린 눈이 자고 나니, 온 세상이 하얗게 은빛 세계가 되었습니다. 필자의 집 옥상 생태 텃밭 장독에도 눈이 소복하게 쌓였습니다. 옛날 동양에서는 농업을 중심으로 하기 때문에 절기를 중요하게 생각했습니다. 5일을 1候라고 하고, 3후가 1氣가 되고, 1년 365일을 12절기와 12중기로 나누어서 24節氣라고 해서 기후의 변화에 따라서 씨앗을 뿌리고 가꾸고 거두어서 자연의 변화에 순응하며 지혜롭게 살았습니다. 입춘 날은 입춘대길(立春大吉) 건양다경(建陽多慶)의 춘방을 써서 대문에 붙였습니다. 입춘에는 크게 좋은 일이 있고, 새해에는 경사스러운 일이 많기를 기원하는 뜻이 있습니다. 올 癸巳년 한해는 온 나라가 태평하고 국민들의 생활이 편안했으면 합니다. 페친(얼벗) 여러분! 새해에는 복 많이 받으십시오.

옥상 생태 텃밭 장독대 입춘 서설瑞雪

26. 입춘(立春) 제설(除雪) 단상(斷想)!

오늘은 24절기 중 첫 번째 절기인 입춘입니다. 눈이 어제 초저녁부터 내려서 밤새 꼬박 내렸기 때문에 도로가 완전히 빙판이 되었습니다. 그래서 아침을 일찍 먹고 동네 골목길을 제설 도구로 3시간 동안 동네 이웃들과 함께 깨끗하게 치웠습니다. 겨울 내내 눈이 많이 내려서 금년에는 눈 위를 걷다가 넘어져서 절골된 사람이 병원에 가봤더니 아주 많았습니다. 나이가 들면 뼈가 약해져서 살짝 넘어져도 뼈가 쉽게 부러집니다. 다치고 나면 쉽게 회복이 어려운 것이 골절상입니다. 페친(얼벗) 여러분들께서도 조심조심 다니십시오. 다치고 나면 후회막급입니다. 선덕행 도반은 아직도 완쾌가 안 되었습니다. 뼈가 골절된 데는 산골(山骨)이 좋습니다. 산골은 한방에서는 자연동(自然銅), 산골(山骨), 산골(産骨)이라고도 합니다. 산골(山骨)은 법제(法製)를 잘해서 써야 합니다. 센 불로 아홉 번 초초(醋炒)하여 수비(水飛)한 걸로 쓰면 탈이 없습니다. 요새는 산골은 광석이라 먹는 것을 꺼려하는 분이 있습니다. 그렇다면 산골조개를 먹는 것도 좋습니다. 산골조개는 옹달샘이 있는 깊은 산골에서 1급수 지역에 사는 조개류입니다. 120개가 100원짜리 동전에 올려놓은 정도이니까 아주 작은 황색을 띠고 있는 조개입니다. 이 산골조개도 뼈가 부러진 데 효능이 좋다고 합니다. 겨울철이라 지금은 구하기가 쉽지 않습니다. 또 뼈에 좋은 것으로는 오이씨가 있습니다. 오이씨는 노각씨입니다. 종로5가 씨앗 파는 가게에 가면 구할 수가 있습니다. 오이씨를 구해서 살짝 볶아서 분쇄기로 갈면 먹기가 좋습니다. 주위에 넘어져서 골절이 된 분들이 계시면 구해서 써보십시오. 건강을 잃으면 모든 것을 다 잃게 됩니다. 건강들 하십시오.

骨折에 먹는 山骨과 산조개 산골, 노각 오이씨

27. 제설(除雪) 청소(淸掃)의 단상(斷想)

왜 눈이 이렇게 많이 올까? 어젯밤에 내렸던 비가 새벽녘에는 눈이 되어 밤새 내린 비 위에 눈이 내리자 바로 얼어서 동네 이면 도로는 얼음판이 되어 있었습니다. 아침마다 동네 골목 청소를 일찍 하기 때문에 문밖을 나가서 보니, 미끄럽기가 한 걸음을 딛지를 못할 정도였습니다. 제설 도구로 밀어도 꽁꽁 얼어붙어서 속수무책이었습니다. 자연의 힘 앞에 인간의 능력이라는 것은 기껏 해야 기온이 올라가서 자연의 힘으로 얼음이 녹아 주기를 바라는 도리밖에 없었습니다. 올 겨울 들어 지금까지 서울에 눈이나 비가 내린 날은 기상청 집계로 보면 16일이나 됩니다. 왜 이렇게 많은 눈비가 내리는 까닭은 한반도 상공으로 공급되는 수증기가 매우 많기 때문이라고 합니다. 금년 겨울 내내 서태평양의 수온이 높아 많은 수증기가 동북아시아로 밀려들고 있다는 분석이 나왔습니다. 서태평양과 인도양 지역의 해수온도가 평년보다 0.5~1도 높답니다. 더워진 해수면 온도가 강한 대류활동을 더욱 더 강화시키는 역할을 하게 되어서 이렇게 밀려든 수증기는 한반도 상공으로 치고 내려온 영하 20-30도의 상층 한파와 부딪쳐 폭설 구름으로 변해서 비와 눈이 많이 내리게 된다고 합니다.

서태평양의 수온이 높아지고 있는 원인은 지구 온난화 때문일 가능성이 큰 것으로 기상학자들은 보고 있습니다. 지구 온난화가 점점 가속화되면 겨울철 한반도의 폭설과 때 아닌 폭우 가능성은 커질 것으로 전망하고 있습니다. 지구가 온난화가 심각한 것은 산업화가 진행되면서 화석연료를 많이 사용하기 때문에 대기 중에 이산화탄소 양이 증가해서 연간 매년 2억 5,000만 톤이 대기 중에 방출되고, 그 외에 인구 증가로 대기 중에 메탄증가가 온실가스로 지목되고 있습니다. 이렇게 이산화탄소가 늘어나면 지구가 일정하게 유지해온 온도의 균형이 깨지면 온난화가 일어나게 되어서 지구는 생명체가 살 수 없는 곳이 되고 만다고 합니다. 그래서 21세기는 환경이 인류의 화두가 되었습니다. 과학자들은 지구 온난화에 대한 시나리오로 2050년까지 표본종의 15~37%가 멸종될 것으로 전망하고 있습니다. 세계보건기구(WHO)는 지구 온난화가 인간 생리에 미치는 문제점을 분석해 본 결과 인류전체가 만성호흡기 질환과 전염병과 각종 질병이 확산될 것이라고 증거를 제시하고 있습니다. 이렇게 지구 온난화 환경문제는 인류가 지혜를 모아 풀어야 할 당면문제가 되었습니다. 기상이변으로 눈이 많이 오는 것은 자연환경을 너무 많이 파괴한 결과인 셈입니다. 아침에 제설 청소를 하다가 느끼는 단상은 자연의 인과법칙을 이렇게 되돌려 받게 하는구나 싶었습니다.

결국 자연재앙은 인간이 뿌린 대로 되돌려 주는 결과인 셈입니다. 지구 대기가 2도 상승하면 오존농도가 5% 증가한다고 합니다. 이 오존은 폐(肺) 조직을 손상시켜서 천식이나 다른 심폐(心肺) 기관의 질병을 유발시켜 사망케 한다고 합니다. 큰일 아닙니까? 1995년 6월 미국 시카고에서 폭염으로 700명이 사망한 일이 일어났습니다. 자연이 인간에게 준 재앙입니다.

지구 온난화 문제는 인류가 풀어야할 21세기 생존의 화두(話頭)입니다. 어떻게 하면 환경오염 물질을 내지 않고 살 수 있는가를, 전 인류가 지혜를 모아서 실천해야 합니다. 국제환경 협약의 규범을 온 세계가 성실히 실천 이행하는 길이 하나뿐인 지구를 살리는 길이라고 생각이 듭니다. 지구 환경이 오염되면 생태계가 파괴되고 생태계가 파괴되면 자연의 생물인 인간도 살아남을 수가 없다는 것은 자명한 사실입니다. 그러니 오늘부터라도 환경오염이 될 수 있는 물질은 우리 생활쓰레기부터 줄이고 없애가야 합니다. 오늘 아침 우리 동네 비, 눈 내린 길 도로 사진입니다. 완전히 얼음판 길이 되었습니다. 이것도 지구 온난화로 온 폭설이라면 자연이 우리에게 준 재앙 아닙니까? 빙판길 걷다가 넘어지면 골절상(骨折傷)입니다. 골절상(骨折傷)은 공병(骨病)입니다. 내 도반 선덕행(禪德行)도 골절(骨折)로 고생을 많이 합니다. 넘어져서 다쳤다는 소식 듣고 아는 분이 빙판길 미끄럼 방지 신발 아이젠을 사다주셔서 밖에 나갈 때는 신고 나갔더니, 얼음판에도 전혀 미끄럽지 않고 땅위를 걷는 것 같아서 아주 좋습니다. 페친(얼벗) 여러분들께서도 지금부터라도 준비했다가 눈 올 때는 꼭 신고 다니면 넘어질 걱정은 없을 것입니다. 아이젠은 올려놓은 사진과 같습니다. 제설 청소하다 느끼는 단상을 페친 여러분들께서도 보시고 다치지 말라는 뜻으로 몇 자 적어 보았습니다.

눈 위에서도 미끄러지지 않는 신발에 착용하는 아이젠

28. 우리 한복의 멋

가족사진, 외손녀, 유나 유민이

29. 동백꽃 만발(冬柏 滿發)

옥상 생태 텃밭에는 동백꽃이 활짝 피었습니다. 지인께서 생일 선물로

2년 전에 보내준 꽃이라 정성 들여 물도 주고 분갈이를 했더니, 이렇게 예쁜 꽃이 활짝 만개(滿開) 했습니다. 식물도 가꾸는 사람의 정성을 알아 봅니다. 이틀 전만 해도 꽃망울이 필까 말까 하더니만 오늘 낮 햇살을 받고 함빡 웃고 있습니다. 페친(얼벗) 여러분! 동백꽃의 꽃말은 영원한 사랑, 고결한 사랑이랍니다. 사람도 만나면 인연인데, 그 인연을 소중하게 영원토록 사랑을 한다면 동백꽃과 같이 고결한 사랑이 아니겠습니까?

계사년 겨울 필자의 집에 핀 동백꽃

30. 한옥(韓屋)의 멋과 지혜(智慧) 단상!

한옥(韓屋)은 우리 전통문화(傳統文化)의 주거(住居) 공간입니다. 건물

(建物) 재료(材料) 자체를 자연에서 얻어 친환경적입니다. 나무, 돌, 흙, 물 등 모든 것이 자연에서 온 것들이기 때문에 인위적(人爲的) 소재가 없습니다. 정 남향으로 지어진 집은 여름철에는 햇살이 마루 처마 끝에서 머물기 때문에 시원하고, 겨울철에는 햇살이 안방 뒤뜰까지 들어서 따뜻합니다. 문창호지는 통풍에 그만입니다. 방구들은 취사용 밥솥과 연결된 시스템이라 난방 효율성을 극대화한 우리 선조님들의 생활의 지혜입니다. 한옥의 장점은 현대 건축물에 비하면 다 설명할 수 없을 정도로 많습니다. 그러나 단점도 있습니다. 소재 자체가 나무라서 화재에 취약합니다. 난방 단열면만 보강한다면 한옥은 21세기의 주거 공간으로는 최고가 아닐까 생각합니다.

전통 한옥의 멋

31. 한국의 음식 문화(飮食 文化)에 담긴 생활의 지혜 (智慧) 단상!

한국(韓國) 음식(飮食)은 계절별로 상차림이 다릅니다. 우리나라는 농경위주의 정착 생활을 해왔기 때문에 1년 365일 계절마다 산야(山野)에서 자생(自生)하는 풍부한 식자재(食資材)를 채집하여 세시 풍습에 따라 시식과 절식으로 나누었습니다. 시식은 춘하추동(春夏秋冬) 계절에 따라 먹는 음식이고, 절식은 달마다 있는 명절에 먹는 음식을 말합니다. 정월 초하루 설날 차례상부터 조상님께 올리는 세찬(歲饌)을 비롯하여 입춘음식(立春飲食), 대보름(上元節食), 농사철 시작을 기념하는 2월 초하루 중화절음식(奴婢日) 등이 있습니다. 중화절에는 노비송편과 콩을 볶아서 먹습니다. 3월 절식으로는 3월 3일 초사흗날을 삼짇날이라 해서 꽃전 두견 화전을 부쳐 먹었습니다.

4월 節食으로는 한식날은 동지 후 105일째 되는 날이라 조상 묘역에 성묘를 드리는데 이날은 불을 쓰지 않기 때문에 전날 준비한 찬 음식을 먹게 됩니다. 4월 8일은 부처님 오신 날이라 부처님 명호를 부르고 콩을 볶아서 만나는 사람마다 좋은 인연을 맺는다는 뜻으로 볶은 콩을 나누어서 먹었습니다. 이렇게 우리 조상님들은 계절별로 초파일음식(燈夕節食), 5월 절식 단오음식, 6월 절식 유두음식, 삼복음식(三伏飲食), 7월 절식 七夕飲食, 백중음식, 8월 절식 秋夕飲食, 이렇게 1년 내내 계절에 맞는 음식을 장만하여 나누어 먹는 좋은 문화를 가진 문화 민족입니다.

우리 한국 음식은 발효 식자재가 많아 건강면에서 세계인들에게 각광을 받고 있는 웰빙 음식입니다. 그런데 아쉬운 것은 요즘 젊은 세대들은 김치도 장도 고추장도 손수 담아 먹을 줄을 모른다는데 있습니다. 고추장, 된장, 김치가 떨어지면 친정에 전화를 합니다. 그것도 안 되면 마트에서 사다먹지 전통 음식 문화를 배우려 하지 않는데 문제가 있습니다. 가족 입으로 들어가는 먹거리를 사다만 먹을 수야 없지 않겠습니까? 필자의 집에서는 된장, 고추장 다 손수 담아서 먹습니다. 페친(얼벗) 여러분! 이제 남녀노소 할 것 없이 자기 입에 넣는 먹거리는 상품에 의존하지 말고 손수 직접 담아 먹읍시다. 그래야 유해(有害) 식품(食品)으로부터 해방될 수가 있습니다. 이제 인터넷 페이스북도 지식공유보다는 지혜

공유를 해야 하지 않을까요?

32. 일식사찬(一食四饌) 점심 공양(供養) 단상!

물가가 하늘 높은 줄 모르네!

필자의 집에서는 오늘 점심은 공양을 봄동 겉절이와 달래 간장으로 차렸습니다. 긴 삼동을 묵은 김치 하나로 식단을 차리다 보니, 입맛도 없고 해서 파릇파릇한 봄동과 달래를 사다가 봄동은 겉절이 막김치를 담고, 달래는 간장에 깨와 참기름으로 달래 간장을 만들었습니다. 이른 봄, 식욕이 떨어질 때는 달래 간장에 봄동 겉절이로 비빔밥을 해서 먹으면 떨어진 입맛이 살아납니다. 봄동도 달래도 꽤 비싸더군요. 달래는 손가락 두 개 정도가 3,500원이고, 봄동 배추는 작은 것 두 포기가 3,500원, 도합 7,000원을 주고 이렇게 점심 공양 식단을 꾸며봤습니다.

우리나라 물가가 너무 비쌉니다.

OECD 회원국 중에 우리나라 물가가 최고라고 합니다. 그리고 보면 세계에서 우리나라 물가가 최고인 셈 아닙니까? 이명박 정부는 경제대통령을 자부하면서 출발했지만 물가 하나를 잡지 못했습니다. 그러니 서민들 고충이 이만저만이 아니지 않습니까? 다음 박근혜 정부는 제발 물가 좀 안정시켜주었으면 합니다. 요 며칠 전에 미국에 사는 교포 페친께서 저에게 댓글로 하신 말씀이 노후를 한국에서 역이민 와서 살고 싶은

데, 물가 때문에 엄두가 나지 않는다고 했습니다. 월급은 오르지 않고 물가만 계속 오르니, 서민들은 어떻게 살아가야 합니까? 정치하는 양반들! 이제 싸움은 좀 그만하고 어떻게 하면 국민들을 잘 살게 할까 그것만 연구해 보십시오. 이제 당쟁 당파 쌈박질 그만하고, 살기 좋은 나라를 좀 만들어 보십시오. 물가가 잡혀야 생활경제가 안정이 될 터인데, 자고 나면 치솟는 물가에 장바구니 든 주부들은 걱정이 태산 아닙니까? 선거철만 찾아와 굽실거리지 말고, 대한민국이 세계에서 가장 살고 싶은 나라가 되도록 연구 노력 좀 할 것을 부탁드립니다. 우리나라에 이민 와서 살고 싶어도 물가가 겁이 나서 못 온다고 하니, 계사년 새해에는 새 정부에서는 물가 민생 좀 챙기십시오. 새끼손가락 두 개 정도 달래값이 3,500원이면 서민들 밥상은 보나마나 뻔합니다. 민생이 국력입니다. 생활경제 좀 살려 내십시오. 오늘 점심 공양 식단은 물가 점검이 되어버렸습니다.

  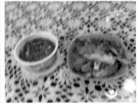

먹고 사는 소찬 사진

33. 행복(幸福)이란 무엇인가? 단상!

불교(佛敎)의 수행(修行) 목적(目的)은 이고득락(離苦得樂)에 있습니다. 현실의 괴로운 고통(苦痛)을 떠나 열반 락(涅槃樂)을 성취하고자 하는 것이 수행이기 때문입니다. 사람은 누구나 행복(幸福)을 얻고자 노력합니다. 불행(不幸)을 추구하는 사람은 세상에는 없습니다. 누구나 다 행복하고자 기를 씁니다. 그런데 그렇게 얻고자 하는 행복이 무엇이냐고 물으면 대답하는 사람은 그리 많지 않습니다.

페친 여러분! 행복은 무엇일까요? 여러분은 행복을 알고 계십니까? 물론 행복은 사람마다 느끼는 것이 다를 수가 있습니다. 어떤 사람은 살아 있는 것 자체가 행복이라고 하는 사람도 있습니다. 어떤 사람은 내리는 비 한 방울에도 행복감을 느낍니다. 목마른 사람은 물 한 모금에 행복을 느끼기도 합니다. 배고픈 사람은 밥 한 그릇에 행복을 느끼기도 합니다. 미국의 역사학자 겸 시인이고 철학자인 뉴스쿨 대학교 대학원 교수인 제니퍼 마이클 헥트(Jennifer Michael Hecht)는 행복에 관한 근본적인 질문에 대한 답을 역사 속에서 찾아서『행복이란 무엇인가?』란 책을 냈습니다. 저자는 기원전 4천년부터 현대에 이르기까지 인간이 행복을 얻기 위해서 추구해온 것들을 치밀하게 탐색을 하여 행복에 관한 고정 관념을 깨는 역사적이고 과학적인 논증을 들어 제시하고 있습니다.

행복은 어디서 오는가? 저자는 역사 연구를 통해서 행복의 원천은 약물, 돈, 몸, 축제, 지혜를 포함한 다섯 가지로 꼽고 있습니다. 행복에 대한 저자의 정의는 "행복"은 기분 좋은 느낌이다. 라고 했습니다. 기분 좋은 것이 행복이라면 기분 나쁜 것은 불행이라는 말 아닙니까? 기분 좋게 느끼면 만족하니까 행복하고, 기분 나쁜 것은 불쾌하니까 만족도가 떨어져서 행복하지 않다는 말일 것입니다. 저자는 행복은 어디서 오는가를 다섯 가지 행복의 원천론으로 나누어서 1. 지혜에서 오는 행복, 2. 약물에서 오는 행복, 3. 돈에서 오는 행복, 4. 몸에서 오는 행복, 5. 축제에서 오는 행복으로 분류해서 행복을 분석하고 있습니다. 이 다섯 가지 범주에 인류 역사는 행복을 추구했다는 것 아닙니까? 페친 여러분들의 행복은 이 다섯 가지 범주 중 어느 행복론에 속합니까? 사람은 행복감을 느낄 때 웃습니다.

오늘 올려놓은 사진들은 행복한 얼굴들입니다. 그러나 그 행복한 웃음의 느낌은 각기 다릅니다. 행복의 농도는 달라도 행복의 미소는 같습니다. 세계 64억 인구 중에 오늘 행복한 얼굴은 몇 명이나 될까요? 오늘

행복은 물질에 있는 것이 아니라 마음에 있습니다.

페친 여러분의 얼굴은 웃는 얼굴이었습니까? 성난 얼굴이었습니까? 불교 수행은 이고득락(離苦得樂)에 있습니다.

34. 춘색(春色) 천리향 단상(斷想)!

천리향(千里香)! 만향(滿香)! 봄은 왔는데, 봄이 봄 같지 않고 아직도 영하권 날씨라, 동네 꽃가게를 지나가다가 눈에 띈 천리향(千里香) 화분이 있어서 값을 물었더니, 삼천 원이라고 해서 그저께 사다가 큰 화분에 옮겨 심어 놓았더니, 오늘 아침부터 향기를 뿜어내고 있습니다. 조그마한 화분의 몇 송이 안 되는 꽃향기가 온 집안에 진동을 합니다. 꽃집 주인장 말씀이 향기가 천리 간다고 해서 천리향(千里香)이라고 부른다고 합니다. 정말 향기가 아주 좋습니다. 페친 여러분께서도 꽃가게 가셔서 천리향 화분 하나씩 사다가 햇볕 잘 들어오는 계단이나 베란다에 두고 길러 보십시오. 햇볕이 잘 드는 화단에서는 로지(露地) 월동(越冬)도 할 수 있다고 합니다. 꽃망울도 올망졸망 참 예쁜 꽃입니다.

삼천원의 행복

35. 조계사 참배 단상(斷想)!

조계사 참배하고 왔습니다. 서울 한복판에 있는 사찰이라 참배하는 신도님들이 정말 많았습니다. 법당에는 참배할 자리가 없어서 밖에 깔려 있는 자리에서 참배했습니다. 마당 밖에 탑 주위에도 신도님들이 많았습니다. 외국 관광객들도 많이 눈에 띄었습니다. 참배하고 느낀 것인데, 절을 찾는 분들이 매일 이렇게 많다고 하면 조계사에서는 상설 법회를 열어서 조계사에 오신 분들께 부처님 법음을 들려주었으면 좋겠다 싶었습니다. 다른 종교에서는 노상(路上) 전도(傳道)도 하는데, 불교는 절에 찾아온 사람들에게 포교도 못하고 있으니, 참 딱한 생각이 들었습니

종로 견지동에 있는 조계사 전경 사진

다. 조계종 포교원에서 시간대별로 법사님들이 나와서 주제를 가지고 법문을 한다면 법문에 감화가 되어서 불자님들이 많이 생길 것이라고 생각이 듭니다.

36. 된장 담기 단상(斷想)!

오늘은 주말이라 한 달 전에 소금물과 메주를 담아 놓았던 장독에 된장을 담았습니다. 1차 소금물에 담가두었던 메주는 속까지 소금물이 배어서 2차로 된장 담기를 마무리 하였습니다. 요즈음은 집에서 된장을 직접 담지 않고 사다 먹기 때문에 된장 담는 방법을 몰라서 집집마다 음식맛이 특색이 없습니다. 음식맛은 그 집의 장맛이라고 했습니다. 필자의 집에서는 매년 장을 직접 담아서 먹기 때문에 된장 담는 방법을 페이스북에 올려볼까 합니다. 된장을 직접 담가서 먹고 싶으신 분은 참고하셔서 내년부터라도 직접 담아 먹어 보십시오. 상품 된장에 비할 바가 아닙니다. 1차로 소금물에 담아놓은 메주의 양에 따라 2차로 담는 된장은 메주콩을 8시간 정도 푹 삶습니다. 메주콩을 삶을 때는 가끔 찬물을 부어주면 콩이 잘 익게 됩니다. 메주콩이 짙은 초콜렛 색깔이 나면 삶은 콩물이 끈끈해질 때가 메주콩으로는 아주 잘 삶아진 것입니다. 삶은 콩은 걸러서 절구로 잘 찧습니다. 된장 담을 때 추가로 고추씨와 보리밥을 1차로 담아 놓았던 메주와 함께 고르게 섞어서 된장을 담으면 장맛이 꿀맛이 됩니다. 고추씨는 방앗간에서 가루로 빻아다가 넣습니다. 보리밥은 솥에 쪄서 식힌 후에 1차로 담았던 메주와 섞어 잘게 부숴서 간물 뺀 소금을 듬뿍 넣어서 담으면 됩니다. 된장은 1년 정도 지나면 맛이 듭니다. 메주콩 삶은 물도 버리지 말고 함께 넣습니다. 된장 담는 것이 복잡한 것 같아도 담아 먹기 시작하면 익숙해져서 그렇게 어려운 것은 없습니다. 된장의 효능은 항암효과부터 다양합니다. 정성을 들여 담은 된장은 맛으로 보답을 꼭 합니다.

음식 맛의 기본이 장맛 된장 맛입니다. 올려놓은 사진을 참고 하십시오.

필자의 집에서는 해마다 된장을 직접 담아 먹습니다.

37. 마늘 고추장 담는 법 단상(斷想)!

어제는 된장을 담았고, 오늘은 마늘 고추장을 담으려고 경동 시장에 가서 청양고추 8근을 사서 빻아왔습니다. 메주 고추장은 고추장 메주와 고춧가루를 찹쌀로 담아 3개월 삭혀 발효가 되어야 먹을 수 있지만, 마늘 고추장은 바로 담아 먹을 수가 있어서 아주 간편하고 보관상 신경을 안 써도 되고, 각종 음식의 기본양념 재료로 활용할 수가 있어서 아주 좋습니다. 페친 여러분께서도 담는 방법을 올려놓을 테니 한번 활용해 보십시오. 마늘 고추장 재료는 매운 청양 고춧가루 8근, 마늘 3접, 꿀 8.1kg, 멸치액이면 됩니다. 마늘은 까서 믹서기로 곱게 갈고, 고춧가루는 고추장 담는다고 방앗간에 말하면 아주 곱게 갈아줍니다. 꿀은 설탕이 안 섞인 꿀로 해야 제맛이 납니다. 멸치액은 마늘을 믹서기로 갈 때 잘 안 갈리면 조금씩 마늘과 함께 넣어서 갈면 아주 곱게 갈 수가 있습니다. 마늘은 하루 전에 까서 씻어서 물기가 빠지는 바구니에 담아 물기를 쏙 빼내야 합니다.

마늘 고추장 담는 순서는 처음에 큰 대야에 마늘 간 것을 붓고, 그 다음에 청양 고춧가루를 붓고, 그 위에 꿀을 붓고, 멸치액으로 농도와 간을 보면서 고루 섞어 주면 됩니다. 이때 주의할 점은 고춧가루도 조금 남겨 놓고, 꿀도 조금 남겨 놓아서 고추장 간과 맛과 농도를 맞추면서 담습니다. 담아서 바로 먹어도 됩니다. 그러나 3일 정도 삭히면 맛이 꿀맛입니다. 불고기를 만들 때도 이 마늘 고추장을 풀어서 하면 다른 양념이 필요가 없을 정도로 맛이 납니다. 오늘 담는 마늘 고추장은 여섯 집이 나누고 나니, 우리 몫으로는 달랑 한 병 차지가 됩니다. 옛말에 일두분식(一豆分食)이라고 하지 않습니까? 콩 한 쪽도 나누어 먹는 것이 우리네 인심이었습니다. 도시에서는 그런 미풍양속이 사라졌지만, 아직도 농촌에서는 이웃간 오고 가는 정이 담장을 넘습니다.

원래 고추장은 가을에 담아 먹지만, 마늘 고추장은 아무 때나 담아서 먹는 다는 편리성이 있습니다. 마늘 고추장은 냉장고에 보관하지 않아도 살균 작용 때문에 곰팡이가 생기지 않습니다. 그리고 마늘의 효능은 이미 알려진 대로 엄청나지 않습니까? 마늘의 효능은 산삼과 같다고 할 정도입니다. 마늘 먹는 방법은 다양합니다. 구워 먹고, 익혀 먹고 이렇게 고추장으로 담아서도 먹습니다. 마늘의 효능은 고혈압, 심근경색, 뇌졸중, 심혈관 질환 예방, 혈액순환, 피로회복 등 말로 다 할 수 없을 정도로 다양합니다. 마늘 고추장은 한 번 담아 놓으면 식사 때마다 먹을 수가 있기 때문에 좋습니다. 페친 여러분께서도 한 번 활용해 보십시오. 담는 방법은 사진으로 올려놓았습니다.

마늘고추장 재료

38. 봄 생태 텃밭 소식 단상(斷想)!

옛 성현의 말씀에 봄에 씨앗을 뿌리지 않으면 가을에 후회한다고 했습니다. 〈춘불경종추후회春不耕種秋後悔〉 그래서 옥상 생태 텃밭에도 1년 농사가 시작되었습니다. 오늘 아침 일찍 일어나 페이스북에 글 올려놓고, 아침을 먹자마자 종로 5가 종묘상에 가서 잎, 뿌리 다 먹는 일 당귀와 신선초, 식 방풍, 개똥 쑥, 삼채, 작약을 사다가 뿌리도 심고, 씨도 심었습니다. 한 번 심어 놓으면 다년초라 신경 쓸 필요가 없이 밑거름으로 퇴비와 물만 잘 주면 자라는 대로 1년 내내 쌈용으로 활용할 수가 있습니다. 신선초나 당귀는 향이 아주 좋습니다. 입에서 씹으면서 향기가 코로 전달이 되어 머리가 맑아지는 느낌이 듭니다. 금년에 씨를 뿌렸으니, 싹이 잘 터서 자란다면 여름 쌈은 사다가 먹을 필요가 없이 자급자족이 될 것입니다. 이외에도 상추, 쑥갓 등 쌈 채소는 다 심을 겁니다. 씨를 뿌리다 보니 생태 텃밭 곳곳에 고개를 빼꼼 내밀고 올라오는 놈들이 있어서 보니, 생태 밭에 심어져 있던 방앗잎, 원추리싹과 부추싹과 민들레싹과 돈나물싹과 달맞이싹과 컴푸리싹과 접시꽃 등이 사진과 같이 금년 봄 살림살이를 시작했습니다.

계절의 변화는 한 치의 오차도 없이 매년 반복됩니다. 사람 사는 것도 계절의 변화에 따라 마음가짐을 새롭게 하다 보면 일상에서 나태했던 생각들이 싹 가시게 됩니다. 페친 여러분! 금년 봄부터 옥상에다 큰 화분도 좋고, 스티로폼 박스에 흙을 담아서 채소를 직접 길러서 먹어 보십시오. 사다가 먹는 것에 비할 바가 아닙니다. 필자의 집에서는 음식물 남은 찌꺼기를 생태 텃밭에 퇴비로 활용을 해서 음식물 제로 운동을 하고 있습니다. 조금 부지런만 떨면 퇴비용으로 아주 좋은 약 찌꺼기가 경동 한약 상가에 가면 아주 많습니다. 한약 얻어다가 찌꺼기를 푹 썩혀서 주면 채소들이 미치게 좋아해서 잘 자랍니다. 채소 잎들이 싱싱하고 윤기가 납니다. 채소들이 보약을 먹어서 그런 것 같습니다. 쓰레기로 버리는 것을 활용하니 일석삼조(一石三鳥) 아닙니까? 한번들 활용해 보십시오.

옥상 생태 텃밭에 막 봄기운을 받고 막 나온 싹

39. 봄 김장 김치 담기 단상(斷想)!

오늘은 일요일이라 어제 사온 배추 20포기를 쪼개서 소금으로 절여 놓았다가 아침밥 먹고 여름 삼복더위에 먹을 배추김치 김장을 담았습니다. 선덕행(禪德行) 도반(道伴)이 작년 겨울에 다친 골절상(骨折傷)이 완전히 완쾌가 안 되어서 부천에 사는 아는 보살님께 하루 수고를 부탁해서 함께 김장을 담았습니다. 작년에 담은 김장 김치는 설을 쇠고 나면 묵은내가 납니다. 그래서 필자의 집에서는 꼭 봄 이맘때쯤이면 가을 김장때까지 먹을 봄김치를 담습니다. 봄 김장도 늦가을 담는 김장과 같습니다. 필자의 집에서는 화학적 조미료를 일체 쓰지 않고 김장을 담습니다. 화학 조미료를 쓰면 몸에도 해롭지만 먹고 나면 음식 뒷맛이 느끼해서 개운치를 않습니다. 화학 조미료를 쓰지 않고 담으면 김치맛은 아주 뒷맛이 개운하고 몸에도 좋고 깨끗합니다. 그래서 오늘은 필자의 집에서 봄 배추김치 담는 방법을 알려 드릴까 합니다. 옛 의서(醫書)에 보면 의식동원(醫食同源), 식약동원(食藥同源)이라고 했습니다.

음식이라는 것은 살기 위해서 먹습니다. 먹는 먹거리가 좋아야 건강합니다. 우리가 매일 먹는 음식이 보약(補藥)입니다. 병이 나서 약(藥)을 써서 병(病)을 치료(治療)하는 것보다는 평소에 먹는 음식 먹거리 식단이 바른 식생활을 해야 병이 나지 않고 건강하게 살 수가 있습니다.

배추김치 재료는 배추 20포기에 파 2단, 갓 2단, 생새우 3근, 마늘 1접, 생강 반근, 참깨 반근, 고춧가루 3근, 멸치 액젓, 새우 액젓, 갈치 액젓, 다시마 끓인 물, 연근 5개, 부침 가루로 풀을 쑤어서 양념으로 버무려서 배추 김장김치 담듯 담아 놓으면 바로 먹어도 맛이 그만이고, 김치 냉장고에 3개월 익혀서 두고 먹으면 늦가을 김장김치 담을 때까지 밑반찬으로 먹을 수가 있어서 좋습니다. 오늘 김장 김치도 담아놓고 보니, 나누어 줄 곳이 여섯 군데나 됩니다. 우리 몫으로는 겨우 2통입니다. 그래도 나누어 먹는 것이 보람은 있습니다. 얻어 먹는 것보다는 베풀고 주

봄 배추김치 재료 사진

고 사니 좋습니다. 페친(얼벗)! 여러분께서도 늦가을까지 먹을 수 있는 봄 배추김치 담아 먹어 보십시오. 같은 값이면 먹거리는 사다가 먹지 말고, 가족 건강을 위해서 직접 정성을 들여 담아 먹어 보시면 새로운 느낌이 들 것입니다. 페친(얼벗) 여러분! 오늘도 행복한 하루 되십시오.

40. 옥상 생태 텃밭 꽃 소식 단상(斷想)!

필자의 집 생태 텃밭 꽃 화분은 10가지가 되는데 그 중에서 제일 먼저 봄소식을 알려주는 꽃이 이렇게 활짝 웃고 있는 연분홍 꽃입니다. 매년 생일이면 선물로 받는 꽃이라 로지에서는 키울 수 없는 꽃이라 화분에다가 키웠는데, 5일 전부터 이렇게 예쁜 꽃이 환하게 미소를 짓고 있습니다. 겨울 내내 옥상 계단 햇빛이 잘 드는 곳에 두고 1주일에 한 번 물을 흠뻑 주어서 정성을 들였더니 꽃도 계절과 함께 봄소식을 전하고 있습니다. 혼자 보기는 아까워서 이렇게 페친(얼벗) 여러분과 함께 감상할까 해서 올려놓았습니다. 혹 우울한 분이 있으시면 이 꽃 보시고 활짝 웃어 보십시오. 웃는 즉시 기분이 꽃을 닮아 행복해질 것입니다.

41. 귤(橘) 선물의 단상(斷想)!

지인(知人)이 제주도에서 귤(橘)을 2박스를 보내 왔습니다. 식구는 달랑 둘인데, 2박스를 그냥 두고 먹으면 다 썩고 말기에 어떻게 하면 선물한 분의 성의에 보답하고 먹을까를 궁리하다가 오래 두고 먹을 수 있는 방법으로는 귤(橘)잼과 귤(橘) 효소를 만들어 두고 먹으면 손실 없이 먹을 수가 있기에 오늘 귤(橘)잼과 귤(橘) 효소를 담았습니다. 귤잼은 껍질은 까고 알맹이는 믹서기로 갈아 검은 설탕과 함께 중불로 졸여서 엿과 같이 끈끈하면 귤잼이 다 된 것입니다. 귤잼 만들 때 귤껍질을 버리지 말고, 간 귤 알맹이와 함께 무채 썰듯이 길쭉길쭉하게 썰어서 함께 졸여주면 잼에서 귤껍질이 씹히면서 향이 아주 좋습니다. 남은 귤껍질은 가늘게 썰어 말려 두었다가 귤차로 드셔도 좋고 빨래할 때 함께 삶아서 세탁을 하면 표백효과가 있어서 세탁물이 깨끗해진다고도 합니다. 한방에서는 귤껍질을 진피(陳皮)라고 하여 다양하게 쓰는 약재입니다. 비위(脾胃)가 허약(虛弱)해서 나는 구토(嘔吐), 속이 메스꺼움, 소화 불량 등에 쓰고, 기(氣)를 소통시키고 습(濕)을 말리고, 담(痰)을 삭이는 효능을 가진 약재입니다.

진피(陳皮)의 효능면에서는 위(胃)을 튼튼히 하고(健胃), 비장(脾臟)을 보하고(補脾), 건폐(健肺), 고기 식중독, 딸꾹질, 기침, 구토, 소화 촉진, 강심(强心), 항궤양(抗潰瘍), 항염증(抗炎症), 거담(祛痰), 이뇨(利尿), 역기(逆氣), 곽란(癨亂)등에 다양하게 사용하는 약재입니다. 진피(陳皮)는 해가 오래 되어서 묵을수록 더 효능이 좋다는 약재입니다. 페친(얼벗) 여러분께서도 귤껍질 버리지 마시고 썰어서 말려 두었다가 활용해 보십시오.

버리면 쓰레기지만 알고 보면 귀한 약재입니다. 귤(橘) 효소는 깨끗이 씻어서 물기가 다 마르면 가운데를 반으로 썰어서 유리병에 검은 설탕과 함께 넣어두면 발효가 되어서 맛있는 귤 효소가 됩니다. 보통 효소는 6개월 정도 지나면 됩니다. 찌꺼기는 걸러내고 효소 액은 물에 타서 마시면 아주 좋습니다. 귤은 5일 정도면 썩습니다. 그러니 한번 활용해 보십시오.

굴잼 만든 것과 귤 효소 액 담기 사진

42. 봄의 화신 만발 단상(斷想)!

봄이 오니 꽃이 만발 하네! 이 산 저 산 온 산천에 울긋불긋 피고 피었네! 우리 벗님네야! 여기 꽃구경 오소!

삼천리금수강산 대한민국 산야 꽃 만발!

43. 취나물의 단상(斷想)!

남원에 사는 누님의 셋째 딸인 질녀(姪女)가 취나물 한 박스를 보내와서, 이렇게 취나물 간장 무침을 만들어서 점심 공양을 비빔밥을 해서 아주 맛있게 먹었습니다. 산에서 자생하는 취나물이라 향이 아주 좋습니다. 마늘 고추장과 달래 간장과 톳나물 무침과 신선초 김치와 참기름 반 숟갈을 넣어서 비빔밥을 만들었더니, 입에서 살살 녹습니다. 봄철 입맛이 떨어질 때는 딱 입맛을 돌게 하는 좋은 산나물입니다. 어제 저녁

뉴스를 보니, 강원도에서 독초를 잘못 먹어 손발이 마비가 되어 병원에 갔다는 보도를 보았습니다. 며칠 전에 제가 산야초 나물 독초와 먹는 나물 구별 사진을 페이스북에 올려놓았는데, 못 보신 것 같습니다. 산에서 나는 나물이라고 다 먹는 것은 아닙니다. 독초가 더러 있습니다. 봄철에 산에 가서 새로 나온 새싹을 먹는 나물로 착각하고 잘못 먹다 보면 큰일납니다. 나물에 대해서 모르는 분은 주위에 나이 많으신 어른들께 물어보시면 독초와 나물은 구별해 줍니다. 어르신들은 경험으로 얻어진 생활의 지혜가 풍부합니다. 옛날 사람들은 먹는 풀과 못 먹는 독초 구별법으로 집에서 기르는 소에게 먹여서 소가 안 먹는 풀은 독초이고, 소가 먹는 풀은 사람도 먹을 수 있는 이로운 풀이라 것을 생활에서 얻어진 지혜로 터득했습니다. 그래서 나이 많은 어르신들은 다 알고 있습니다. 취나물은 된장으로 무치기도 하고, 식성에 따라 집에서 담근 조선 간장으로 무쳐서 먹기도 합니다. 취나물은 우리 몸에 아주 좋은 봄철 먹거리 반찬입니다. 옛 문헌에 보면 가래를 삭이고, 기침을 멎게 하고, 만성 기관지염에 좋고, 인후염에는 오래 먹으면 좋다고 했고, 변비가 심한 분에게도 좋고, 단백질, 불포화 지방산까지 풍부하여 뇌기능을 향상시키는 작용도 있고, 숙취 해소와 간 해독 작용에도 좋다고 합니다.

취나물은 생태 텃밭에는 5년 전에 고향 시재 때 성묘하고 돌아오면서 한 뿌리를 갖다가 심었더니, 지금은 씨로 변식을 하여 온 생태 밭이 취나물 밭이 되었습니다. 취나물은 한 번 심어 놓으면 연년이 뜯어 먹을 수가 있습니다. 새싹을 그냥 상추로 먹어도 향이 아주 좋습니다. 된장과 함께 먹으면 맛과 향이 더 좋습니다. 여름 내내 뜯어 먹어도 새싹이 나옵니다.

입맛이 없으신 페친 여러분 계시면 취나물로 비빔밥 해서 먹어 보십시오. 힘이 불끈 솟을 것입니다. 음식이라는 것이 먹으면 에너지가 되고 우리가 건강하게 살아가는 원동력이 됩니다. 산에서 채취한 취나물은 잘 다듬어서 물로 세 번 정도 씻어서 흙을 제거한 후에 물이 팔팔 끓으면 취나물을 넣고 살짝 삶습니다. 너무 푹 삶으면 맛도 없고 향도 달아납니다.

삶을 때 끓는 물에 취나물을 넣고 고르게 되작거려서 취나물이 파란색으로 변하면 바로 찬물에 넣고 세 번 정도 헹궈 줍니다. 만져보면 취나물이 살짝 익어서 싱싱합니다. 찬물로 헹군 취나물을 꼭 짜서 취나물 양에 따라 식성에 따라 양조간장, 멸치 액, 들기름과 볶은 깨를 넣고 조물거려서 무치면 맛있는 취나물이 됩니다. 똑같은 음식인데 정성을 들이지 않으면 시원찮은 먹거리가 됩니다. 음식도 만든 사람의 정성에 따라서 맛과 영양을 줍니다. 이왕 먹는 음식 정성을 들이면 먹는 가족들이 그만큼 건강하지 않겠습니까? 페친(얼벗) 여러분! 오늘 취나물을 여러분께서도 밥상에 올려 보십시오. 새로운 입맛이 날 것입니다.

전라도 남원 산야에서 나온 봄 취나물

44. 선시(禪詩)

香中眞香春蘭香 昨夜禪室綻開花
慇懃吐香滿屋外 其中閑翁樂香人

- 綻蘭感懷頌和政居士 -

향기 중에 참 향기는 춘란 향(春蘭香)일세!

어제 밤 선실(禪室)에서 활짝 꽃망울 피우고,

은근히 향기 뿜어 집 안 밖에 가득하니,

그 중에 한가한 늙은이가 향기를 즐기는 사람일세!

선실에 핀 홍란 향기 만향

45. 옥상 생태 텃밭 소식 단상!

오늘은 아침 먹고, 어제 한약 퇴비를 뿌려 놓았던 옥상 생태 텃밭에 올라가 고추를 심기 위해서 고랑을 치고, 농협 화원에 가서 고추 모종과 상추, 가지, 오이, 들깨, 호박, 등 모종을 사다 이렇게 철주 받침대까지 다 세우고 심었습니다. 오랜만에 삽과 괭이를 들고 일을 했더니 팔, 다리, 허리가 뻐근합니다. 금년에는 날씨가 추워서 한 10일 정도 늦게 심게 되었습니다. 날씨가 추울 때 심어 놓으면 냉해로 크지를 않습니다. 그래서 금년 농사는 10일 정도 늦게 심게 되었습니다. 이렇게 때를 맞추어서 생태 텃밭을 가꾸게 되면 1년 내내 싱싱한 친환경 유기농 채소를 먹을 수가 있어서 좋습니다. 페친 여러분께서도 옥상에다가 화분이나 스티로폼 박스에 먹고 싶은 채소류를 직접 길러서 먹어 보십시오. 사다가 먹는 채소와는 맛과 느낌이 다릅니다. 양력 4월 30일에 심었습니다.

46. 제각(祭閣) 시제(時祭)의 단상(斷想)!

예로부터 우리 민족은 조상을 받들고 섬기는 문화가 있다. 살아생전에는 효(孝)로써 섬기고, 사후(死後)에는 제사(祭祀)로 효(孝)를 다하는 조상숭배(祖上崇拜) 사상이 있다. 그런데 그 좋은 문화가 갈수록 퇴색되어 가고 있어서 아쉬움이 크다. 지난 일요일 이른 새벽부터 대형버스 한 대로 고향 제각에서 시제(時祭)를 봉행하고 돌아왔다. 원래 시제(時祭)는 묘 시제(墓時祭)라 해서 가을 추수를 끝마치고 새로 지은 농산물을 조상님께 받드는 제사였으나, 지금은 일가가 타향 객지에서 살기 때문에 묘소마다 찾아다니면서 시제(時祭)를 며칠씩 지낼 수가 없어서 일가친척

이 다 모일 수 있는 일요일 하루를 택일하여 제각에서 시제를 모시고 있다. 1년에 한 번 하루 제각(祭閣) 시제(時祭)를 모시는데도, 참석하지 않는 일가 종친(宗親)들이 있다. 불참석 이유는 종교 때문이라고 한다. 제사(祭祀)는 우상 숭배라서 참석할 수가 없다는 말이다. 참 딱한 노릇이다. 자기의 문화를 천시하는 광태가 우리 사회에 팽배해가고 있다.

제사(祭祀) 문화는 우상 숭배가 아니다. 세계적인 역사학자였던 토인비는 우리의 제사 문화를 연구하기 위해서 우리나라를 여러 번 방문했다고 한다. 제사 문화에 담긴 가치를 높이 평가했기 때문이다. 제사(祭祀)란 돌아가신 사람 섬기기를 산 사람 섬기는 것과 같이 하는 의식(儀式) 문화이다. 〈事死如事生〉 작년에 유럽에서는 독거노인들이 더위를 이기지 못해서 죽은 후 한 달 만에 썩은 시신으로 많은 노인들이 발견되었다는 뉴스 보도가 있었다. 이런 사례가 우리 주변에도 늘어나는 추세이다. 이런 것은 부모 자식 간에 왕래가 끊겼기 때문이다. 자식이 있어도 부모를 찾아보지 않기 때문이다. 서양에서 들어온 핵가족제도의 후유증이 우리에게 각자 노후 문제로 제기되고 있다. 토인비는 이런 노인 복지 문제를 우리 전통문화인 제사에서 해결책을 찾았다고 했다. 우리 민족은 예로부터 대가족 제도였다. 부모, 조부모, 증조부모까지 한 가족으로 살아왔다.

내 부모 내가 모시고 섬긴다는 것이 대가족제이고, 그 연장선상에 있는 것이 사후 조상을 섬기는 문화가 제사 문화이다. 이런 좋은 문화가 서양에서 들어온 종교의 신앙 때문에 퇴색되어가고 있다. 이번 우리 문중에서는 족보보첩(族譜譜牒)을 10년 만에 만든다고 한다. 족보를 만들려고 하니, 문제가 생겼다.

그동안 명절이나 제사 때 왕래가 끊겨 사는 곳을 모르는 종친(宗親)들은 어떻게 연락 하느냐가 문제가 된다. 족보에서 빼버릴 수도 없고, 그렇다고 찾아서 넣자니, 그 일을 누가 생계를 팽개치고 하느냔 말이다. 전통문화를 함께 공유하지 않는 데서 생기는 문제가 족보 만드는데도 문제가 되고 있다. 참 딱한 노릇입니다. 자기 문화와 역사를 천시하는 민족은 오래 갈 수가 없다. 자기 정체성이 없기 때문이다. 얼과 넋이 빠진 민족이 되기 때문이다. 제사(祭祀)는 미신도 우상 숭배도 아니다. 우리

전라북도 팔덕 광암리 함평이씨 청암제 재각 시제 사진

민족의 정신적 가치가 들어있는 섬기는 문화이다. 내 부모 내가 섬기는 것이 어찌 하찮은 일이란 말인가? 보이지 않는 신(神)은 믿고 신앙하면서 어찌 나를 낳아준 조상을 섬기지 않는가? 얼과 넋 빠진 짓이 아닌가?

47. 옥상 생태 텃밭 꽃 소식 단상!

이젠 봄이 완연합니다. 옥상 생태 텃밭에 이렇게 꽃이 활짝 핀 걸 보면 금년 봄도 지난 듯합니다. 아침이면 옥상에 올라가서 심어 놓은 고추밭에 물을 주다 보니, 3일 전부터 이렇게 흰 꽃, 붉은 꽃의 영산홍이 활짝 웃고 반겨줍니다. 묘하지 않습니까? 철따라 어김없이 피니 말입니다. 흰 꽃은 흰 꽃대로, 붉은 꽃은 붉은 꽃대로 자연의 섭리를 그대로 드러내고 있으니 말입니다.

옥상 생태 텃밭에 핀 영산홍 꽃

48. 옥상 생태 텃밭 딸기꽃 단상(斷想)!

금년에는 아침저녁 기온 차가 심해서 그런지, 딸기꽃이 좀 늦게 피었는데도 벌들이 오지를 않습니다. 꽃이 피면 벌 나비가 날아와 주어야 열매를 맺는데, 금년 딸기는 열매를 맺을는지, 걱정이 됩니다. 왜냐하면 둘째 외손녀 유민이가 딸기를 퍽이나 좋아해서 심어 놓은 것이기 때문입니다. 외갓집에 오면 할아버지 손을 잡고 생태 텃밭 딸기를 맛있게 따서 먹곤 했는데, 꽃은 잘 피었으니 벌들이 와 주어야 하는데, 문제가 됩니다. 며칠 기다렸다가 그래도 벌들이 오지 않으면 붓으로 꽃마다 일일이 수정을 할 셈입니다. 뉴스를 보니, 양봉하는 분들도 벌들이 번성치를 못해서 한숨 짓는다는 보도를 접했습니다. 생태계의 가치로 보면 벌과 나비의 경제적 가치는 엄청나게 큰데 말입니다.

벌, 나비의 생존율은 농약과도 관련이 있다고 합니다. 농사철에 해충 잡는다고 마구 뿌려대는 살충제 때문에 꿀 따러 갔던 벌들이 오지 않는 것은 뻔한 것 아닙니까? 앞으로 농업도 무농약 유기 농업을 해야 합니다. 벌도 살고, 나비도 살고, 사람도 사는 그런 발상의 전환이 있어야 생태계가 살아날 것이라고 봅니다. 그래야 도시 옥상 생태 텃밭에도 딸기

옥상 생태 텃밭에 핀 딸기꽃

꽃이 피면 벌과 나비가 날아와 춤추는 세상이 될 것이라 생각합니다.

49. 봄 장 담기 단상(斷想)!

오늘 장(醬)을 담았습니다. 오늘은 정월 음력 초 8일 필자의 집에서는 일요일이라 틈을 내어서 장(醬)을 담았습니다. 예부터 장은 정월달에 담았는데, 길일(吉日)로는 설을 쇠고 첫 번째 말(午)날이 좋다고 전해지고 있으나, 제 생각은 일일호일(日日好日)이라, 다 길일(吉日)로 보고 오늘 1년 먹을 장을 담았습니다. 필자의 집에서는 365일을 다 길일(吉日)로 봅니다. 一切가 唯心造 아닙니까? 매년 날짜 택일하지 않고 담아도 장맛은 끝내줍니다.

예부터 음식맛은 장맛이라고 했습니다. 장맛이 좋아야 음식맛도 납니다. 아무리 음식 솜씨가 좋아도 그 집 장맛이 좋지 않으면 음식맛이 살아나지를 못합니다. 장 담그는 방법은 작년 가을에 쑨 메주를 깨끗하게 씻어서 말린 후에 장독에 메주를 넣고 소금물을 따로 녹여서 소금물이 다 녹으면 장독에 메주를 넣고 소금물만 부어주면 됩니다. 계란이 뜰 정도면 소금물 농도가 맞습니다. 전통적으로 장 담글 때 장독 안에 숯과 고추를 함께 넣기도 합니다. 넣든 안 넣든 관계는 없습니다. 필자의 집에서는 다년간 넣지 않아도 장맛은 똑같습니다. 페친(얼벗) 여러분! 금년부터 된장은 사다만 먹지 말고, 손수 담아 먹어 보십시오. 그래야 우리 음식 문화가 대대로 전승될 것이 아닙니까? 편리함만 추구하다 보면 우리 전통문화는 단절되고 맙니다. 우리 전통문화는 우리가 지켜가야 합니다.

봄 장 담기 사진

50. 춘설(春雪)의 단상(斷想)!

유난히 작년 겨울에는 눈이 많이 오더니만, 오늘 아침 자고 일어나니 춘설(春雪)이 옥상 생태 텃밭에도 소복이 내려 장독에도 철쭉 꽃나무에도 가지마다 하얀 솜옷을 입고 있습니다. 눈이 오면 동심(童心)으로 돌아갑니다. 하얗게 때묻지 않은 눈을 보고 있으면 사람 마음도 따라 하얀 마음이 됩니다. 이런 감정은 누구나 다 똑같을 것입니다. 그런데 도시생활은 그런 마음도 잠깐이고, 눈 위를 걷자면 걱정부터 듭니다. 큰 도로는 제설 작업을 해주기 때문에 눈이 와도 별 걱정은 없지만, 이면도로 동네 골목은 골목마다 눈 온 뒤에는 천태만상입니다. 내가 사는 동네도 골목마다 인심이 드러납니다. 눈이 많이 온 작년 겨울부터 오늘 춘설까지 빙판 그대로인 골목길도 있고, 눈이 내리자마자 제설 작업을 해서 걷기 편한 골목길도 있습니다. 편한 골목길은 이웃사촌이라 먹을 것도 나누어 먹는 골목이고, 빙판 골목길은 이웃이 누구인지 대문 꽉 닫고 사는 이웃집들입니다. 우리나라는 옛 풍습은 문 닫고 사는 지금 같은 도시풍속은 아니었습니다. 내 집, 네 집 음식이 이웃집 담을 넘어가는 정겨운 인정미 넘치는 아름다운 풍속이었습니다. 사람의 마음까지 각박하게 만든 것이 도시 생활이라 아쉬울 뿐입니다.

그건 그렇고 구정 설에 선물로 사과가 5박스나 들어왔는데, 오늘 남은 박스를 열어 보았더니, 사과가 시들시들하여 더 이상 두게 되면 썩거나 못 먹게 될 것 같아서 어찌할까 궁리하다가 오래 두고 먹을 수 있는 방법으로 사과잼을 만들기로 마음먹고 사과잼을 만들었습니다. 큰 솥으로 하나, 작은 솥으로 하나, 두 솥을 만들었더니, 병으로 세 병이 나왔습니다. 큰 병 하나는 외손녀인 전유나, 유민에게 보냈습니다. 요놈들이 빵을 좋아해서 빵에다가 잼 발라 먹으면서 외할아버지 생각하라고 보냈답니다. 내일 오는 날이라 틀림없이 오자마자 사과잼 잘 먹었다고 귀염을 부릴 것입니다. 페친(얼벗) 여러분! 혹 사과가 오래되어 시들시들하면 잼을 만들어 두고 먹으면 좋습니다. 사과 잼은 이렇게 만들면 아주 달고 맛이 일품입니다. 사다 먹은 것에 비할 바가 아닙니다. 맛이 환상입니다. 사과잼 만드는 방법을 일러드릴 테니, 한번 만들어 보십시오. 사과 껍질은 깎아서 믹서기로 곱게 갈아서 흑설탕을 기호에 맞게 넣어서 죽 쑤듯이 중간불로 졸여주면 됩니다. 졸일 때 주의할 것은 가끔 눌지 않게 저어 주면 되고 솥뚜껑은 살짝 열어두면 잘 졸여집니다. 왜 솥뚜껑을 닫는가 하면 보글보글 죽 마냥 끓어오르면서 뜨거운 사과잼 물이 튑니다.

나도 어제 잼 만들다 두 번이나 손가락을 뎄습니다. 잘못하면 잼물로 화상을 입게 되기 때문에 잼 물이 튀지 않도록 솥뚜껑을 닫고 끓이는 것이 좋습니다. 내 경험에서 나온 이야기입니다. 참고들 하시면 데는 일은 없을 것입니다. 가끔 별식으로 빵에다 잼 발라서 먹어보는 것도 좋지 않겠습니까? 남은 시간은 책보면 되고요. 365일 밥만 먹는 것도 물리지 않습니까? 가끔 간단하게 빵으로 때우는 것도 시간 절약되어서 좋고요. 페친 여러분께 광고 하나 하겠습니다. 페이스북은 많은 분들이 공유하는 장소라 글을 올리자마자 흘러간 물과 같이 빠르게 지나갑니다. 그래서 카페를 개설하였습니다. 카페는 다른 카페와 다르게 운영을 합니다. 다른 카페에 가보면 회원이 되어야 공시된 글을 읽을 수가 있게 문턱이 높습니다. 그런데 필자의 카페에서는 회원제를 없앴습니다. 아무나 와서 보고 갈수가 있도록 문빗장을 활짝 열어 놓았습니다. 왜냐하면 부처님

옥상 생태 텃밭에 춘설春雪과 사과 잼 사진

법을 전법하기 위해서 만든 법당이기 때문입니다.

아무 때나 오셔서 쉬었다가 가십시오. 고맙습니다.

51. 70회 생일 축하(祝賀) 단상!

선덕행(禪德行) 도반(道伴) 생신(生辰)을 축하합니다. 오늘 정월 열나흘 날이 선덕행 도반 70회 생일입니다. 작년에 삼재에 아홉수를 넘긴다고 죽을 고생을 했는데, 다행히 몸만 다치고 무난히 70회 생일날을 오늘 아침에 맞게 되어서 제불보살님의 가피에 감사드리고, 조상님께 감사를 올립니다. 예부터 인생 칠십 고래희(人生七十古來稀)라고 했는데, 의학이 발달한 요즘 세상은 백수를 다 누리게 됩니다. 오늘 70회 생일날은 우리 누님 둘째 아들 질부 며느리가 생일 떡으로 영광 모시떡을 한 말 해가지고 어제 저녁에 축하 꽃 화환과 함께 생일 케이크까지 들고 와서 인사를 하고 다녀갔습니다. 유난히 외숙모님을 따르는 질부 며느리라 정이 더 갑니다. 사람이 세상을 사는 것이 자기 할 탓이라고 봅니다. 살다보니 부처님이 말씀하신 인과법은 하나도 틀린 것이 없습니다. 우리 선덕행 도반은 행(行)에 있어서는 나보다는 한 3겁 정도는 더 닦은 것 같습니다. 마음 씀이 부처님 마음과 똑같습니다. 베풀기 좋아하고 주기 좋아하고 그러다 보니 70 평생 쌓은 선덕이 많이 편입니다. 어려운 친척 조카딸을 15명을 가르치고 키워서 시집을 다 보냈으니, 살아있는 관세음보살입니다.

오늘 아침에는 미역국을 먹어야 하는데, 국수를 먹었습니다. 외손녀 유나, 유민이도 외할머니 생일날이라고 찾아 왔다가 방금 갔습니다. 다친 골절도 통증이 조금씩 회복되어가서 다행입니다. 한 달 동안은 수발 들어 주느라고 밤을 꼬박 샜는데 골절 통증이 완화되다 보니, 이젠 한시름 놓게 되었습니다. 골절에는 산골조개와 오이씨가 효력이 있는 것이 분명합니다. 입원하지 않고 집에서 치료를 해도 호전이 되니 말입니다. 폐친 여러분! 건강들 하십시오. 인생은 건강이 최고입니다. 건강을 잃으면 모든 것을 다 잃게 됩니다. 사는 동안 건강하게 사는 것이 인생의 최고 선물이고 행복입니다. 오늘 70회를 맞는 우리 선덕행 도반 생일을 축하드립니다.

선덕행 보살 계사년 70회 생일 축하 케이크와 축하 꽃

52. 정월 대보름 단상(斷想)

정월 대보름은 세시 풍습으로 보면 상원(上元)이라고 합니다. 일 년을 상원, 중원, 하원으로 하여 중원(中元)은 음력 칠월 백중(7월 15일)과 하

원(下元)은 음력 10월15일을 말합니다. 우리나라 세시 풍습은 농경문화와 관련이 있기 때문에 정월 대보름날부터 새해 농사 준비를 해야 하기 때문에 찰밥과 함께 갖은 나물을 준비하여 이웃 간에 음식을 나누어 먹고 협동하여 논두렁에는 쥐불놀이라 해서 불을 놓아 태우게 합니다. 이런 세시 풍습은 우리 선조님들이 생활의 지혜에서 비롯된 것이라고 생각이 듭니다. 논두렁 밭두렁 마른 풀섶에는 농사에 해로운 해충이 알을 까서 동면을 하고 있기 때문에 농사 준비 단계로 풍년을 기약하는 의미에서 논두렁 밭두렁을 태워서 해충을 막는 방법으로 정월 대보름 쥐불놀이 세시 풍습을 만든 것 같습니다. 도시 생활을 하면 세시 풍습과는 무관하게 생활을 하지만 결국 도시 사람들도 먹는 쌀은 농사 짓는 분들이 생산한 쌀을 먹고 살기 때문에 우리 전통문화 풍속은 전승이 되도록 협조 협력해야 한다고 봅니다. 도시에서는 정월 대보름 찰밥과 나물로 대보름 음식을 장만해서 이웃과 함께 나누어서 먹었습니다. 아침 5시에 일어나서 찰밥 두 솥을 쪘습니다. 호박나물, 도라지나물, 고사리나물, 시금치나물과 함께 먹었더니, 옛날 시골에서 어머님이 해주신 찰밥과 같이 맛이 거의 같습니다.

그래서 우리 건물에 사는 각 세대마다 이웃들과 함께 나누어서 먹었습니다. 찰밥 한 그릇이지만 이렇게 나누어 먹는 풍습이 우리 전통문화였습니다. 일기 예보를 보니, 서울은 오늘 맑은 날이라 보름달을 볼 수가 있다고 합니다. 밤에 달이 뜨면 옥상에 올라가 보름달을 보고 한 해 소원을 빌어보십시오. 빈다는 것은 결국 자기와의 약속이 아닐까요. 소박한 바람(所願)으로 가족들 건강과 친척 친지 아는 분 다 잘되었으면 좋겠다고 빌어보는 것도 의미 있는 일이라 생각됩니다. 밤하늘 별을 보고 있으면 각박한 사람 마음도 넉넉해집니다. 비는 폭을 조금 넓이면 우리 민족 숙원인 남북통일과 우리나라 경제가 계사년에는 정말 잘 풀려서 통일도 되고, 세계에서 우뚝 서는 대한민국이 되어줬으면 좋겠다고 하늘에 뜬 달님에게 빌어보십시오. 국민 각자의 소원이 하나로 뭉쳐지면 그것이 국력(國力)이 되리라 믿습니다. 정월 대보름을 맞는 단상이었습니다. 페친(얼벗) 여러분! 계사년 금년 한해에는 하는 일마다 다 뜻과 같이 이루어지기를 빕니다. 건강들 하십시오.

정월 대보름 찰밥과 나물 부럼 과일 사진

53. 차(茶)의 단상(斷想)!

금년 계사년에도 봉명산중(鳳鳴山中) 다솔사(多率寺)에 주석하신 동초(東初) 효공(曉空) 화상(和尙) 회주(會主), 옛 도반(道伴)께서 잊지 않고,

도중(都中)에 사는 화정거사(和政居士)에게 우전(雨前) 녹차(雀舌茶)을 보내 왔습니다. 다솔 사(多率寺)는 한국 茶의 성지로서 금년에 효공 화상이 주지를 맡자, 바로 다솔사 "茶" 축제를 2013년 5월 24일 오후 2시에 가진다고 합니다. 茶에 관심이 있는 분들은 오늘 올린 다솔사 茶 축제를 놓치지 마십시오. 방금 보내온 茶를 음다(飮茶)해보니, 맛이 감로(甘露)입니다. 우전 새 차라서 맛이 제호 맛입니다. 효공 화상! 차(茶) 값은 다시(茶詩)로 지불합니다

봉명산중
다솔 사 숨은 도인
효 공 화상!
도시 늙은이 잊지 않고,
우전 죽로차 또 보내셨네!

봉명산속 도인
東初 曉空 和尙 바위 선정 중

鳳鳴山中多率寺 隱居道人曉空師
都中老翁歲不忘 雨前竹露又雲送
〈鳳鳴竹露茶感納偈〉
화정거사(和政居士) 합장(合掌) 삼배(三拜),

54. 옥상 생태 텃밭 벤자민꽃 단상(斷想)!

작년에 지인으로부터 벤자민 화분 하나를 선물로 받았는데, 요 며칠 전부터 옥상 계단 쪽에서 짙은 향기가 코끝을 자극하여 자세히 보았더니, 흰 꽃, 보라색 벤자민꽃이 만발하여 온 집 안밖에 향기가 가득합니다. 꽃도 예쁘지만 향기가 아주 진합니다. 흰 꽃은 흰 꽃대로 맑고 깨끗하고, 보라색은 보라색대로 천연 색조감을 주어서 보면 볼수록 빠져듭니다. 페친 여러분! 주말 선물입니다.

옥상 생태 텃밭 벤자민꽃 만발 사진

55. 삼인성호(三人成虎)

🌱 5.18 민주화 운동 폄하에 대한 단상

삼인성호는 전국(戰國)시대 위 혜왕(魏惠王)에 대한 고사성어다. 방총이 태자와 함께 조나라로 볼모로 가게 되었을 때, 혜왕에게 물었던 내용이다. 도성에 호랑이가 나타났다고 하면 믿으시겠습니까? 못 믿지, 그럼 또 다른 사람이 와서 화랑이가 나타났다고 하면 믿겠습니까? 의심은 가나, 못 믿지. 그러자 방총이 또 물었다. 이번에 또 다른 사람이 와서 도성 한복판에 호랑이가 나타났다고 하면 믿겠습니까? 그렇다면 믿을 수밖에 없다고 했다는 고사성어다. 방총이 왜 이렇게 혜왕에게 물었느냐 하면 조나라로 먼 길을 떠나고 나면, 그의 정적(政敵)들이 방총에 대해서 모략을 하면 혜왕이 그들의 말을 듣고 음해에 빠질 것을 염려해서 다짐한 말이다. 도성 한복판에 호랑이가 나타나지 않았는데도 세 사람만 입을 맞추고 거짓말을 하면 임금님도 속고 만다는 이야기이다. 방총이 염려했던 대로 위혜왕은 그의 정적들의 음해로 방총은 위나라로 돌아오지 못했다. 혜왕의 삼인성호는 지금 대한민국에서도 버젓이 일어나고 있는 꼴이다. 5.18 광주 민주화 운동을 두고, 왜곡 폄하 비방을 특정 언론 매체를 통해서 선동하고 있으니, 현대판 삼인성호이다. 유네스코에서는 2011년 5월 대한민국의 5.18 민주화 운동 관련 기록물 등은 세계기록 유산으로 등재하는 것을 승인했다. 여기에 등재된 기록물들은 5.18민주화 운동당시 군과 중앙정부 등 국가 기관에서 작성한 자료와 수사기록, 김대중 내란 음모 사건기록, 시민 성명서, 국회 청문회 자료 등이 들어 있고, 미국 정부의 비밀 해제된 문서와 5.18민주화 운동 당시 촬영되었던 필름 2,000여개가 포함된 방대한 기록물을 토대로 하고 있다. 이 기록들이 세계기록 유산으로 등재된 것은 신 군부의 부정한 국가권력에 저항하며 자신과 가족의 생명을 지키기 위해 광주 시민들이 보여준 고귀한 희생정신이 인류의 보편적 가치인 인권, 민주, 평화, 정신을 대변한다는 것을 세계가 공인하고 있는데, 편협된 억측과 조잡한 논리로 5.18 민주화 운동을 폄하하려는 세력들이 이 땅에서 버젓이 활개를 치고 선동한다면 국론 분열로 문제가 크다고 본다. 잔혹한 신군부에 의해 자행된 살상을, 그대가 그대 부모 형제가 당한 피해자라면 그런 논리로 주장을 펼 수가 있는가 묻고 싶다.

56. 옥상 생태 텃밭 소식 단상!

옥상 텃밭에 한 달 전에 심어 놓았던 채소들이 이렇게 훌쩍 자랐습니다. 아침마다 물도 주고, 잔풀도 매고 했더니만 요렇게 많이 자랐습니다. 고추는 이제 꽃이 피려고 가지마다 꽃망울이 나오고, 상추는 뿌리를 내리고 겹잎도 제법 많이 나와서 어제 저녁 밥상에 쌈과 상추 겉절이 김치를 만들어 먹었습니다. 딸기는 꽃 필 때 날씨가 추워서 벌, 나비가 날아오지 않아 걱정을 했는데, 이제는 열매가 주렁주렁 달려서 익으면 외손녀 유민이가 아주 좋아하며 따먹을 것입니다. 그 외 부추, 삼채, 방아잎, 신선초, 개똥 쑥, 돌나물, 당귀 등 채소들이 경쟁을 하며 커 가고 있습니다. 식물 채소류도 심어 놓고 관찰을 해 보면 생존 경쟁이 아주 대단합니다. 서로가 서로를 견제하면서 옆 식물을 크기나 잎으로 햇빛을 차단하여 성장을 못하게 합니다. 자연 생태계도 그러고 보면 생존 본능의 싸움터가 아닌가 생각이 듭니다. 사람 사는 것과 똑같지 않습니까? 경쟁에서 지고 나면 도태되고 마니까요. 이웃집에 갔더니 꽃이 아주 빨갛게 피어 있어서 덤으로 사진을 올려놓았습니다. 아주 예쁘죠? 혹 오늘 우울한 기분인 페친 님이 계시면 옥상 텃밭 보시고 기분 전환 하십시오. 오늘도 모두 다 행복들 하십시오.

옥상 생태 텃밭에 채소가 자라고 있는 사진

57. 이름 모를 꽃의 단상(斷想)

오늘 아침은 유난히도 눈을 일찍 뜬 바람에 새벽 3시에 일어났습니다. 이것은 내 생체 리듬이 지난날 생활 습관에서 비롯된 것이라고 봅니다. 젊은 날 수행한답시고 절에서 생활을 했으니, 지금도 새벽 두 시 반이면 잠을 깨곤 합니다. 혼자 살면 몰라도 옆 사람 수면 방해는 하지 않으려고 살짝 안방 문을 열고, 서재로 와서 앉아 참선을 하기도 하고, 마음 내키면 보고 싶은 경전이나 선어록을 보기도 합니다. 오늘은 절집으로 보면 삭발하는 날입니다.

속가 생활은 머리를 삭발하여 빡빡 깎을 수도 없기 때문에 머리를 기르다 보니, 한 달에 한 번씩 이발소를 가게 됩니다. 그런데 요즘 도시 이발소는 머리만 깎는 곳이 아니라서 옛날 동네 이발소 같은 곳을 찾기가 여간 어렵지 않습니다. 다행히 우리 동네 건너편에는 옛날과 같은 이발소가 있어서 단골로 다닙니다. 이발소 아저씨 연세가 70을 넘는 분이고 사모님께서 면도를 해 주니까, 형수씨 같고 형님 같습니다. 오늘은 주제가 꽃의 단상입니다. 이발을 하고 나오다 보니, 담벼락에 이렇게 예쁜 꽃이 피어 있었습니다. 꽃 이름을 몰라 지나가는 여러분에게 물어봐도 다 모른다고 합니다 또 관심도 없고요. 그런데 나는 이 꽃을 보자 생명에 대한 경외감 같은 것을 느꼈답니다. 꼭 전기에 감전이 된 듯 했습니다. 보십시오. 이 꽃을! 꽃이 필 장소가 아닙니다. 콘크리트 바닥에 타일 틈새에서 핀 꽃입니다. 얼마나 척박한 장소입니까? 흙도 없는 저런 곳에서 이렇게 아름다운 꽃을 피워냈다는 것은 정말 끈질긴 생명력에 존엄성을 느낍니다. 사람들은 걸핏하면 환경 탓을 많이 합니다. 그런데 이 꽃을 보면 그런 생각을 싹 가시게 합니다. 척박한 곳에서 아름답게 핀 이름 모를 꽃이여! 나는 오늘 그대 꽃 때문에 내 삶을 되돌아본다. 아름답게 핀 이름 모를 그대 꽃이여! 인동초(忍冬草) 같은 꽃이여! 갖은 박해 탄압 수난을 견디고, 忍冬草 같은 삶을 살다 가신 그 분을 생각하게 하는구나! 이름 모를 그대 꽃이여!

척박한 시멘트 바닥에 예쁜 꽃을 피우고 있는 이름 모를 꽃

58. 심우정(尋牛亭) 단상(斷想)

불교에서 심우(尋牛)는 소를 찾는다는 말인데, 소(牛)란 우리 마음(心)을 닦는 과정을 곽암(廓庵)선사가 열 단계로 나누어서 게송(偈頌)으로 만든 것입니다. 필자의 집에서는 작년에 심우 송(尋牛頌)을 페이스북에다가 올려 놓았습니다. 못 보신 분은 여여법당을 치면 볼 수가 있습니다. 필자의 집 옥상에는 생태 텃밭이 있고, 옥상 한복판에 정자를 지어서 심우정(尋牛亭)이라고 이름을 붙였습니다. 왜 심우정이라고 했느냐하면 이곳이 참선방(參禪房)이라서 그렇습니다. 추운 겨울철만 빼놓고는 늘 시간이 나면 이곳에서 참선을 하기 때문에 그렇습니다. 절에 있다가 속가에 나와서 보니, 속가란 시끄러운 곳이고, 그 시끄러운 곳에서 마음을 닦는다는 것은 상근기가 아니면 그렇게 쉽지를 않습니다. 그래서 궁여지책으로 만든 2평짜리 심우선방(尋牛禪房)이 생기게 되었습니다. 정자 두 곳 처마 끝에는 풍경도 구리로 직접 제작을 하여 달아 놓았더니, 바람만 불면 풍경소리가 절 풍경소리 못지않게 소리를 냅니다.

눈 감고 풍경소리만 듣고 있어도 마음이 푹 쉬어집니다. 풍경 소리에 마음을 집중하다 보면, 마음에서 일어나는 잡념 망상이 푹 사라집니다. 화두참선을 하지만, 풍경소리 참선도 해 봅니다. 마음을 한 곳에 집중하는 데는 풍경소리도 화두 못지않습니다. 부처님 법은 중생 근기 따라 설해진 방편 법문이 많습니다. 부처님은 중생의 마음을 고쳐주는 의사와 같다고 해서 부처님 법문을 응병여약(應病與藥)이라고도 합니다. 병에 따라 약을 줬다는 말입니다. 감기 든 사람에게는 감기약을, 당뇨병에는 당뇨약을 준다는 말입니다. 병증(病症) 변별(辨別)을 잘 하는 것이 명의

(名醫)입니다. 그래서 부처님을 의성(醫聖)이라고도 합니다. 그런데 요즈음 우리 불교교단에 의성(醫聖)도 되지 못하고, 불교를 불설(佛說), 비불설(非佛說)로 시비를 일삼는 사람들이 눈에 띄어서 언급을 합니다. 대승불교나 소승불교나 나름대로 지역적 특성에 맞게 발전을 해 왔습니다. 그런데 어느 특정지역 불교만이 부처님 친설 불교라고 자구(字句)나 따지고 시비를 한다면 그 사람은 불자라고 볼 수가 없습니다. 금강경 야부송에 보면 강북성지(江北成枳)에 강남귤(江南橘)이라고 했습니다. 똑같은 씨앗인 귤도 추운 강북에 심으면 탱자가 되고, 날씨가 따뜻한 남쪽에 심으면 귤이 된다고 했습니다. 부처님 가르침도 토양 따라 발전했다는 말입니다. 귤이냐 탱자냐 따져봐야 귤도, 탱자도 모르는 사람입니다. 제발 몇 권 읽은 경전 지식으로 불교를 농단하지 말기를 바랍니다. 자기 근기에 맞는 수행법을 택하여 묵묵히 닦으면 됩니다. 그것이 부처님 제자로써 닦아 가는 불자의 신행 자세입니다.

심우정 정자 사진

59. 로즈마리 허브 단상(斷想)!

오늘 생태 텃밭에서는 로즈마리 분식 식재를 했습니다. 로즈마리는 허브 식물로 활용도가 아주 많은 식물입니다. 로즈마리는 생선이나, 돼지고기 구울 때 잎사귀 몇 개만 넣어주면 비린내 노린내가 싹 가십니다.

효능도 아주 많습니다. 혈액순환에 좋고, 저혈압에도 좋고, 소화기 계통으로 헛배 부른 것, 소화불량, 변비, 장염, 위장염, 만성기관지염 등에도 좋다고 합니다. 요즈음은 향기요법으로도 활용을 합니다. 화분에다가 키우기 때문에 꽃 가게 가면 3천 원부터 5천 원 합니다. 3천 원짜리 화분 하나면 가을쯤에는 화분 30개도 만들 수가 있습니다. 분식식재 삽목이 가능한 식물이라 그렇습니다. 꽃은 꽃대로 관상용으로 보고, 잎은 잎대로 향신료로 활용하기 때문에 한번 취미로도 길러볼 만합니다. 어떤 식물이든 1년이면 새순과 가지가 나옵니다. 로즈마리도 새순과 새가지가 나옵니다. 가을 정도 가면 새로 나온 가지를 밑둥까지 잘라서 밑을 2cm 정도 잎을 따서 그대로 흙에 꽂아두면 뿌리가 나오게 됩니다. 뿌리가 나오면 분 하나에 하나씩 분식을 하면 됩니다. 아주 간단하게 로즈마리 분을 늘릴 수가 있습니다. 삽목은 지금 해도 1년 큰 싹이면 됩니

로즈마리 허브 삽목 분재 사진

다. 올려놓은 사진과 같이 분 하나에 삽목을 촘촘히 꽂아 밖에 두고 매일 물만 주면 됩니다. 페친(얼벗) 여러분께서도 한번 활용해 보십시오. 길러서 달라고 하는 사람 주면 복 받습니다. 필자의 집에서는 지인들이 달라고 해서 분 하나만 남기고 다 주고 금년에 또 이렇게 분식 식재를 했습니다. 2013년 5월 24일

60. 옥상 생태 텃밭 찔레꽃 단상!

3년 전에 고향에 성묘 시제 갔다가 선영이 모셔져 있는 묘역에 찔레꽃이 피어서 향기가 진동을 하길래, 밑둥에서 작은 묘목을 옮겨다 화분에 심고 가꾸었더니, 작년부터 5월이면 꽃을 피워서 향기가 진동을 합니다. 찔레꽃은 향이 아주 짙습니다. 독특한 향이 바람을 타고 코끝을 자극하면 발걸음을 멈추지 않을 수가 없습니다. 하얀 꽃망울에 노란 꽃술은 금으로 단장을 해 놓은 것 같아 올망졸망 아름답습니다. 향이 장미꽃과 같아 맡아보면 기분이 아주 상쾌해집니다. 혹여 주말에 기분이 언짢으신 분은 이 찔레꽃 보시고 마음을 확 바꾸어 보세요. 세상은 마음 따라 행, 불행도 따른다고 했습니다. 기왕이면 행복한 것이 좋지 않겠습니까? 주말 선물로 찔레꽃 향, 페친 여러분께 선물 합니다. 온 세상이 행복한 하루가 되었으면 합니다.

옥상 생태 텃밭 화분에 핀 찔레꽃

61. 주말 피로 찔레꽃 단상!

조금 전에 올린 찔레꽃으로 점심 공양 후에 찔레꽃 차를 달여 마셨습
니다. 찔레꽃 차는 차로 달여도 향이 그대로 살아나서 아주 좋습니다.
녹차는 담백한 맛이 나지만, 찔레꽃 차는 향이 매화꽃 향보다 더 진해
서, 마시고 숨을 길게 코로 쉬면 뇌까지 향기가 전해져서 기분이 아주
상쾌해집니다. 삶이란 꾸리기에 달렸다고 봅니다. 내 삶은 내가 꾸려 가
야 합니다. 내가 주인공이니 말입니다. 남이 대신해 줄 수가 없습니다.
내 삶은 내가 찾아서 차 한 잔 마시며, 여유를 부려보는 것도 삶의 통찰
이라고 봅니다. 찔레꽃 차도 녹차와 같습니다. 끓인 물을 60도 정도 식
힌 후에 잔에 바로 딴 찔레꽃 3송이를 넣고 식힌 물을 부어서 잔 뚜껑
을 닫아 2분 후에 마시면 찔레꽃 향이 입안에 가득합니다. 마시는 것은
녹차와 같이 음다(飮茶)를 합니다. 음다(飮茶)는 잔을 혀끝에 대고 조금
씩 혀 위에 음미하는 것을 말합니다. 차(茶)를 커피 마시듯 하면 차향을

느낄 수가 없습니다. 차 한 잔 마시는데도 품격이 있는 것이 우리네 다도 법입니다. 찔레꽃 차향과 내가 하나가 되는 것이 찔레꽃 차 음다법입니다. 오늘 주말 가족과 함께 모여서 행복을 위해서 차 한 잔 마시면, 차 한 잔 속에 삶의 행복이 우러날 것입니다. 페친 여러분 좋은 주말 되십시오.

필자의 집에 핀 찔레꽃 차 사진

62. 양파 소금 김치 담기 단상

필자의 집에서는 오늘 양파 소금 김치를 담았습니다. 처가댁 둘째 조카님이 무안 해제에서 양파 농사를 지어서 두 망태를 보내왔습니다. 금년에는 양파가 금값이라고 합니다. 1개당 1,000원이라고 하니, 물가가 장난이 아닙니다. 이렇게 귀한 양파를 보내주어서 "양파" 소금 백김치를 담아 보았습니다. 양파는 그동안 생으로 고추장에 찍어 먹었는데, 먹고 나면 입안이 텁텁하고 입에서 냄새가 났는데, 토요일에 광주에 사는 처제가 올라와 양파 김치 담는 방법을 일러주어서 조금 담아 일요일에 먹어 보았더니, 정말 아삭아삭하고 담백하면서 먹고 나면 입에서 냄새도 나지 않고 좋길래, 이렇게 페친 여러분께 공유를 합니다. 양파는 껍질을 벗길 때 눈이 매워서 보통 눈물, 콧물 다 흘립니다. 그런데 이젠 그런 고통 없이 양파 까는 비법을 일러 드리겠습니다. 양파를 물에 담고, 뿌리 쪽을 칼로 잘라, 순 나온 쪽으로 물속에서 껍질을 벗기면 눈이 하나도 맵지 않고 껍질을 벗길 수가 있습니다. 껍질을 벗겨서 깨끗이 씻은 후에 물기를 행주로 닦아 가운데로 토막을 냅니다. 가운데로 토막을 내고 나면 반쪽이 되는데, 양파 뿌리 쪽으로 보면 껍질이 연결된 밑둥을 V자로 칼로 올려 내고 4등분으로 토막을 내면, 한입에 먹기 좋게 양파 김치 재료가 만들어집니다.

양파의 양에 따라 담을 소금물을 솥으로 팔팔 끓여서 식힌 후에 식초와 설탕을 넣어 섞은 후 김치통에 부으면 김치 담기는 끝입니다. 소금이나 간은 식성에 따라 농도를 맞추면 됩니다. 양파 외에 파프리카나 피망을 넣어도 색감이나 맛, 영양면에서도 좋을 것 같아서 담아보니 색이 더욱 좋습니다. 짠 음식을 좋아하는 분은 소금을 더 넣고, 신 것을 좋아하면 식초를 더 넣고, 단 것을 좋아하는 분은 설탕을 더 넣으면 됩니다. 혹 당뇨가 있으신 분은 체내에 흡수되지 않는 아스파탐을 넣어도 됩니다. 양파 소금 김치는 담아서 냉장고나 김치냉장고에 보관하면 됩니다. 요즘처럼 덥고 입맛 없을 때, 냉장고에 담아놓은 시원한 양파 소금 김치 하나면 밥 한 그릇 뚝딱입니다. 정말 아삭아삭 맛도 좋고, 먹고 나면 텁텁한 양파 냄새가 전혀 나지 않습니다. 세계가 지구촌 시대에 살고 있는 지금, 좋은 정보는 공유를 해야 빛이 납니다. 우리 단군 할아버님 국조 철학이 홍익인간, 이화치세 아닙니까? 서로서로 돕고 상생 공존하는 것이 홍익인간, 우리민족의 국조 철학입니다. 더불어서 함께 잘 삽시다. 페친 여러분! 오늘도 행복이 넘치는 하루 되십시오.

양파 소금 김치 담기 사진

63. 옥상 생태 텃밭 단상(斷想)!

옥상 생태 텃밭에 심어 놓은 채소나 고추가 이번에 온 비를 맞더니, 훌쩍 자라 생기가 넘쳐납니다. 사람이나 식물이나 자연 속에서 살기 때문에 자연 섭리 상태 그대로가 좋은 것 같습니다. 도시 농사는 매일 수돗물을 주어야 합니다. 식물들도 수돗물보다는 자연에서 내려준 비가 훨씬 좋은가 봅니다. 며칠 전에 삽목했던 로즈마리도 머리를 쳐들고 생기가 나는 것으로 보아서 뿌리를 내린 듯합니다. 3일 전에 일기예보 덕분에 고추밭에는 지주목을 박고 고추를 묶어 놓았더니, 이번 비바람에도 쓰러지지 않았습니다. 고추는 벌써 눈이 나오고 꽃도 피려고 합니다. 엊그제 심은 것 같은데 벌써 가지 꽃도 피고, 오이꽃도 피기 시작을 합니다. 장독 옆 감나무에도 감꽃이 피려고 꽃망울이 나옵니다. 감꽃이 필 때쯤이면 멸치도 알이 뱁니다. 예부터 감꽃 필 때쯤이면 종갓집에서는 멸치젓을 담습니다. 김치가 맛있으려면 푹 삭힌 멸치젓이 들어가야 김치가 맛깔스럽습니다. 멸치젓은 수산시장에 지금쯤이면 많이 나옵니다. 지금 담아서 삭혀놓으면 1년 내내 먹을 수가 있어서 좋습니다. 도시에 살다 보면 철가는 줄 모르고 삽니다. 그래서 그런지 음식도 철음식을 먹여야 하는데, 요새는 온상에서 나온 식재를 먹다보니 맛이 제맛이 아닙니다. 철없는 음식을 먹어서 그런지 철없는 사람도 많습니다.

옥상 생태 텃밭 채소 자라는 사진

그래서 필자는 옥상에 생태 텃밭을 만들어서 직접 심어서 먹습니다. 맛도 맛이지만, 농사짓는 재미가 쏠쏠합니다. 페친 여러분께서도 한번 시도해 보십시오. 흙을 만지다 보면 정서상으로도 아주 좋습니다.

64. 중앙승가대학교 최초 현판 단상

중앙승가대학을 최초로 동소문동 보현사에서 달았는데, 벌써 35년 전 일이네요. 아련합니다. 세월은 벌써 흘러 36년 전 일이 되었네!

화정 스님 사진   석주 큰 스님과 함께

65. 페이스북 중앙승가대학교 동문방에 올린 글!

이렇게 만나 뵙게 되어서 정말 반갑습니다. 페이스북에 동문 모임방을 만들어 주신 도정 스님 정말 고맙습니다. 나는 중앙승가대학 초창기 때, 석주 큰 스님을 모시고 성문 스님과 함께 교무 일을 맡았던 화정거사(和政居士)입니다. 벌써 35년의 세월이 흘렀습니다. 초창기 때 승가대학 설립 멤버들은 1인 3역을 해야 했습니다. 배우랴, 운영하랴, 가르치랴, 정말 눈코 뜰 새 없이 바쁜 나날이었지만, 그래도 성과 열을 다하여 최선을 다했습니다. 그 결과 오늘의 중앙승가대학이 존재하게 되었습니다. 시작은 비록 작고 초라했지만 뜻(願力)은 컸기 때문에 인재 교육 불사에 많은 분들이 동참해주셔서, 그 결과가 승가대학교 동문 모임방도 있게 되었다고 봅니다. 지금도 승가대학은 어렵다고 들었습니다. 운영자금을 마련하기 위해서 후원계좌를 설치하여 학교 운영에 반영한다고 하니, 동문 여러분의 애교심이 더욱 필요한 때라고 생각이 듭니다. 온라인상으로 동문 여러분을 뵙고 인사드리지만, 그래도 우리는 힘들고 어려운 지난날을 생각하면서 중앙승가대학교 모임방이 중앙승가대학교의 발전에 주춧돌이 되어주실 것을 부탁드리고 싶습니다. 동문 여러분! 정말 반갑습니다. 중앙승가대학교 동문방의 필요성을 절감했으나, 환속한 거사로써 추진할 수도 없던 차에, 다행히 도정 스님께서 모임방을 주선해주셔서 이렇게 동문 여러분께 인사를 올리게 되었습니다. 중앙승가대학교 동문 모임방이 한국불교의 중추적 산실이 되었으면 합니다. 부처님 은혜에 빚이 있어서 1년 전부터 여여법당을 개설하여 페이스북 인터넷을 통해서 불교 포교에 미력한 힘을 쏟고 있습니다. 동문 여러분의 격려와 지도 질책이 있기를 빕니다.

동문 여러분께서는 한분도 빠짐없이 매일 동문 모임방에 참여하셔서, 중앙승가대학교 동문 모임방이 21세기 한국불교의 포교의 전당이 되었으면 합니다. 정말 반갑고, 감사합니다.

김포에 있는 중앙승가대학교 현판 강 석주 큰 스님 글씨

66. 옥상 생태 텃밭 단상!

오늘은 토요일 주말이라 옥상 텃밭에 아침에 일어나 물을 주고 11시 경에 또 올라가 보았더니, 심어 놓은 채소들이 훌쩍 자라 생기를 띠고 있습니다. 고구마 종자도 화분에 심어 놓았더니, 자주 빛을 싹을 틔우고, 힘차게 올라오고 있습니다. 딸기는 벌써 빨갛게 익은 것이 눈에 들어옵니다. 오이도 꽃 피는 자리에 오이가 달려서 타고 오를 줄도 매어 놓았습니다. 가지도 보랏빛에 노란 꽃술로 단장을 하고 가지마다 꽃망울을 피우고 있습니다. 돌나물도 화분에다 키우지만 아주 싱싱하게 자라고 있고, 당귀는 벌써 꽃대가 올라와 꽃이 피고 있습니다. 꽃 피는 곳마다

벌들이 날아와 꿀을 따가는 것도 눈에 띄게 됩니다. 도시 옥상이지만 생태 텃밭을 만들면, 일석 삼조의 효과를 봅니다. 음식물 찌꺼기는 옥상 텃밭에 흙으로 덮어두면 지렁이가 먹고 배설을 합니다. 그 배설물은 훌륭한 퇴비가 되어 유기농 채소를 길러서 먹으니까 생태환경을 살리는 데 일조를 하게 됩니다. 매년 우리나라에서 버리는 음식물이 처리 비용까지 5조 4천억이라고 하니, 문제 아닙니까? 도시 건물 옥상마다 생태 텃밭 정원을 만들면 국익에도 많은 도움이 될 것입니다. 또 녹색도시가

생태 텃밭 각종 채소 사진

되기 때문에 맑은 공기를 마실 수가 있어서 일석 삼조의 효과를 보게 됩니다. 왜 생태 텃밭이냐 하면 농약을 사용하지 않고 채소를 가꾸기 때문에 흙이 살아있는 땅이 됩니다.

땅속에는 지렁이부터 개미까지 다 살고 있고, 나무에는 여름에는 매미도 날아와 울고, 가끔 까치도 날아옵니다. 비둘기는 아예 삽니다. 자연의 생태환경이 조성되기 때문에 생태 텃밭이라고 합니다. 봄부터 늦가을까지 비치 파라솔을 놓아두면 가족들 휴식 공간이 되기도 합니다. 이렇게 보면 일석 삼조가 아니라, 일석 칠, 팔조가 됩니다. 아침에 페이스북에 공유된 자료를 보니, 서울시에서도 5/30~6/2까지 도시농업 서울 박람회를 개최한다고 합니다. 오늘이나 내일 시청 앞에 가 보시면 많은 도움이 될 것입니다. 가족과 함께 나들이를 하시면 유익한 생활지혜를 배워 올 것입니다. 페친(얼벗) 여러분! 좋은 주말 되십시오.

67. 열무 겉절이 김치 담기 단상!

오늘은 일요일이라 열무 겉절이 배추김치를 담아 보았습니다. 작년에 담은 김장 김치는 설을 쇠고 나면 묵은 김치가 되기 때문에 시어져서 매일 먹기에는 그렇고 해서 바로 담아서 먹기도 하는 겉절이 무, 배추김치를 담았습니다. 사람 입맛이라는 것이 묘해서 한 가지 음식을 오래 먹으면 싫증을 냅니다. 싫다는 입맛에 자꾸 먹다 보면 아주 입맛이 뚝 떨어져서 심통을 부립니다. 심통 부리기 전에 입맛에 맞게 새로운 음식을 먹어주어야 손해를 안 봅니다. 몸은 마음을 담는 그릇 아닙니까? 너무 하자는 대로 해도 안 되지만, 너무 인색해도 심술을 부립니다. 몸이 있어야 부처도 되니까요. 그러니 잘 구슬려서 구경각(究竟覺)까지는 가야 합니다. 겉절이 담는 방법은 김치 담는 방법과 같습니다. 요즘 젊은 세대들은 김치 같은 것은 담으려 하지 않고, 친정집에 부탁하거나 시장에 담아놓은 김치를 사다가 먹습니다. 그러다 보니 김치 담는 것도 모릅니다. 큰일 아닙니까? 친정집 부모님 가시고 나면 어떻게 합니까? 맨날 사다가 먹을 수도 없는 일입니다. 필자의 집에서는 화학조미료는 아예 쓰지 않습니다. 화학조미료를 쓰면 맛은 좋습니다. 그러나 조미료를 쓰지 않고 먹는 습관을 들여야 건강에 좋습니다. 겉절이 김치는 고춧가루를 조금만 넣어야 합니다. 고춧가루를 많이 넣으면 맛이 텁텁합니다. 그러니 조금 시늉만으로 넣고, 볶은 깨와 마늘과 붉은 생고추와 생강과 멸치 액

겉절이 김치 담기 사진

젓을 넣고 갈아서 튀김 가루로 쑨 죽과 함께 넣고, 열무김치와 버무려 주면 바로 먹을 수가 있습니다. 요즘 식탁에 입맛 나게 하는 계절 김치 반찬입니다. 페친 여러분도 입맛이 없으면 한번 담아 드셔 보십시오. 먹는 것이 실해야 하는 일도 잘 됩니다. 오늘은 겉절이 김치 담는 방법이었습니다. 페친(얼벗) 여러분! 건강 챙기시고, 좋은 휴일 되십시오.

68. 수박 주스 만들기 단상!

여름 하면 대표적인 과일은 당연히 수박입니다. 수박은 수분이 아주 많기 때문에 여름에 갈증과 더위를 식혀 주는 고마운 과일입니다. 보통 수박은 냉장고에 통째로 보관했다가 먹고 싶을 때 칼로 썰어서 그냥 먹습니다. 그런데 여름철에는 날씨가 덥기 때문에 시원한 음료수를 많이 먹게 됩니다. 시원하고 찬 음료수를 많이 먹게 되면 속이 차(冷)게 됩니다. 찬 음식을 많이 먹게 되면 몸에 좋지 않다는 것이 동양의학의 지혜입니다. 더울 때일수록 뜨거운 음식을 먹어야 합니다. 이열치열(以熱治熱)입니다. 그래서 수박을 끓여서 주스를 만들어 먹으면 속이 아주 편하고, 소변이 시원하게 배뇨가 잘 됩니다. 더운 여름철에는 음식 탈이 많이 납니다. 찬 음식만 자주 먹게 되면 속이 차져서 소화 흡수가 잘 안됩니다. 한방에서는 족난두통(足煖頭冷), 복무열통(腹無熱痛)이라고 합니다. 다리 하초 쪽은 항상 따뜻하게 해주고, 머리는 차게 해야 한다는 말입니다. 그리고 배는 차게 하면 병이 나지만, 항상 뜨겁게 해주면 병이 없다고 했습니다. 수박도 화채로 해서 먹는 분이 많은데, 화채 재료를 보니 수박도 당도가 높은데 설탕, 꿀까지 첨가를 하고 거기에다가 찬 얼음 덩어리를 넣어서 먹습니다. 먹는 것이야 식성 따라 자유지만, 건강을 생각한다면 조금 생각을 해볼 문제입니다.

우리나라 병별 통계를 보니까, 당뇨환자가 4명에 1명꼴로 나왔습니다. 당뇨는 식이요법에서 당분 섭취가 문제입니다. 병은 평소 먹는 음식 따라 생긴다고 합니다. 평소 먹는 식단을 보면 건강이 보인다는 말입니다. 수박도 계절 음식이기 때문에 우리 생활과 뗄 수가 없습니다. 그래서 필자의 집에서는 수박을 끓여서 주스로 만들어 먹습니다. 이렇게 끓여서 주스를 만들어 먹었더니, 먹고 나면 속이 아주 편합니다. 소변이 아주 시원스럽게 나갑니다. 음식은 먹고 나면 속이 편해야 하고 배설이 잘 되면 그 음식이 몸에 좋다는 증거입니다. 수박도 효능이 다양합니다. 이틀 전에 만들어 놓았던 주스를 일요일에 찾아온 손님들에게 한잔씩 주었더니, 너무 맛있고 좋다고 2잔, 3잔 먹는 바람에 수박 한 통으로 만든 주스가 다 떨어져서 오늘 아침에 또 만들었습니다. 수박 주스 만드는 방법은 붉은 수박 속을 국자로 속살만 파서 2시간 정도 끓여 주면 속살 덩어리가 다 풀어집니다. 끓인 수박은 찌꺼기를 걸러내고 나면 물을 유리병에 넣어서 냉장고에 보관했다가 목이 마를 때 한잔씩 먹게 되면 여름 더위 갈증이 해소됩니다. 끓인 속살 찌꺼기는 버리지 말고, 냉장고에 넣었다가 시원할 때 먹으면 맛이 아주 좋습니다. 씨도 비타민 C가 풍부해서 피부미용에 효능이 많다고 합니다. 수박은 버릴 것이 하나도 없습니다. 껍질로 반찬 만드는 방법은 인터넷 자료를 페이스북에 올려놓았습니다. 유해색소로 만들어진 음료수보다는 이렇게 만들어 먹는 수박 주스가 건강에는 좋습니다. 페친 여러분께서도 여름철에는 수박 주스를 만들어 가족들의 건강을 챙겨 보십시오. 오늘은 수박 주스 만드는 방법이었습니다. 무더운 여름 페친 여러분, 모두 건강들 하십시오.

여름 수박 주스 만드는 법 사진

69. 딸기 소식!

옥상 생태 텃밭에 딸기가 빨갛게 익었네요.

옥상 생태 텃밭 딸기 익는 사진

70. 모리 거다(某里居茶)의 단상(斷想)

오늘은 새벽 4시에 눈이 떠져서 일찍 일어나 집 앞 골목 청소를 하고, 옥상 생태 텃밭에 물도 주고, 생태 텃밭에 감꽃도 피어서 수산 시장에 부탁하여 멸치 두 상자를 사다가 멸치젓을 담고 내려오니, 우체국 택배가 도착해서 열어 보니, 모리거다(某里居茶) 2통이 들어 있었습니다. 모리거다(某里居茶)는 모리거사(某里居士)님께서 손수 만드시는 귀한 차인데, 이렇게 귀한 선물을 그냥 받고 보니, 황망하고 송구스러워 전화로 감사하다는 인사만 드렸습니다. 차(茶)는 예로부터 수행하는 스님들이 즐겨 마셨습니다. 화정도 차를 즐겨 마시는 터라 바로 물을 끓여서 마셔 보니, 새 차(茶)라 향도 좋고, 맛도 담백한 것이 감로수(甘露水)입니다. 모리 거사님이 종종 페이스북에 차 만드는 사진을 공유해서 소식은 접했습니다. 금년에는 외국에서 온 제자들도 한국 차 만드는 것을 체험하고 갔다고 합니다. 모리 거사님은 효당(曉堂) 최범술 스님의 제자이십니다.

근래 한국의 다도(茶道)는 효당 스님께서 사천 다솔사(多率寺)에 주석하시면서 많은 제자들을 양성하셨습니다. 효당 스님의 茶道를 전수 받으신 모리 거사님은 전남 장성군 북일면 182-4에 野生 茶밭을 만들어서 백양산 某里居茶를 상품으로 만들어서 아는 지인(知人)들에게만 보급을 하고 있는 귀한 茶입니다.

某里居茶는 덕음차, 황차, 청모전, 세 종류를 만든다고 합니다. 덕음차는 한국 전통 법제 방식인 釜焦茶로 찻잎을 일곱 번 이상 솥에 볶은 차이고, 黃茶는 일정한 조건을 가하여 茶의 성분을 변화시킨 제다법 茶이고, 靑某茶는 한국 전통 떡차 방식으로 만든 차를 말합니다. 이렇게 재료는 같은 茶이지만 만드는 製茶法이 다르면 맛과 향과 효능도 다르게 나타나는 것이 특징이라고 합니다. 덕음차는 볶은 차이기 때문에 맛이 고소하면서도 담백합니다. 黃茶는 뜨거운 물에 우려먹기 때문에 몸에 冷氣를 빼주는 효능이 있고, 겨울철에 즐겨 마실 수가 있어서 좋은 차라고 합니다. 靑某煎은 떡차이기 때문에 장거리 여행할 때나 여러 사람들이 함께 마실 수 있도록 만든 특징이 있는 차라고 합니다. 모리 거사님은 〈사〉 민족 문화 살리기 운동본부 대표로 계시면서 평생 지식 나눔, 민들레 아카데미 대표로 활동을 하고 계십니다. 페이스북에 보시면 "민들레 아카데미" 교육 프로그램이 매주 월요일 강의 주제와 교수진에 소개가 됩니다. 잘못된 우리 역사와 문화를 되살리려는 뜻으로 만든 교육 프로그램입니다. 혹 우리 역사와 문화에 관심이 계신 분은 민들레 아카데미 교육 수강 신청을 하시면 됩니다. 옛 성인들이 다 茶를 좋아했으니, 茶는 君子와 같아서 性品이 삿되지를 않다고 했습니다.〈古來聖賢 俱愛茶 茶如君子性無邪〉 우리 茶를 많이 사랑하고 마십시다. 茶를 오래 마시다 보면 마음 성품이 茶를 닮아 갑니다. 커피에 자리를 내준 우리 茶를 즐겨 마십시다. 페친(얼벗) 여러분 행복한 하루 되십시오.

모리 거차茶 제조 사진, 모리 거사에게 외국 제자가 생겼네요.

71. 꽃향기(香氣)의 단상(斷想)

필자의 집 건물 현관 좌측에는 큰 PVC통이 하나 있는데, 하얀 꽃이 피는 나무 한 그루가 있습니다. 14년 전에 건물을 지을 때에 좌우측 가운데 3개를 흙을 담아 오른쪽 2개는 향나무를 심었고, 왼쪽에는 이름은 모르나 작고 하얀 꽃을 심었는데, 5월말 6월초 사이에 라일락꽃이 지고 나면 이 꽃이 피어서 오고 가는 사람의 발길을 멈추게 합니다. 길

가는 사람 10명 중 9명은 발길을 멈추고, 꽃향기를 맡아보고 다들 좋다고 하면서 꽃 이름을 묻는데, 꽃 이름을 몰라 이렇게 페이스북에 올려서 이름을 알고자 합니다. 이름을 알고 계신 분은 댓글에 이름을 적어주시면 고맙겠습니다. 꽃은 작아도 향기는 아카시아 향과 라일락 향 중간 정도인데 향이 독특하게 코를 톡 쏘는 향이 있습니다. 이 꽃의 특징은 사람 발길만 멈추게 하는 것이 아니라, 이른 새벽 먼 통이 틀 때부터 사람보다 먼저 찾는 손님들로 붐빕니다. 그 손님은 사진에 올려놓았습니다. 꽃은 비록 작지만 향기가 좋고 독특하여 작은 나무 하나에 잔치를 벌여서 앵앵 거립니다. 사람이 곁에 가도 눈 길 한번 주지 않고 이 꽃 저 꽃 분주하게 돌아다닙니다. 벌들이 이렇게 많은 것으로 보면 꿀이 좋고 많다는 증거입니다. 향과 꿀이 많아야 벌들도 모입니다. 식물이나 사람이나 향기가 나야 좋은가 봅니다. 부처님은 다섯 가지 향기를 말씀 하셨

현관 좌측 쥐똥나무

습니다. 계율의 향기, 선정의 향기, 지혜의 향기, 해탈의 향기, 해탈 지견의 향기를 성취하면 최고 향기라고 하셨습니다. 잠깐 피었다 지는 향기보다 부처님이 말씀하신 다섯 가지 향기가 삶의 향기를 내게 하는 무진향(無盡香)이 아니겠습니까? 향기에 대한 단상이었습니다. 무더운 여름, 페친 여러분! 건강들 챙기십시오.

72. 생태 텃밭 소식

이제 본격적으로 여름 날씨가 시작되나 봅니다. 아침부터 덥더니만 한낮이 되니, 도시 골목은 장난이 아닙니다. 시멘트 바닥에서 반사되어 올라오는 열기가 후끈후끈합니다. 이렇게 더운 여름날에는 더위를 식히는 방법으로 세면 대야에 물을 떠 놓고 발을 담그고 책을 보고 있으면 더위를 이겨낼 수가 있습니다. 옥상 생태 텃밭도 낮에는 무척이나 덥습니다. 햇볕이 직사광선으로 내리쬐기 때문에 그렇습니다. 그래서 14년 전에 건물을 지을 때 옥상 사방에 정사각형으로 바람구멍 49개를 내놓았더니, 사방으로 통풍이 되어서 밀폐된 옥상보다는 통풍이 되기 때문에 바람이 솔솔 불어주어서 처마 끝에 달린 풍경소리가 제법 산사의 분위기를 냅니다.

오늘 아침에 물을 주면서 보니 생태 텃밭에 작물들이 이렇게 밤 사이에 훌쩍 자랐습니다. 오이는 매놓은 줄을 타고 오르고 노란 꽃에 작은 오이가 한 개씩 꽃마다 달렸습니다. 가지도 보라색 꽃에 노란 꽃술을 달고 피어 있고, 하얀 접시꽃은 꽃망울이 가지마다 여러 개씩 달려 있고, 달맞이꽃도 몸통이 많이 커져 있고, 국화꽃은 싱싱하게 가을에 꽃 피울 준비를 하고 있습니다. 텃밭을 가꾸다 보면 식물과 대화를 하게 됩니다. 말로 하는 대화가 아니라, 느낌으로 합니다. 식물도 키워보면 사람과 똑같습니다. 물이 모자라면 시들시들합니다. 금방 싱싱하다가도 아픈 사람마냥 시들합니다. 그럴 때 물 한번 주고 나면 다시 원기를 회복한 사람마냥 싱싱해집니다. 보십시오. 이 정도면 아주 잘 키운 겁니다. 아침마다 정성을 들여서 가꾼 결과입니다. 감나무는 감꽃이 폈다가 지는 것이 있고, 새로 핀 것도 있습니다. 옥상에 생태 텃밭을 만들어 놓으면 채소는 가꾸어서 먹을 수가 있어서 좋고, 음식물 쓰레기는 퇴비로 활용해서 좋고, 사진과 같이 비치 파라솔을 놓으면 가족 휴식 공간이 되어서 좋습니다. 도시 옥상을 그냥 방치하는 것보다는 이렇게 생태 텃밭을 만들어 활용한다면 생태 녹색 도시가 되지 않겠습니까? 식물에서 품어내는 산소 덕분에 숲속에 온 듯한 느낌입니다. 더운 오후 생태 텃밭 소식으로 잠깐이나마 더위를 식혔으면 하는 바람입니다. 페친 여러분! 건강들 하십시오.

옥상 생태 텃밭 채소 작물 사진

73. 옥상 생태 텃밭 김매주기 단상

오늘은 아침부터 꽤나 바빴습니다. 매일 일상적인 생활이지만 틀에 박혀 살면 나태해질까봐 일을 만들어서 일 속에 묻혀 살면 색다른 삶의 느낌을 받습니다. 그래서 작정하고 햇살이 벌어지기 전에 옥상 생태 텃밭 김을 맸습니다. 심어 놓은 고추밭 고랑 사이로 풀들이 밭을 다 덮어서 이렇게 놔두면 고추밭이 아니라 풀밭이 될 지경입니다. 이것도 농사라고 잡초와의 전쟁입니다. 풀들이 잡초라고 하면 기분이 좀 상할 것입니다. 인간 위주로 보면 잡초인데, 잡초도 하나의 생명이라 생존권은 있지 않겠습니까? 김을 매다보니 잡초 중에는 쇠비름나물이 반 이상입니다. 쇠비름은 알고 보면 약초입니다. 한방(韓方)에서는 마치현(馬齒莧)이라고 하는데 효능이 아주 다양하게 많습니다. 크면 나물로 무쳐먹어도 됩니다. 활용도를 몰라서 잡초지 알고 보면 약초 아닌 것이 없다고 합니다. 고추밭에는 고추 이외의 다른 작물은 필요 없기 때문에 잡초 취급을 받는 것 같습니다. 필자의 집에서는 고추밭 고랑 사이로 고추를 심을 때 약 찌꺼기나 음식물 찌꺼기를 흙으로 살짝 덮어 놓았다가 오늘 같이 초벌 김을 매줄 때 잡초는 뽑아주고 호미로 밭고랑 흙과 함께 퇴비를 덮어서 주어야 합니다. 이렇게 잡초도 뽑아주고 퇴비도 주게 되면 고추나무가 하루가 다르게 잘 자랍니다. 고랑을 파서 퇴비를 주면 밑거름과 산소 공급이 원활해지기 때문인 것 같습니다.

김 매주기는 이렇게 가을까지 4회 정도 더 해주어야 합니다. 그래야 심어 놓은 채소가 정성에 보답을 하게 됩니다. 심어 놓고 열매만 떠먹으려고 하면 안 됩니다. 옛말에 곡식도 농부의 발걸음 소리를 듣고 자란다고 했습니다. 그만큼 정성을 들여야 한다는 말입니다. 옥상 텃밭 소식을 이렇게 페이스북에 올려놓고 보니, 관심 있는 분들이 많습니다. 그중에는 외국에 사시는 외국분들도 많습니다. 문의도 많아서 보람 같은 것도 느끼게 됩니다. 옛날 백장 스님은 매일 밭에 나가서 일을 했습니다. 하도 일을 많이 해서 제자들이 호미와 괭이를 감추었더니, 공양을 자시지 않았다는 것입니다. 제자들이 공양하지 않는 까닭을 물으니까, 하루 일하지 않으면 하루 먹지 않는다는 그 유명한 말씀을 하시게 됩니다. 이것이 一日 不作 一日不食이라는 백장청규(百丈淸規)가 된 것입니다. 중국불교의 특징이지만 이 청규(淸規) 덕으로 그 모진 불교 탄압에도 산중수행(山中修行)의 명맥(命脈)을 잇게 됩니다. 그 전통이 우리나라 불교 선원(禪院)에도 어어 져서 근대에 용성선사(龍城禪師)님께서는 화가원이란 농장을 만들어서 선농일치(禪農一致)를 실천하셨습니다. 선방에 앉아만 있으면 하초 다리가 약하게 되기 때문에 나무도 해오고 밭일도 하고 논일도 하면서 수행을 하여 자급자족을 했던 것입니다.

신도들의 시주에 의존하다가는 사회가 어려워지면 어떻게 합니까? 그 대비책이 자급자족 백장(百丈) 청규(淸規) 하루 일하지 않으면 하루 먹지 않는다는 수행 풍토입니다. 부처님 법도 전법 토양 따라 다르게 발현이

옥상 생태 텃밭 김매주기 사진. 딸기가 익었네요.

되었습니다. 그것이 불교입니다. 오늘 고추밭 김 매놓은 밭고랑 사진입니다. 이렇게 김매주고 밭고랑을 만들어주어야 텃밭 작물이 잘 크게 됩니다. 날씨가 몹시 무덥습니다. 페친 여러분! 건강들 챙기십시오.

74. 옥상 생태 텃밭 딸기 수확의 단상

방금 옥상 생태 텃밭에 가 보았더니, 딸기가 빨갛게 익어서 따왔습니다. 딸기밭에 딸기가 익을 때쯤이면 딸기밭은 심은 내가 아니라, 개미들이 주인 노릇을 합니다. 딸기는 개미가 워낙 좋아하는 열매라 아홉 개는 개미들 몫이고, 한개는 내 몫입니다. 딸기가 워낙 많이 달려서 그래도 개미가 입을 대지 않은 것만 따왔는데 이렇게 많습니다. 개미들도 딸기를 많이 차지하려고 머리를 쓴답니다. 익은 딸기마다 잇자국을 남겨 놓습니다. 잇자국이 나 있는 것은 사람들이 안 먹는 줄 아는 모양입니다. 익은 딸기를 손으로 따려고 보면 다 흠집이 나있습니다.

고도의 생존 전략을 쓴 것 같습니다. 미물인 개미도 생존 방식을 터득한 것 같습니다. 연년이 이렇게 허허 웃으며 양보를 합니다. 그래도 딸기 농사지어 수백 마리의 개미에게 딸기 보시를 하니, 기분은 그리 나쁘지 않습니다. 부처님 가르침 중에 布施 바라밀이 육바라밀 중에 첫째이기 때문에 그렇습니다. 베푸는 것이 첫째라고 했습니다. 혼자 먹고 사는 것보다는 나누어 먹고 사는 것이 좋다는 말입니다. 옥상 생태 텃밭에서 농사를 짓다보니, 부처님 자비 사상을 딸기밭에서도 새록새록 느끼게 됩니다. 만약 딸기밭에 개미가 먹지 못하게 농약을 쳤다면 딸기는 온전히 내 몫이겠지만, 친환경 무농약 유기 농법으로 딸기 농사를 지은 관계로 자연환경 생태 그대로 개미도 살고, 지렁이도 살고, 그 외에 미생물부터 온갖 생명들이 공존을 하게 됩니다. 흙에는 생명체가 살아 꿈틀대야 합니다. 그래야 건강한 땅입니다. 그러나 지금 지구촌에서 생산되는 농산물 먹거리는 그렇지 못해서 문제입니다. 생산단계에서부터 농약 살충제와 제초제로 범벅이 되기 때문에 땅도 죽어가고, 그 먹거리를 먹은 사람도 건강에 유해(有害)가 되고 있습니다. 자연은 자연대로 두는 것이 자연 생태계를 보존하는 길입니다. 사람의 손길이 미치면 자연은 파괴되고 맙니다. 옥상 생태 텃밭을 가꾸다 보니, 도시 옥상도 생태 환경이 살아납니다. 식물부터 시작해서 땅 속에는 별별 생명체가 다 삽니다. 뭇 생명체가 꿈틀되는 땅에서 나는 채소나 먹거리는 건강한 먹거리일 수밖에 없습니다. 오늘 딸기를 따면서 비록 딸기는 개미들에게 보시했지만, 그래도 마음은 부자로 산다는 뿌듯한 감회를 맛보게 됩니다. 오늘 딸기는 우유 주스를 만들었습니다. 페친 여러분! 날씨도 더운데 건강들 챙기십시오.

옥상 생태 텃밭 딸기 수확 사진

75. 칠순(七旬) 생일(生日)의 단상(斷想)

오늘은 새벽 3시에 일어났습니다. 왜냐하면 평생 도반(道伴) 선덕행(禪德行)의 칠순 생일을 학림사(鶴林寺)에서 부처님께 공양을 올리기로 했기 때문입니다. 오늘이 초하루고 절에 오신불자님들께 대중공양을 올리려고 겉절이 김치까지 담아 가기 때문에 바쁘게 서둘렀습니다. 도반 선덕행은 지난날 30여명의 친인척 조카들을 키우고 가르치고 결혼도 시켜주어서, 아들 딸 노릇 한다고 칠순 잔치를 하려고 하는 것을 말렸더니, 그러면 해외여행 갔다 오라고 하면서 비용을 가지고 온 것을 오늘 대중공양하기로 하였습니다. 여행도 젊을 때 가야지 나이가 들면 움직이는 것도 기동력이 떨어지기 때문에 사양하고 부처님께 공양하기로 했습니다. 옛말에 인생칠십고래희(人生七十古來稀)라 했는데, 눈 깜짝할 사이에 나이만 먹게 되었습니다. 나이가 들수록 지나온 날을 되돌아보게 됩니다. 해놓은 일은 없고 나이만 먹게 되니, 1초 1분이 아깝고 소중함을 느끼게 됩니다. 어떻게 하면 헛된 인생이 되지 않을까 하고 마음을 반조해 봅니다. 부처님 가르침 중에 제행무상(諸行無常)이라고 했습니다. 무상(無常)의 이치는 나이가 들면서 더욱 절감하고 통감하게 됩니다. 거울을

선덕행 칠순 생일 학림 사에서 사진

보니, 거울 속에는 다른 사람이 보입니다. 옛 모습은 하나도 없고, 나이 늙은 노인네가 주름진 얼굴로 나타납니다. 손등을 보아도, 쭈글쭈글하고, 목젖도 주름투성이고, 눈도 침침하고, 귀도 잘 들리지를 않게 됩니다. 이도 다 빠지고 이렇게 시시각각으로 변(變)하고 있는 것이 우리 인생입니다. 가는 세월 잡을 수 없는 것이 인생입니다. 그래서 남은 생을 어떻게 하면 멋지게 回向할까 생각 중이랍니다. 오늘은 선덕행 도반 칠순 생일 불공 대중공양 날이라 도반(道伴) 사진을 공유합니다. 축하들 해주십시오. 택시 잡아주면서 스마트폰으로 찍은 사진이라 잘 나오지는 못했습니다. 날씨가 오늘도 꽤나 무덥습니다. 페친 여러분 좋은 휴일 되십시오.

76. 심우정(尋牛亭) 풍경(風磬)

풍경(風磬)은 하나인데
보는 곳 따라 시간
따라
다르게 보이네.

풍경(風磬)은
하나인데 바람 따라

시간 따라 소리도
다르네.

댕~ 그~ 렁!
땡~ 그~ 렁!
덩~ 그~ 렁!

77. 매실(梅實) 효소 액의 단상(斷想)

필자의 집에서는 매년 매실이 나오는 6월이면 매실 효소 액을 담습니다. 매실의 효능은 아주 다양합니다. 잘만 활용하면 건강을 지키는 약으로도 쓰여 지게 됩니다. 설사가 심한 분들은 매실을 끓여서 뜨겁게 먹으면 설사나 장염이 그칩니다. 또 변비가 심한 분들은 매실 액을 차게 하여 드시면 변비가 치료가 됩니다. 매실에는 신맛 구연산이 들어 있기 때문에 여름철 식중독 예방도 되고 입맛을 찾아주는 효과도 있고, 특히 피로회복에 그만입니다.

매실 효소 액 담는 방법은 아주 간단합니다. 매실은 육질이 두껍고 좀 크고 싱싱한 걸로 사다가 큰 그릇에 물을 받아 깨끗하게 씻습니다. 씻기 전에 식초와 함께 담갔다가 씻게 되면 농약 성분이 제거됩니다. 매실에 물기가 다 마르면 설탕과 함께 섞어서 유리병 속에 차곡차곡 넣어 주면 됩니다. 유리병 밑바닥에 설탕을 깔고 그 위에 매실을 한 겹을 놓고, 매실 위에 설탕을 또 한 겹 넣고, 이렇게 설탕 한 겹, 메실 한 겹 해서 담아 햇빛이 들지 않고 통풍이 잘 되는 곳에 두면 내년 매실 나올 무렵에 뚜껑을 열고, 매실 액을 따라서 두었다가 매일 5대 1 비율로 뜨거운 물이나 찬 물로 희석을 시켜서 드시면 맛도 좋지만 건강에는 그만입니다. 어떤 분들은 남은 매실을 버린다고 하는데, 버리지 마시고, 냉장고에 두었다가 식사 때마다 식후에 2, 3개 정도 먹으면 맛도 있고 입맛도 살아나게 됩니다. 일본 사람들은 우 메보시라 해서 약으로 매실 장아찌를 먹습니다. 매실은 살균력이 대단합니다. 그래서 식중독이나 장염에 아주 좋은 과일입니다. 매실의 효능에 대해서는 아래 옮겨온 글을 보시면 자세한 내용을 알 수가 있습니다. 매실 연구로 노벨상을 받는 학자가 두 명이나 됩니다. 페친 여러분! 참고들 하시고 매실로 건강한 챙기십시오. 매실은 6월 20일 전에 담는 것이 최적기입니다. 금년에는 매실수확량이

매실 효소 액 담기 사진

좋지를 않아서 조금 값이 나간다고 합니다.

78. 살구와 매실(梅實) 차이점 단상

미국 와이오밍 주에 사는 종남, 헌터님께서 살구와 매실은 어떻게 다르냐고 페이스북으로 묻는 메시지가 와서 살구와 매실 사진으로 알려준 내용입니다. 종남, 헌터님이 살고 있는 와이오밍 주에는 살구는 있는데, 매실은 없다고 했습니다. 옥상 생태 텃밭 단상을 그때 그때 글을 올리다 보니, 이렇게 친한 페친이 되어서 궁금한 것은 서로 묻고 배워 간답니다. 요즘 세상은 지구촌 시대라 시간과 공간의 제약이 없이 온 인류가 동시에 활용을 하는 아이티 문명 문화시대에 살고 있어서 매실 효소 액담는 단상의 글을 보고, 멀리 떨어진 와이오밍에 종남, 헌터님께서 묻고 답하고 교류를 한 내용입니다. 열매 생긴 모양은 비슷한데 살구와 매실은 사진과 같이 다릅니다. 사진을 참고 하십시오. 좌우 사진이 살구고, 가운데 사진이 매실입니다. 종남, 헌터님, 날마다 행복 하십시오.

종남, 헌터님께 매실과 살구의 다른 점을 보여준 사진

미국 와이오밍 주에 거주하는 종남, 헌터님 가족사진

79. 옥상 생태 텃밭 단상

옥상 생태 텃밭에 심은 채소들이 엊그제 같은데 벌써 훌쩍 자라서 고추는 하나 둘씩 가지마다 달리기 시작했고, 오이도 꽃 피는 곳마다 달렸습니다. 호박꽃도, 가지꽃도, 당귀꽃도, 접시꽃도 피었습니다.

상추와 방아잎과 취나물은 자라면 쌈으로 그때 그때 식탁에 올려서 먹었습니다. 오늘은 햇살 벌어지기 전에 일찍이 올라가서 고추밭에 나가서 고추 나무 밑 곁가지를 잘라 주었습니다.

6월 중순쯤이면 고추나무는 제일 밑에 있는 곁가지는 잘라 주어야 합니다. 밑 곁가지를 잘라주어야 고추가 많이 달립니다. 처음 고추 심은 분들은 잘 모릅니다. 그래서 오늘 필자의 집에서 옥상 생태 텃밭 소식으로 전하게 되었습니다. 참고들 하십시오. 지금도 각종 채소들이 자라서 옥상 텃밭 숲이 되었습니다. 텃밭 가장자리에 심어 놓은 접시꽃도 근 3m는 자랐고, 돼지감자도 키가 크게 자랍니다. 그냥 두면 완전히 숲을 이룹니다. 작은 것은 작은 대로 키가 큰 것은 큰 것대로 구역을 설정해

옥상 생태 텃밭 호박 오이 상추 작물 사진

서 가꾸어야 합니다.

그렇지 않으면 키가 큰 식물에 음지가 져서 작물이 자라지를 못합니다. 식물마다 광합성 작용을 하기 때문에 햇빛을 보지 못하면 도태되고 맙니다. 농사를 짓다 보면 식물들도 생존 경쟁이 대단함을 보고 느낀답니다.

생태학자들 보고 의하면 지구 생태계에 있는 식물의 광합성 작용은 약 16억년 전 단세포 원생생물이 남 조류를 붙잡아 제 몸 안에 간직하면서 시작된 것이라고 합니다. 옥상 생태 텃밭은 이제 생태 숲이 되었습니다. 심어 놓은 채소나 나무가 숲을 이루고 있기 때문입니다. 올려놓은 텃밭 사진을 보시면 아 그렇구나 하실 것입니다.

80. 갓 핀 蘭香이 禪室에 가득하네!

81. 견지동 喫茶去에서

옛 성현이

다 茶를 좋아했으니.

차는

君子와 같아서

성품이

삿되지 않다.

— 古來聖賢俱愛茶 茶如君子性無邪 —

🌱 비움과 소통 출판사 김 성우거사님과 첫 만남 장소

유식 삼십 송 출판 계약 하는 날, 喫茶 去 찻집 거실 액자

82. 선풍기(扇風機)

선풍기 하나를 씀에도
마음 씀씀이가 숨어 있습니다.

회전버튼을 좋아하는 사람은
나도 좋고, 남도 좋게 하는 마음이고,

고정 버튼을 좋아 하는 사람은
나만 좋으면 된다는 마음이지요.

여러분의 마음은
고정버튼인가요? 회전 버튼인가요?

재가 수행자 이계묵, 화정거사
풍경 소리에 선택된 글입니다

83. 멋진 부채의 명시(名詩)

紙竹相婚
風生其子

종이와
대나무가 결혼을 하니
바람은 그 아들이 됐네.

84. 요선청풍(搖扇淸風)

扇搖上下 淸風自得
扇搖前後 逐蚊吸血

부채를 위 아래로 흔들면
청량한 바람은 내 것이 되고!

부채를 앞뒤로 흔들면
모기를 쫓아 물린 것 면하네.

원전 비리 사고로 온 나라가 전기가 부족하다 아우성이니, 부채에 대한 한시漢詩를 읊어 보던 단상 시입니다. 올 여름은 천상 반바지에 부채로 나면 어떨까요? 페친 여러분! 대한민국 국민 여러분! 공직자 비리 없는 청정하고 깨끗한 나라가 되었으면 합니다.

85. 옥상 고추 생태 텃밭 단상(斷想)

음력 오월 중순이 지나다 보니, 옥상 생태 텃밭에도 심어 놓은 각종 작물 채소들이 사람 키만큼 자라나서 이제는 시원한 청량감이 감돕니다. 그런데 고추나무에는 빨간 진딧물이 연한 고춧잎 밑에 알을 까고 고춧잎을 갉아 먹어서 고추나무가 말라서 죽는 것이 눈에 띕니다. 매년 고추 농사를 지었지만 이렇게 진딧물이 생긴 것은 처음이라 지인들에게 물었더니, 하얀 설탕물을 녹여서 고춧잎에 뿌려주면 진딧물이 없어진다고 해서 어제 오늘 두 차례 설탕물을 뿌려 보았습니다. 이렇게 해서 진딧물이 없어지면 다행이지만 없어지지 않으면 고추 농사는 진딧물의 몫이 되지 않을까 합니다. 진딧물은 몸에 빨간 두 줄이 있고 아주 작은 벌레입니다. 어떤 분은 쌀뜨물에 식초 한 방울을 섞어서 뿌려주면 된다는 사람도 있고, 우유와 요크루트를 섞어서 뿌려주면 없어진다고도 합니다. 진딧물이 없어지지 않으면 다 해볼 생각입니다. 무 농약 유기농으로 채소를 가꾸다 보니, 이렇게 고충이 따릅니다.

혹 페친 여러분께서 고추나무 진딧물 퇴치하는 방법을 알고 계신 분은 댓글로 방법을 알려 주시면 고맙겠습니다. 진딧물은 사진에 올려놓겠습니다. 가지도 주렁주렁 달리고, 오이도 호박도 잎이 엄청나게 크게 자랐습니다. 날씨가 무척이나 덥습니다. 페친 여러분! 건강들 하십시오.

옥상 생태 텃밭에 가지나무 고추나무 훌쩍 큰 작물들

86. 오이지 담기 단상

여름철에는 묵은 김치만 먹고 살 수는 없고, 계절 따라 반찬도 만들어 먹어야 입맛이 납니다. 지금 시장에 가면 여름 채소로는 오이가 나옵니다. 오이는 무더운 여름 반찬으로는 그만입니다. 오이를 오래 두고 먹을 수 있는 방법 중에 하나가 오이지입니다. 오이지는 담그는 방법도 아주 간단합니다. 필자의 집에서는 오이지 한 접(100개)을 5일 전에 담았습니다. 최상품으로 한 박스에 35,000원을 주었습니다. 오이는 싱싱한 것으로 담아야 아삭아삭하고 달고 맛이 좋습니다. 더운 여름 식초를 넣어서 냉국으로도 만들어 먹어도 좋고, 오이 무침을 바로 즉석에서 담아 먹어도 만든 양념 따라 아삭아삭하고 맛이 좋습니다.

필자의 집에서는 오이지를 이렇게 담습니다. 싱싱한 오이를 사다가 씻지 않고 소금물을 팔팔 끓여서 오이에 바로 뜨거운 물을 부어 뜨지 않게 돌로 눌러 주면 됩니다. 소금물 농도는 식성에 따라 짜게 먹는 분은 소금을 더 넣고, 싱겁게 먹는 분은 소금물에 계란을 띄워 100원짜리 동전만큼 계란이 뜨면 간 맞추는 것은 다 된 것입니다. 오이지는 오이가 완전히 잠길 정도의 끓인 소금물이어야 하고, 5일 정도 두었다가 씻지 말고 오이만 꺼내서 냉장고에 보관했다가 그때그때 다양한 반찬을 해서 먹을 수가 있습니다. 장마 오기 전에 페친 여러분께서도 오이지를 담아서 가족들 입맛을 살려 보십시오. 밥이 보약입니다. 페친 여러분! 무더운 여름 오이지로 건강들 챙기십시오.

오이지 담는 사진

87. 접시꽃(蜀葵花) 시(詩) 단상

古寺烟霏山木蒼

平臺散策袖生涼

窓前向日葵心苦

天外投林鳥翼長

옛 절에는 연기 일고

산 나무는 푸른데

平臺 산책길에는 소매가 서늘하네

창문 앞에 해를 향한
접시꽃 마음 괴로 웁고,
하늘 밖에
숲 찾아든 새 날갠 기나니.

- 松江鄭澈詩 중에서 -

접시꽃은 음력 5월부터 피기 시작하면 늦가을까지 피고 지고, 피고 지
는 꽃입니다. 꽃대 가지마다 꽃망울이 하나가 피고 나면 또 다른 꽃망울
이 피는데, 지는 꽃을 보면 피었던 꽃망울을 그대로 오므려 말린 모습
이 다른 꽃과는 다릅니다. 밭둑에 핀 꽃 중에 가장 오랫동안 피는 꽃이
접시꽃입니다. 정철 선생의 시詩를 보면 늦가을에 핀 접시꽃인 듯합니
다. 오래된 절에는 연기가 피어오르고, 평대 산책길에는 소매가 서늘하
다고 했으니 말입니다. 하얀 접시꽃은 순백색이라 청결미가 납니다. 순
백색 접시꽃을 보고 있으면 마음까지 맑아집니다. 붉은 접시꽃은 풋풋

옥상 생태 텃밭에 만발한 접시꽃

한 처녀의 순결미가 납니다. 똑같은 접시꽃인데 색(色)따라 느낌이 전혀 다른 감동을 줍니다. 생태 텃밭에는 하얀 접시꽃도 피고 붉은 접시꽃도 핍니다. 텃밭에 오를 때마다 접시꽃 감동을 받는답니다. 페친 여러분께 접시꽃 선물입니다.

88. 찰나묘유(刹那妙有) 단상

옥상
생태 텃밭
토란 잎 새에
어제 밤에
내린 비가 영롱한
물방울로 머물고 있네요.

89. 옥상 생태 텃밭 가지 첫 수확 단상

올해 옥상생태 텃밭에 가지 첫 수확을 다섯 개를 땄습니다. 포동포동 하고 싱싱한 것이 자주 빛 까지 띄고 있으니, 맛은 물어볼 것도 없을 것입니다. 음식은 손맛 따라 맛이 나기 때문에 맛은 일품일 것입니다. 가지는 살짝 익혀서 볶은 참깨와 간장으로 버무려 무쳐주면 한 끼 반찬으로는 그만입니다.

옥상 텃밭이지만 직접 가꾸어 먹는 맛은 사다 먹는 것에 비하면 맛이 새롭습니다. 가지는 피를 맑게 하고 암癌을 억제하는 효능도 있고, 가지 색소에는 지방질을 잘 흡수하고 혈관 안에 있는 노폐물을 용해 배설시키는 작용도 한다고 합니다. 가지는 성질이 찬 채소라 염증 치료에도 좋다고 하고, 만성피로에도 좋다고 합니다. 음식은 살고 있는 토양에서 나온 계절 음식을 먹어야 건강에 좋다고 합니다. 계절 채소로서 가지는 지금 시장에 가면 많이 나와 있습니다. 가지는 체질이 뜨거운 사람에게는 아주 좋은 식품입니다. 꾸준히 먹으면 몸에 열을 내리게 하고, 특히나 고혈압에는 혈압을 낮추는 작용도 한다고 하니, 가지를 다양하게 요리를 해서 가족들 건강을 챙겨 보십시오. 오늘은 휴일입니다. 페친 여러분! 건강들 하십시오. 가지를 오래 먹으려면 말려 두었다가 먹어도 좋습니다. 비록 수확량은 작지만 보람은 큽니다. 옥상 생태 텃밭 가지 첫 수확을 공유해 보았습니다.

옥상 생태 텃밭 가지 첫 수확 사진

90. 차(茶) 한잔 드세요

비 오는 날 차(茶) 한잔 드세요.
세상사는 일 속 상해도 화 푸시고
차(茶) 한잔 드세요.

긴 호흡 한번 쉬시고, 차(茶) 한잔드세요.
그래도 화가 나시면 또 한잔들면서
화가 왜 나는지 속(心)을 들여다보세요.
차(茶)는 마음 맑히는 필터랍니다.

화나는 원인이 내 탓인가, 남 탓인가,
속속들이 살펴보세요. 살펴본 결과가
화 낼 일이면 참지 말고 화내세요.
정의(正義) 화라면 분노하세요.
차(茶)는 세상 정화시키는 감로수(甘露水)입니다.
이것이 여여법당 끽다거(喫茶去)랍니다.

91. 점심 공양(點心供養) 승소면(僧笑麵), 국수 단상

오늘 점심 공양은 스님들이 좋아하는 국수(僧笑麵)로 했습니다. 국수를 절에서는 승소면(僧笑麵)이라고 합니다. 스님들이 국수 공양 때는 입이 함박 벌어져 웃고 먹는다고 해서 그렇게 이름이 붙여졌습니다. 여름철에는 계절에 맞게 더위도 이길 겸 몸에 식물성 단백질이 많은 콩국수를 섭취해서 건강식으로 공양을 합니다. 전해오는 이야기로는 옛날 목은(牧隱)선생이 王이 내려준 글귀를 풀지를 못해서 자기 학문에 회의를 느끼고 실의 빠져서 전국을 방황하게 되었답니다. 임금님이 내려준 글귀는 승소소래(僧笑少來) 승소소(僧笑少) 객담다치객담다(客談多致客談多)라는 글이었는데, 아무리 文理로 풀이를 해도 풀리지를 않아 전국을 돌아다니다가 어느 사찰에 가서 승소(僧笑)가 국수인 것을 알게 되었답니다.

그런데 문제는 객담(客談)이 무슨 도리인 줄을 몰라 다시 주류 천하를 하게 되었는데, 어느 날 시골 한적한 나루터에서 사공을 만났는데 사공이 목은 선생을 술 한 잔 대접하겠다고 자기 집으로 안내를 해서 하룻밤 묵게 되었는데, 사공이 딸에게 이르기를 아가야! 객담(客談) 내오너라 하니, 목은 선생이 객담이라는 말에 귀가 번쩍해서 객담이라는 것이 무엇이냐고 물었답니다. 사공이 말하기를 국화주(菊花酒)를 객담이라고 한다는 말을 듣고, 목은 선생은 사공에게 큰 절을 올리고 바로 개경으로 올라가서 답을 임금님께 올렸다는 일화입니다.

僧笑少來僧笑少

客談多致客談多

'국수가 조금 나오면 스님 웃음이 적고, 술이 많이 나오면 객이 말이 많더라'라는 뜻입니다. 페친 여러분! 올 여름에는 시원한 콩국수로 가족들 건강을 챙기십시오. 필자의 집에 국수 공양 단상이었습니다.

92. 바나나 오래 두고 먹는 방법 단상

바나나는 열대 과일이라 맛이 달고 먹기도 편하고, 값도 싸고 해서 선물로 가끔 박스채로 들어옵니다. 그런데 한 박스를 다 먹으려면 다 썩고 말기 때문에 오래 두고 먹을 수 있는 방법을 찾다가 보니, 이렇게 하면 여름철에는 얼음 빙과 대용으로도 아주 좋습니다. 처음에는 껍질째 냉장고에 넣어 보관도 해보았으나 오래 가지 않아 까맣게 변해버려서 냉동실에 넣어 보관을 해보니, 열매 그대로 얼기 때문에 좋기는 한데 언 바나나를 껍질을 벗겨 먹으려고 하니, 그것도 좋은 방법이 못 되어서 껍질을 까서 먹기 좋게 썰어서 작은 김치 통에 보관을 했더니, 변색도 되지 않고 언 바나나가 보관이 되어서 이렇게 페이스북에 공유를 합니다.

바나나는 효능이 다양하게 보고가 되고 있습니다. 탄수화물이 25%이고, 비타민 A, C가 풍부해서 눈에도 아주 좋고 몸에 저항력을 강화시켜주고 펙틴이라는 식이섬유 성분이 들어 있어서 변비에도 그만이라고 합니다. 또 스트레스 해소에도 좋고, 뇌졸중 예방에도 좋다고 하고, 특히나 암 예방에 좋다고 합니다.

바나나 먹는 방법은 그냥 껍질을 까고 바로 먹지만, 바나나와 우유를 믹서기로 갈아 주스로 만들면 맛이 환상적인 찰떡궁합이 됩니다. 바나나와 우유의 결합은 상품으로 바나나 우유가 나와서 입증이 된 것입니다. 또 여름에는 냉동 보관했던 바나나를 아이들에게 주면 바나나 빙과가 됩니다. 언 바나나를 우유와 함께 믹서기로 갈아주면 바나나 빙 주스가 됩니다. 더운 여름철에는 아이들이 빙과류를 많이 사다가 먹는데, 집에서 이렇게 직접 만들어 주면 위생적이어서 탈날 염려도 없어서 좋습니다. 바나나 좋다고 TV에서 방영을 했다는데 나는 보지는 못했습니다. 여름철에는 음식이 탈이 많이 나는 계절입니다. 집집마다 가족들 건강은 어른들이 챙겨야 합니다. 바나나 하나라도 정성을 들여서 가족들 건강을 챙기십시오. 껍질은 벗기고 속살을 한입에 쏙 들어가게 썰어서 위생 비닐팩에 넣어서 냉동 보관해도 좋습니다. 페친 여러분! 한번 활용해 보십시오.

필자의 집에서는 바나나를 껍질을 까고 냉동 보관해서 먹습니다.

93. 마늘장아찌 담기 단상

요즘 시장에 가면 마늘이 수확하는 계절이라 많이 나옵니다.
우리 먹거리는 철따라 나온 먹거리가 싸고 건강에도 좋습니다.

마늘도 지금 제철입니다. 도시 골목에는 차로 마늘을 팔러 다니는 것
도 볼 수가 있습니다. 40년 벗으로부터 서산 육쪽 마늘 두 접을 구했습
니다. 마늘은 오래 두면 알맹이가 없어져 버립니다. 그래서 오래 두고 먹
으려면 마늘장아찌가 제일 좋습니다. 장아찌를 담아 놓으면 1년 내내 먹
을 수가 있기 때문입니다. 보통 마늘장아찌는 간장으로 담는 것이 통례
입니다. 그런데 간장 마늘장아찌는 오래 두고 먹을 수가 없는 것이 단점
입니다. 간장 장아찌는 1년이 넘게 되면 물러져서 맛도 제맛이 안 납니
다. 오래 두고 먹을 수 있는 방법으로는 소금물로 담는 마늘장아찌입니
다. 그래서 소금물로 담는 마늘장아찌를 소개할까 합니다. 담는 방법은
아주 간단합니다. 육쪽 마늘을 까서 깨끗하게 씻어서 물기를 뺀 다음에
소금물을 팔팔 끓여 식힌 후에 유리 병에 마늘과 소금물이 잠기도록 부
어서 잘 흔들어 주면 됩니다. 간은 식성에 맞게 조절하면 됩니다. 소금
물에 계란을 담가서 동전 크기로 뜨면 간은 적당한 간이 됩니다. 필자의
집에서는 그냥 소금과 식초, 두 가지로 담습니다. 단 음식을 좋아 하는
분은 흰 설탕을 소금물 끓일 때 같이 끓여 주면 됩니다. 그러면 마늘장
아찌가 달콤 아삭하게 맛이 좋습니다. 소금물 장아찌는 담근 후 3일 만
에 소금물만 따라서 끓인 후 식혀서 부어주고 이렇게 3차례를 해야 아
삭하고 맛있는 마늘장아찌가 됩니다. 페친 여러분들께서도 한번 활용해

보십시오.

마늘이 인체에 미치는 효능은 의학적으로 입증이 되어서 2002년 미국 타임지에 마늘이 10대 건강식품으로 선정이 되었습니다. 마늘은 탄수화물, 단백질, 지방, 섬유질, 회분, 비타민 B2, 비타민 C, 글루탐산, 칼슘, 철, 인, 알리신 등 강한 냄새를 제외한 100가 이로움이 있다고 해서 마늘을 일해백리(一害百利)라고 별명이 붙었습니다. 마늘의 주성분 중에 알리신은 활성 산소를 제거하는 유황 화합물질이 다양하게 들어 있어서 肝癌과 大腸癌을 억제하는 효과가 있고, 40여종의 항암 식품 중에 마늘이 최고라고 합니다. 또 마늘은 혈액 속에 콜레스테롤과 중성지방 증가로 혈관벽에 혈전이 생겨 혈관이 좁아지면 각종 혈관질환이 발생하는 것을 막아주는데 마늘에 함유된 아조엔과 파라진이 혈소판 응집현상을 막아 혈류를 개선시키기 때문이라고 합니다. 마늘의 효능은 다양해서 다 들 수가 없을 정도입니다. 마늘의 효능을 직접 체험한 것이 있어서 소개를 합니다. 주위에 보면 손을 떠는 분들이 많습니다. 술로 인한 손 떨림(手顫症)도 있고, 심장이나 뇌에서 오는 손 떨림도 많습니다. 이런 분들은 육쪽 마늘 한 접(100개)을 까서 씻고 물기를 뺀 후에 믹서기로 곱게 갑니다. 무 큰 것 1개도 믹서기로 갈고, 설탕물 안 먹인 진짜 꿀로 간 마늘과 간 무를 섞어서 유리병에 넣어서 6개월 푹 삭히면 먹기 좋은 발효 마늘액이 만들어집니다.

이것을 매일 3회 식전에 2순갈씩 장복하면 손 떠는 증상이 거짓말 같이 사라집니다. 병원치료로 포기한 사람도 완치가 됩니다. 손 떠는 환자가 아니어도 마늘에는 강정 작용이 있기 때문에 남자분들 정력이 6시

방향인 분들도 장복하면 정력이 12시 방향이 됩니다. 좋은 정보는 공유하는 것이 페이스북의 장점입니다. 페친 여러분들께서도 한번 활용해 보시고 가족 친척 이웃 건강들 챙기십시오.

마늘장아찌 담기 사진

94. 옥상생태 텃밭 단상

어젯밤에 내린 비로 옥상 생태 텃밭은 더욱 싱그러워졌습니다. 자연에서 내려준 비라 식물들도 한층 생기를 띠고 있어서 좋습니다. 아침이면 일어나자마자 집 앞 골목부터 청소를 하고 올라오는 곳이 생태 텃밭입니다. 매일 물을 주어야 하기 때문입니다. 오늘 아침은 비온 뒤라 물을 주지는 않지만 비바람에 심어 놓은 채소들이 쓰러지거나 부러지는 않았는지 살펴보기 위해서 올라왔더니, 호박꽃이 함박 피어서 웃고 반겨줍니다. 오이도 이렇게 크게 달려 있고, 가지도 또 이렇게 달렸습니다. 화분에 심어 놓은 상사화도 나팔꽃도 피어서 각자 자기 생의 몫을 다하고 있어서 보기에도 아주 좋습니다. 장독 곁에 있는 화분에는 치자꽃도 진한 향기를 내뿜고 있습니다. 봄부터 가을까지 피고 지고 피고 꽃나무마다 아름다움을 더해주니, 기분도 좋습니다. 식물도 사람이 쏟은 정성만큼 보답을 하는 것 같습니다.

그래서 어제는 농협에 가서 장미 허브 두 개를 사다가 화분에 분식을 했습니다. 실내 공기를 정화하는 데는 장미 허브가 최고라고 해서 심어 보았습니다. 장미 허브는 향기가 아주 좋습니다. 손으로 잎을 살짝만 만져도 향기가 손에 오래도록 납니다. 키우기도 아주 쉽다고 해서 한번 길

옥상 생태 텃밭 고추, 오이, 호박꽃, 허브 등

러 볼 생각입니다. 바질 허브도 덤으로 사다가 함께 분식을 했습니다. 장미 허브는 잎을 말려서 호주머니에 갖고 다니면 몸에서 장미 허브 향이 나기 때문에 휴대용으로도 활용을 할 수가 있다고 합니다. 페친 여러분께서도 장미 허브나 로즈마리 허브를 한번 길러 보십시오. 로즈마리는 여러 해 길러서 잘 압니다. 활용범위도 다양하고, 삽목 분식도 잘 되기 때문에 물만 잘 조절해서 주면 키우기가 아주 쉽습니다. 날도 덥고 장마철이라 건강들 잘 챙기십시오. 금년 여름은 날씨는 아주 변덕스럽습니다.

95. 우후(雨後) 옥상 생태 텃밭 관리 단상

어젯밤에 장대 같은 비바람이 불고 쏟아지더니만, 아니나 다를까 아침에 텃밭에 나가 보았더니, 심어 놓은 작물이 난장판이 되어 버렸습니다. 고추나무는 바람을 견디지 못하고 갈지자로 쓰러져 있고 고추가 주렁주렁 달린 가지는 무게를 이기지 못하고 꺾어져서 볼썽사납게 되어 버렸습니다.

고추밭 주위로 돼지감자 나무를 심어서 방풍(防風)에 대비를 했는데도 원 낙 바람이 세게 불어서 그 튼튼한 돼지 감자나무도 꺾이거나 쓰러져 버리니, 연약한 고추나무는 힘 받을 데라고는 철주 지주인데, 철주 지주도 바람이 흔들어 버리자 뽑힌 것도 있고 흔들흔들 되어서, 마침 비가 개는 틈을 이용해 철주도 새로 박고 쓰러진 고추나무도 다시 일으켜서 철주에 잡아 매어 놓았습니다. 자연의 힘 앞에는 인간의 힘이나 노력도 초라해집니다. 자연재해는 지금도 지구촌 세상 곳곳에서 일어나고 있습니다. 옥상 생태 텃밭은 머리를 좀 지혜롭게 쓴다고 해놓은 시설인데, 어젯밤 같은 폭우 폭풍에는 한수를 또 배운 듯합니다. 텃밭 사방의 파라 핏 49개 구멍이 이번 피해의 원인인 것 같습니다. 통풍에는 과학적 설계이나 이번 비에 빛과 그림자가 되고 말았습니다. 사람이 하는 일은 어제 지혜롭다는 것이 오늘도 지혜롭다고 할 수가 없게 되고 말았습니다. 자연의 변화무상한 힘 앞에 늘 인간은 공부를 해야 하는가 봅니다. 그리고 보면 비나 폭풍도 사람을 가르쳐주는 스승인 듯합니다. 겸허한 자세로 오전 3시간을 피해를 입은 농작물을 원상 복구하고 이렇게 생태 텃밭 단상을 쓰게 됩니다. 페친 여러분께서는 피해는 없었는지 궁금합니다. 금년 여름 장마는 변덕이 죽 끓듯 합니다. 여름 장마에 더위에 건강들 챙기십시오. 필자의 집 소식이었습니다.

생태 텃밭 비온 뒤 작물 사진

96. 화정(和政) 끽다거(喫茶去)

얼벗 여러분! 우중(雨中) 오후(午後) 차(茶)나 한잔 드세요.

화정거사 우중 차 달이는 법

97. 봉원사(奉元寺) 연꽃(蓮花) 단상

방금 아침 일찍 봉원사 태고종 총무원장님이셨던 인공(印空) 큰 스님을 찾아 뵙고 법당 부처님께 인사 올리려고 갔더니, 연꽃이 아직 피지는 않았지만 꽃망울을 머금고 있어서 찍어 왔습니다. 법당 왼쪽으로 수곽(水廓)에는 삼 각산 준봉에서 수맥을 타고 내려온 맑은 감로수(甘露水)가 철철 흘러서 오고 가는 목마른 사람들에게 급수 공양(汲水供養)을 넉넉하게 하고 있어서 참 좋았습니다. 도량 전체가 깔끔하게 정돈이 되어 있고, 도량 곳곳에는 맑은 향내음이 마음과 정신을 맑게 해주었습니다. 봉원사는 연세대학교 바로 뒷산에 자리 잡고 있어서 많은 불자님들에게 마음의 안식처가 되고 있습니다. 오늘 일정 계획이 없으신 페친 여러분께서는 한 번 나들이를 해보시면 좋을 것 같습니다. 신촌 로타리에서 연세대학교 정문으로 쭉 올라가셔도 됩니다. 페친 여러분! 무더위에 건강들 하시고 좋은 휴일 되십시오.

신촌 봉원사 법당 앞마당에 피어있는 연꽃과 수곽 사진

98. 삼복(三伏) 우중(雨中) 건강법(健康法)

비가 이제 그만 왔으면 좋겠는데 너무 막 쏟아 부으니, 농경지며 낮은 곳에서는 피해가 속출하고 있어서 마음이 짠합니다. 페친 여러분들은 비 피해 없으시지요. 필자의 집 옥상 생태 텃밭에는 피해는 없지만 비가 한도 없이 내리니, 작물들이 고개를 떨구고 있습니다. 세상사 모든 게 과불급이라, 부족한 것도 문제고, 너무 지나쳐도 문제가 되는데 이번 장마가 딱 그 짝입니다. 아무쪼록 물 내려가는 하수구나 우수구 점검해서서 비 피해가 없도록 해야겠습니다. 날짜를 보니 오늘이 중복입니다. 개나 닭들이 오늘 수난을 당하겠습니다. 복중에 단백질 보충한다고 해오던 풍습이라 어쩔 수 없는 일입니다. 한방(韓方)에서는 여름에 먹을 수 있는 약(藥)으로 생맥산(生脈散)이라는 처방약이 있습니다. 여름 더위에 기운이 떨어지고 맥이 축 떨어지고 식욕도 없고, 땀이 많이 나고 늘 피곤하고 갈증이 심하시는 분들이 먹으면 맥(脈)을 생(生)하게 해준다고 해서 생맥산(生脈散)이라고 합니다. 가짓수도 3가지만 들어가기 때문에 집에서 차(茶)마냥 달여서 냉장고에 보관했다가 마시면 아주 좋습니다. 약 재료는 오미자 50g, 인삼 50g, 맥문동 100g입니다. 단 것을 좋아하면 감초를 네 쪽 정도 넣어도 좋습니다. 만드는 방법은 물을 4, 5리터 끓인 후에 그 물에 오미자를 12시간 정도 담가두면 오미자 물이 빨갛게 우러나옵니다. 오미자는 건져내고 맥문동과 인삼을 넣고 30분 끓이면 됩니다. 약재는 건져내고 유리병에 넣어 냉장

생맥산 사진

고에 보관했다가 식구대로 마시면 여름 더위에 건강을 지킬 수가 있습니다. 한번들 활용해 보십시오. 한약재는 경동시장 한약 상가에 가면 싸게 살 수가 있습니다. 돈 많이 들이지 않아도 여름 건강을 지킬 수가 있습니다. 우중(雨中) 장마에 페친 여러분! 가족과 함께 건강들 하십시오.

99. 장마 뒤 옥상 생태 텃밭 단상(斷想)

여름 장마로 한 주간 계속 비를 쏟아 붓더니 오늘은 아침부터 햇살이 나와 옥상 생태 텃밭에도 모처럼 생기가 돕니다.

습기를 좋아하는 식물은 키가 훌쩍 커버렸고, 건조성 식물은 이번 장마를 견디지 못하고 시들고 말았습니다. 오이도 호박도 무화과나무, 감나무는 햇빛을 보지 못하니 광합성 작용을 못해서 맺혔던 열매가 다 떨어져 버렸고 시들시들 잎부터 죽어버렸습니다. 똑같은 기후 조건에도 이렇게 다른 세상이 되어 버렸습니다. 참 묘한 이치입니다. 지식 지혜는 책 속에만 있는 것이 아니라, 자연을 잘 관찰하다 보면 무한한 자연의 지혜를 배울 수가 있습니다. 그러고 보면 자연은 우리 인간의 스승인 것 같습니다. 매일 텃밭에 올라오면 배워 가는 것이 있으니 말입니다. 이제 생태 텃밭도 울창해져서 그늘을 만들기도 합니다. 눈을 지그시 감고 심우정에 앉아 있다 보면 바람결에 묻어온 녹음 내음과 풍경소리를 덤으로 느낀답니다. 바람결에 들려오는 풍경소리를 듣노라면 이곳이 도시 옥상이라는 느낌은 전혀 들지 않습니다. 깊은 산속 산사에 온 것 같습니다.

풍경소리는 똑같기 때문입니다. 금년 여름은 남들이 다가는 피서를 옥상 생태 텃밭에서 풍경소리 들으며 보낼까 합니다. 참선도 하고, 책도 읽고, 쓰고 싶은 책도 쓰면서 말입니다. 바람이 불지 않으면 부채질도 하고 그렇게 보낼까 합니다. 훌쩍 큰 텃밭 작물들 사진입니다. 주말 선물입니다. 건강들 하십시오.

생태 텃밭에 장마 후 텃밭 작물들 사진입니다.

100. 단호박죽 단상(斷想)

며칠 전에 지인이 단호박 한 박스를 선물로 보내와서 오늘 일요일 아침 공양은 단호박죽으로 아침식사를 했습니다. 속도 노랗고 단맛이 정말 꿀맛입니다. 단호박은 삼무(三無)라고 합니다. 무농약, 무비료, 무제초제로 자연농법이 가능한 작물이라고 합니다. 단호박도 우리 몸에 아주 좋은 식품입니다. 불면증, 당뇨, 변비, 신장, 위장장애, 기침, 천식, 전립선 비대, 신장방광 기능저하, 위궤양 십이지궤양, 신경통, 유산이나 조산 방지, 다이어트, 구충, 회충, 백일해, 티프테리아, 일사병, 스테미너

부족, 다이어트, 항암효과까지 다양한 효능을 가진 아주 먹기도 좋은 건강식품입니다. 단호박은 죽을 쑤어서 먹어보니, 맛이 굉장히 달기 때문에 아이들도 잘 먹습니다. 단호박은 저칼로리 식품으로 만복(滿腹)감을 주고, 배설을 촉진시키고, 콜레스테롤을 낮추어서 혈중 지방 축적을 막아준다고 합니다. 특히 임산부 산후 조리에도 단호박을 삶아 먹으면 산후부종을 빼는데 아주 좋다고 합니다.

여름철에 뱀에 물렸을 때에 단호박꽃을 달여서 상처를 자주 씻어주면 효과가 있고, 호박덩굴 즙을 발라 주어도 좋다고 합니다. 또 치통(齒痛)에 호박 꼭지를 소금물에 하루 담가 두었다가 꺼내서 말린 것을 통증이 심한 이로 물고 있으면 통증이 가신다고 합니다. 요즈음은 의학이 발달해서 도시에서는 바로 병원으로 가지만 옛날에는 이렇게 주변 음식물로 치병(治病)을 했습니다. 옛 사람들의 생활의 지혜입니다. 오늘도 아침부터 비가 붓다 싶을 정도로 막 쏟아져 내립니다. 장마철에는 습도가 높기 때문에 주거환경이 세균병균으로 득실댑니다. 이럴 때일수록 페친 여러분 건강들 챙기  십시오. 여름철에는 매일 밥만 먹다보면 식욕을 잃을 수도 있습니다. 이럴 때에 별미로 단호박죽이나 콩국수 같은 것으로 식단을 바꾸어서 가족들의 건강을 챙겨 보십시오.  필자의 집 아침 단호박죽 공양 소식이었습니다. 행복한 휴일 되십시오.

101. 옥상 생태 텃밭 고추 첫 수확 단상

옥상 생태 텃밭에 고추가 이렇게 빨갛게 익어서 오늘 아침 새벽에 첫 수확을 했습니다. 4월 달에 심었으니, 3개월 반 정도 되어서 첫 수확을 하고 보니, 감개가 무량합니다. 예부터 농촌에서는 농사짓는데 첫째가 부지런해야 한다고 했습니다. 벼도 농부의 발걸음 소리를 듣고 자란다는 말이 전해져 내려오고 있습니다. 도시 옥상 생태 텃밭이지만 아침저녁으로 늘 올라와서 물도 주고 잡초도 뽑아주고 관심을 갖고 가꾸어야 고추 하나라도 따먹을 수 있는 것이 농사일입니다. 금년에는 장마가 길어서 고추농사도 별 볼 일이 없습니다. 비바람에 꺾이고 짓물러져서 수확이 작년의 반의 반도 안 됩니다. 장마철이라 습기가 많다보니 달린 고추도 잘 익지 않고, 나무에 달린 채 짓물러 떨어진 것도 많습니다. 어젯밤

옥상 생태 텃밭 고추 첫 수확 사진

에는 비바람이 심하게 몰아쳐서 생태 텃밭에 작물들이 지그재그로 꺾인 것도 있고 아예 누운 것도 있습니다. 그래서 아침 새벽부터 빨갛게 익은 고추는 다 따서보니 작은 바구니로 한 개 정도밖에 못 땄습니다. 익은 고추는 햇볕에 말리면 태양고추가 되는데, 아무리 잘 건조시켜도 나중에는 곰팡이가 납니다. 그래서 필자의 집에서는 매년 익은 생고추를 따서 믹서기로 갈아서 냉동실에 보관을 했다가 김치 담을 때마다 넣어서 활용을 합니다. 페친 여러분께서도 이렇게 활용을 해보십시오. 손실도 없고 딴 고추 썩을 일도 없고 말리는데 신경쓰지 않아도 됩니다. 요즈음은 날씨가 조석으로 변덕이 심합니다. 페친 여러분, 무더운 여름 장마철에 가족들 건강 챙기십시오. 필자의 집 텃밭 소식이었습니다.

102. 저녁 공양(供養)

오늘 저녁은 단호박 다섯 쪽으로 합니다.

저녁 공양 메뉴

103. 방아잎 튀김 만들기 단상

옥상 생태 텃밭에 4년 전에 이웃집 할머니께서 화분 하나를 선물로 주셨는데, 알고 봤더니, 방아나무였습니다. 그 화분이 그 이듬 봄에 새 싹이 나고 여름에는 꽃이 피고 늦가을에는 열매를 맺어서 씨를 받아 텃밭에 뿌려 놓았더니, 이제는 방아잎 텃밭이 되었습니다. 방아잎은 배향초라고도 하고, 한방명으로는 곽향(藿香)이라고도 하는 우리나라에 자생하는 허브 식물에 속합니다. 어릴 때 고향 시골 농촌에서는 비가 오면 방아잎을 넣어서 부침개를 부쳐 먹었습니다. 방아잎은 향이 아주 독특하고 좋습니다. 된장국 끓일 때 방아잎을 넣고 끓이면 맛이 아주 좋습니다. 방아잎 효능은 아주 다양하게 나왔습니다. 효능에 대해서 자세한 것을 알려고 하면 한국 본초도감이나 동의학 사전을 참고하시면 됩니다. 필자의 집에서는 봄부터 늦가을까지 방아잎으로 된장국도 끓여 먹고 부침개도 해 먹고, 다양하게 요리를 해서 먹습니다. 오늘은 방아잎 튀김을 만들었습니다. 부침가루로 풀을 쑤어서 방아잎 꼭대기 서너 잎을 따서 부침 풀을 발라서 사진과 같이 햇볕에 말리고 있습니다. 바짝 마르면 가죽나무잎 튀김마냥 튀겨서 먹어볼 참입니다. 향이 좋기 때문에 가죽나무 튀김 못지않을 것이라고 생각이 듭니다.

올해 처음 시도한 것이기 때문에 결과는 먹어본 후에 알려드리겠습니다. 방아잎은 잡초마냥 놔두어도 잘 자라고 번식력도 대단합니다. 큰 화분에다 심어 놓으면 봄이 되면 자주 빛을 띠고 새싹이 올라와서 가지가 아주 무성하게 뻗어나고 크게 자라면 근 2m 정도 자랍니다. 방아잎을 살짝 만지기만 해도 손에서 방아잎 향이 납니다. 시골 농촌에는 밭두렁에 많이 자생하는 식물입니다. 페친 여러분께서도 한번 키우고 싶은 분은 댓글에 주소지와 핸드폰 연락처를 남겨 놓으면 가을에 씨를 받아 보내 드리겠습니다.

　오늘 필자의 집에서는 모처럼 비가 개고 날씨가 좋아 방아잎 튀김을 만들어 보았습니다. 페친 여러분 무더운 여름 건강들 하십시오.

104. 옥상 생태 텃밭 소식 단상

오늘은 아침부터 날씨가 무척이나 덥습니다. 햇볕은 구름에 가려서 나왔다 숨었다 숨바꼭질을 합니다. 장마철이라 비가 오다 개다 하는데도 필자의 집 옥상 생태 텃밭에는 고추가 빨갛게 익어가고 있습니다. 고추나무 끝가지까지 고추가 주렁주렁 달렸습니다. 저렇게 주렁주렁 달린 고추를 보노라면 그동안 땀 흘린 보람 같은 것이 느껴집니다. 농사짓는 맛이 이런 맛 아닐까요. 고추는 햇볕이 쨍쨍 나야 수확이 많이 나서 좋은데 앞으로 날씨가 고추농사의 성패를 좌우하게 됩니다. 오늘은 생태 텃밭 감나무에 처음으로 아침부터 매미가 날아와서 맴맴맴하고 목청껏 노래를 하고 방금 날아갔습니다. 도시 옥상에 매미가 날아와서 노래를 하고 가니, 오늘은 기분이 최고로 좋습니다. 산속에서 듣는 매미 소리와는 사뭇 다릅니다. 옥상 텃밭 숲이 매미를 불러 들였다는데 의미가 큽니다. 그런 의미에서 매미 소리는 빅뉴스입니다. 명실공히 생태 텃밭이 되었다는 증거입니다. 그래서 오늘은 기분이 만땅입니다. 고추도 빨갛게 익어가고 가지도 주렁주렁 달리고, 보기만 해도 배가 부릅니다. 오늘은 주말입니다. 페친 여러분께서도 무더운 더위 가족들 건강 챙기십시오. 혹 여름 휴가 가시는 분들께서는 가는 길, 오는 길조심들 하십시오. 건강을 잃으면 모든 것을 다 잃게 됩니다. 생태 밭 소식이었습니다.

생태 텃밭 가지 고추 농사 사진

105. 산속 암자(庵子)의 미학(美學) 단상

오늘은 날씨가 너무 더워서 점심 공양을 마치고 삼각산에 있는 약수 암이라는 작은 암자에 갔습니다. 도량은 작지만 이곳저곳에 일붕 서경 보 선사님의 친필이 돌에 새겨진 것이 눈에 띄었습니다. 암자에 가보면 작지만 건물 하나하나가 유심히 들여다보면 감탄이 절로 나오는 것들 이 있습니다. 이 암자에도 종각 기와가 내 눈길을 멈추게 했습니다. 기 와 한 장 한 장마다 용(龍)이 새겨져 있는데, 살아서 꿈틀대는 것 같은 생동감이 있어서 폰카로 찍어서 이렇게 페친 여러분께 공유합니다. 용이 여의주(如意珠)를 물고 등천登天하는 기상을 취하고 있고 쌍봉황도(雙 鳳凰圖)도 비상(飛翔)의 나래를 펴고 있습니다.

삼각산 약수암 종각 기와 용봉 상

106. 옥상 생태 텃밭 단상(斷想)

이제 장마도 끝나고 본격적으로 더위가 시작되었습니다. 어젯밤 열대야 때문에 밤잠 설친 분 많을 것입니다. 우리나라도 여름 날씨가 장난이 아닙니다. 어제 페이스북을 통해서 인도 비키라는 분과 대화를 했는데, 인도 날씨보다 우리나라가 더 더운 것을 알게 되었습니다. 인도는 지금 우기(雨期)라고합니다. 어제 날씨가 30도라고 하니까 우리나라는 포항이 37도, 전국적으로 35도를 상회하니, 정말 가만히 앉아 있어도 땀이 줄줄 흐릅니다. 오늘 아침은 날씨 관계로 잠도 설치고 해서 일찍 일어나서 대문 앞 동네 골목에 나가 어젯밤에 지나다니는 사람들이 버린 담배꽁초며, 캔, 병, 휴지 등을 청소를 해야 합니다. 골목 청소를 매일 이렇게 해야 집 앞 동네 골목이 깨끗하니, 문제가 참 많습니다. 기초생활 질서가 엉망입니다.

청소를 마치고 생태 텃밭에 올라와 보니 나보다 먼저 방문한 손님이 가득합니다. 생태 텃밭에는 지금 방아나무 꽃이 막 피기 시작을 했습니다. 그 방아나무 꽃에 벌들이 꽃마다 윙윙대며 이 꽃 저 꽃으로 분주하게 날아다니면서 꿀을 따고 있는 것이 장관입니다. 방아나무 꽃은 작지만 유독 벌들이 새벽부터 찾는 것은 꿀이 많기 때문인 것 같습니다. 방아나무는 잎 자체의 향도 좋지만 꽃에도 벌들이 좋아하는 꿀이 많아서 먼동이 트기도 전에 벌들의 잔치집이 되고 있으니, 옥상 생태 텃밭답습니다. 페친 여러분 중에 아는 분도 계시겠지만 모르는 분들을 위해서 방아나무 잎과 꽃을 사진으로 공유합니다. 필자의 집 옥상 생태 텃밭에 지금 막 피어서 벌들이 잔칫집을 벌이고 있는 현장 사진입니다. 필자의 집에서는 오늘 그래서 방아잎 된장국을 끓였습니다. 방아잎 된장국은 향이 아주 좋습니다. 국 끓이는 방법은 간단합니다. 방아잎 연한 것 두 주먹 정도 따서 깨끗하게 씻어서 대충 썰고, 감자 3개 정도 깎아서 썰고, 양파 큰 것 1개 껍질 까고 씻어서 썰고, 국 멸치 조금 넣고, 다시마 조금 넣고, 표고버섯 3개 썰어서 넣고, 된장 3숟갈 정도 물 붓고 끓이면 방아잎 향이 그대로 국맛 속에 살아나서 밥 한 그릇 뚝딱 비우게 됩니다. 여름에 입맛 없을 때 텃밭에 방아나무 길러서 활용하면 아주 좋습니다. 페친 여러분들께서도 활용해서 가족들 건강 챙기십시오.

옥상 생태 텃밭 배향초 방아나무 꽃에 벌이 꿀 따는 사진

107. 바나나 얼음 피서법(避暑法)

페친 여러분! 오늘 엄청나게 덥죠? 오늘 같은 날은 찬물로 목욕을 해도 조금 지나면 땀이 비 오듯 합니다. 여름 피서법은 각자 취향에 따라 이열치열(以熱治熱)로 매운탕을 잡수시는 분도 계시고 팥빙수를 먹는 분

도 계십니다. 그런데 여름에 찬 음식을 너무 많이 먹으면 건강상 좋지 않습니다. 어제 뉴스를 보니까 팥빙수 한 그릇에 4,500원부터 15,000원까지 있다고 들었습니다. 너무 비싸지 않습니까? 해서 필자의 집에서는 바나나를 이용해서 못 참도록 덥고, 시원한 것을 먹고 싶을 때는 수박 주스를 만들어서 먹습니다. 수박 주스 만드는 방법은 이미 소개를 했습니다. 수박 주스는 아무리 많이 먹어도 속이 편하고 탈이 없습니다. 바나나 껍질을 까고 먹기 좋게 썰어서 냉동실에 보관했다가 오늘같이 팥빙수나 얼음을 먹고 싶을 때 냉장고에 보관했던 바나나를 드시면 맛도 좋지만 언 바나나가 입에서 녹는 맛에 더위가 싹 도망을 갑니다. 어린 아이들도 굉장히 좋아합니다. 한번 활용을 해보십시오.

바나나 냉동 얼음

108. 옥상 생태 텃밭 접시꽃 만발 단상

옥상 생태 텃밭에는 장마를 이겨내고 곱게 핀 접시꽃이 만발했습니다. 일찍 핀 꽃자리에는 씨가 맺혀 있고, 꽃대를 따라 가지마다 줄기마다 피고 지고 피고 지고 합니다. 접시꽃은 무궁화꽃과 비슷합니다. 무궁화꽃은 아침 오전에 피었다가 저녁 때면 시들어 버리는 하루 꽃입니다. 접시꽃도 잠깐 피었다가 지는 꽃이라 사진 한 장을 찍으려면 시간을 잘 맞추어야 합니다. 한 꽃망울이 오래 피지 않는 점에서 무궁화꽃과 접시꽃은 닮은 데가 많습니다. 꽃 모양도 비슷하고, 피고 지고 오래 핀다는 것도 공통점입니다. 접시꽃은 하얀 꽃과 짙은 핑크빛이 나는 꽃 두 종류가 있습니다. 하얀 꽃은 순백색이라 보기만 해도 마음까지 맑게 합니다. 한낮에 보는 것과 어둠이 깔린 저녁녘에 보는 감회는 또 다릅니다. 핑크빛 접시꽃은 곱게 단장한 갓 시집 온 새댁 같습니다. 빨간 치마에 하얀 속고쟁이를 입고 황금 꽃술 비녀를 꽂고 있는 예쁜 새댁마냥 부끄러움을 많이 탑니다. 떨어진 꽃모양도 그렇습니다. 핀 꽃 그대로 말려서 꽃만 뚝 떨어져 버리는 것이 부끄럼 많이 타는 새댁이 영락없습니다. 더운 날씨 탓인지 꽃망울도 봄꽃보다는 더 진하고 선명합니다. 접시꽃은 페친 여러분께 주말 선물입니다.

109. 화정거사, 끽다거(喫茶去)

졸졸 흐르는 옹 달 샘물 떠다가
차(茶) 달였으니,
어서 오시어 차(茶) 한잔 드소서!
벗님네야!

이 감로차(甘露茶) 드시면 모든 번뇌 다
소멸(消滅) 되리니,
어서 오시어 맛보소서!

바빠 못 오시면 눈으로 한잔 드소서!
눈으로 한잔 드셔도
세상 시름 다 잊으리다.

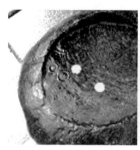

110. 어느 수행자(修行者)의 흰 고무 신발

산중 토굴 어느 수행자의 하얀 고무신

111. 학림사(鶴林寺)에서 본 칠석 하늘 단상

오늘은 견우(牽牛)와 직녀(織女)가 안 우나 보다

112. 절전(節電)의 지혜(智慧) 단상

요즈음 우리나라 원전 납품 비리로 인해 전력 생산에 차질이 있어서 더운 여름 에어컨도 맘대로 켜지 못하는 실정에 국민들은 분통이 터질 노릇입니다. 그렇다고 치솟는 화를 어찌하겠습니까? 사용량이 초과해서 단전(斷電)이라도 된다면 큰일이다 싶어서 절전(節電)하는 방법은 없을까 머리를 짜 보았더니, 가정에서도 에어컨 가동하지 않고 삼복더위를 날 수 있는 방법을 찾았습니다. 그래서 페친 여러분께 공유합니다. 필자의 집에도 스탠드식 에어컨이 큰 방과 거실에 2대가 설치되었으나 금년 여름에는 아예 에어컨 커버도 벗기지 않았습니다. 덥지만 절전을 하기 위해서입니다. 에어컨을 켜지 않는 대신에 천장에 선풍기를 침대 옆 위쪽에다가 1개를 달았고, 식탁 위 천장에다가 1개를 달아서 금년 여름은 천장 선풍기로 보내고 있습니다. 천장 선풍기는 사진과 같습니다. 전구가 4개 붙어 있는 선풍기인데 바람은 강, 중, 약, 세 단계로 조절이 됩니다. 잘 때 약한 바람으로 돌려놓고 자면 바람이 살랑살랑 불어와서 에어컨을 돌리지 않아도 숙면을 할 수가 있어서 좋습니다. 형광전구는 끌수가 있어서 잘 때는 선풍기만 가동하면 됩니다. 전기값이 에어컨에 비하면 전혀 나오지를 않습니다. 궁여지책으로 금년 여름은 전력 지출비가 줄어들어서 좋습니다. 페친 여러분들께서도 한번 활용해 보십시오. 가정에서도 절전을 해야 이 위기를 넘길 것 같습니다. 이제 제발

에어컨보다 더 시원한 천장 선풍기

공직자 비리가 없는 대한민국이 되었으면 합니다.

113. 포도(葡萄) 주스 만들기 단상

필자의 집에서는 어제 지인이 선물로 보내온 포도(葡萄)로 주스를 만들었습니다. 포도는 여름에 나는 계절 과일로써 새콤달콤해서 먹기도 아주 좋은 과일입니다. 그냥 먹어도 좋지만 여름 과일은 오래 두면 변질이 되기 때문에 신선도가 있을 때 오래 두고 먹는 방법이 포도 주스입니다. 포도 주스 만드는 방법은 포도를 알만 따서 물로 깨끗하게 씻은 후 솥에 넣고 끓여주면 됩니다. 그냥 포도만 끓여도 되지만 물 2컵 정도를 붓고 끓여주면 포도 속살이 잘 삶아져서 과육은 다 녹고 씨와 껍질만 남아 색도 곱고 먹기도 좋은 포도 주스가 됩니다. 포도의 효능은 하늘이 준 축복의 과일이라고 할 정도입니다. 포도에는 포도당이 다량 함유되어 있고, 비타민 A, B1, B2, C, E, P 등이 함유되어 있고, 포도 과질산과 염류는 체내 산성증을 억제 개선해주는 효능이 있고, 포도는 효소 작용이 탁월해서 소화기능과 피부를 윤택하게 하고 세포생성과 조직형성을 가속시켜주며, 포도는 정혈작용이 탁월하고, 포도를 먹게 되면 포도당이 빠르게 흡수가 되어서 에너지원으로 전환을 되고, T임파구 생산을 강화시켜주며, 항암성분까지 함유되어 있기 때문에 혈액암(백혈병)세포중단을 정상세포로 전환시켜주는 작용까지 할 정도로 좋은 과일이라는 연구 보고입니다. 적포도는 심장병에도 좋다고 하여 유럽에서는 이미 포도주를 애용하는 것으로 뉴스에서 보도가 된 바 있습니다. 포도를 올바르게 먹는 방법은 포도를 한 끼 식사대용으로 포도만 섭취하는 것이 좋다고 합니다. 과학 잡지 사이언스 보도에 따르면 포도의 껍질과 씨에는 레스베리트롤이라는 항암작용을 하는 물질이 많이 함유되어 있어서 씨와 껍질까지 통째로 먹는 것이 좋다고 합니다. 포도씨는 항산화 미백에 뛰어난 성분이 들어있어서 노화방지에 좋고 피부를 탄력 있게 부드럽게 하기 때문에 씨를 뱉을 필요가 없다고 했습니다. 포도는 농약 잔류 문제가 있기 때문에 흐르는 물에 식초물로 씻어주면 걱정할 것이 없다고 했습니다. 포도주스는 피곤할 때 한잔씩 먹고 나면 피로가 싹 가십니다. 여름 과일 하늘이 준 귀한 포도 페친 여러분께서도 주스로 만들어서 가족 건강들 챙기십시오. 무더운 여름 페친 여러분! 건강들 하십시오. 건강을 잃으면 모든 것을 다 잃게 됩니다. 건강은 건강할 때 잘 섭생해야 합니다.

114. 옥상 생태 텃밭 소식 단상

오늘은 휴일이라 아침 일찍 먹고, 옥상 생태 텃밭 고추 수확을 했습니다. 예년 같으면 네 번 정도 수확을 했을 터인데, 금년에는 장마가 길어져서 일 조건이 좋지를 않아서 두 번밖에 수확을 못했으나, 그래도 이렇게 큰 바구니로 하나를 땄습니다. 고추는 작은 청양고추이지만 맵기는 엄청나게 맵습니다. 익은 고추를 따면 햇볕에 말리는데, 요즘 날씨가 조석으로 변덕을 부려서 갑자기 쏟아진 소나기 때문에 그동안 말렸던 고추가 비를 맞고 나면 못 쓰게 되어서 허사가 되고 맙니다. 그래서 필자의 집에서는 익은 고추를 따면 말리지 않고, 생으로 씻어서 믹서기로 갈아 냉동실에 보관을 합니다. 고추 말리는데 신경 안 써서 좋고, 김치 담을 때마다 생으로 갈아서 냉동 보관했던 고추를 양념으로 사용하면 아주 좋습니다.

몇 년 동안의 시행착오에서 얻어진 생활의 지혜입니다. 페친 여러분께서도 한번 활용해 보십시오. 오늘 수확한 청양고추를 갈면서 어찌나 매운지 재채기를 너댓 번 했습니다. 이렇게 생으로 고추를 믹서기로 갈 때는 멸치 액젓을 조금 넣어서 함께 갈면 잘 갈아지고, 멸치 액젓에 염도가 있기 때문에 장기간 냉동 보관해도 변질될 염려가 없어서 좋습니다. 손수 생태 텃밭에서 농사지은 고추를 수확하여 갈아서 냉동 보관했다가 김치 담을 때마다 양념 고추로 활용하면 맛도 좋고 편리성도 있어서 일석삼조의 효과를 본답니다. 금년에는 비가 많이 내려서 고추밭에 들어갔더니, 고추나무가 키를 훌쩍 넘을 정도로 커서 익은 고추 따는데 애를 먹었습니다. 가지가 어찌나 무성한지 고추나무가 얽히고설켜서 사람

옥상 생태 텃밭 고추 수확 사진

이 들어갈 틈이 없을 정도로 고추가 주렁주렁 달렸습니다. 앞으로 날씨가 좋아져서 일조건만 충분하다면 달린 고추는 찬바람이 날 때까지 익어가기 때문에 평년작은 될 것 같습니다. 페친 여러분! 날씨가 무척 덥습니다. 건강들 하십시오. 생태 텃밭 소식이었습니다.

115. 꿀벌의 생태적 가치 단상(斷想)

오늘은 어젯밤에 내린 비로 옥상 생태 텃밭에 물을 줄 필요가 없습니다. 그러나 습관상으로 잠자리에서 일어나면 매일 옥상 텃밭에 나가는 것이 일상사가 되었습니다. 텃밭 한쪽 방아나무를 보니, 새벽에 내린 비로 인해서 흠뻑 젖어 있는데, 느린 날갯짓으로 벌들이 꽃망울마다 분주하게 돌아다니고 있습니다. 벌들이 유독 방아나무 꽃을 좋아하는 것은 맛있는 꿀이 많기 때문일 것입니다. 꽃 자체가 물기를 머금고 있어서 꿀을 따는데 어려움이 따를 것이나 부지런하게 날갯짓을 하는 벌을 보고 만약 벌이 없다면 수분(受粉) 작용의 매개체가 없기 때문에 생태계에 문제가 발생하지 않을까 생각이 들었습니다. 그래서 벌의 생태적 가치는 얼마나 될까 하는 생각을 하게 되었습니다. 인류가 먹은 모든 식품 가운데에 3분의 1이 곤충의 수분 덕택으로 생산이 된다고 합니다. 그런데 이중에서 80%를 꿀벌이 해낸다고 합니다. 그러니까 인류가 먹는 전체 먹을거리의 25%가 꿀벌의 혜택이라고 합니다. 가축 사료인 알파파도 꿀벌의 수분으로 생산이 된다고 합니다. 그러니 꿀벌이 없으면 육류 생산도 차질이 생겨 생산량이 줄어들게 된다는 통계입니다. 이와 관련해서 꿀벌이 미국 경제에 기여도의 가치는 150억 달러라고 미국 의회 보고서 내용입니다. 인류가 우리 주변에 있는 이 작은 꿀벌의 생태적 가치를 전혀 모르고 사는 것 같아서 아쉽습니다. 21세기를 지식사회, 정보통신 로봇 사회라고 합니다. 문명 문화는 발전을 했지만, 미물에 지나지 않는 꿀벌들의 도움 없이는 풍요로운 삶을 보장할 수가 없다는 것을 이제라도 알아야 합니다.

세계 도처에서 꿀벌들이 집단 폐사하고 있다는 보고입니다. 원인은 정확히 알 수는 없지만 생태 환경오염, 변화와 관련이 있다고 합니다. 꿀벌은 성실, 근면의 상징 같습니다. 비가 오는 우중(雨中)에도 꿀을 따고 있으니 말입니다. 꿀벌이 1kg의 꿀을 모으기 위해서 평균 지구 한 바퀴 반을 비행해야 한다고 합니다. 얼마나 부지런한 곤충입니까? 게으른 사람은 벌을 보고 배워야 합니다. 사람들은 꿀벌을 산업적 가치와 생태 보존적 가치로 평가합니다. 생태 보존적 가치로는 세계 100대 농작물 71%가 꿀벌에 의존해서 수정을 한다고 합니다. 산업적 가치로는 벌꿀과 화분, 로얄젤리와 천연항생물질 프로폴리스(항산화작용과 항균작용으로 다양한 상품 활용), 봉독은 관절염 치료제, 항균작용을 지닌 화장품 원료 등 다양한 산업적 가치로 활용된다고 합니다. 미물 곤충인 벌꿀을 생태적 가치 관계론으로 보니, 부처님 가르침이 더욱 절실하게 마음에 와 닿습니다. 부처님 가르침은 연기법입니다. 이것이 있으므로 저것이 있고, 이것이 생기면 저것이 생기고, 이것이 멸하면 저것도 멸한다고 했습니다. 상호 의존(緣起) 관계를 설파하신 가르침입니다. 생태계의 매개자인 꿀벌이 없어지면 우리 먹을거리도 위협을 받는다는 연기의 단상(斷想)을 방아나무꽃에서 우중에 부지런히 꿀을 따는 벌꿀을 보고 느낀 감회였습니다. 페친 여러분! 행복한 날 되십시오.

옥상 생태 텃밭 방아나무 꽃과 벌 사진

116. 옥상 생태 텃밭 가지 수확 단상

오늘 옥상 생태 텃밭에서 가지를 수확했습니다. 가지나무는 다섯 그루를 심었는데, 두 그루는 햇볕이 잘 들지를 않아서 시원찮고 세 그루는 가지마다 주렁주렁 달렸습니다. 가지는 찬바람이 날 때까지 수확을 할 수가 있습니다. 내일이 백중날이라 가지 무침을 장만해서 조상님께 바치려고 합니다. 변변치 않지만 그래도 손수 텃밭에 심어서 농사지은 가지라 조상님들도 좋아하실 것입니다. 백중은 음력 칠월보름날로써 농경 문화 속절(俗節)로는 백종(百種) 중원(中元) 또는 망혼일(亡魂日)이라 해서 추석 전 절기로 큰 명절에 속합니다. 중원은 도가(道家)에서 말하는 삼원(三元)의 하나로서 이날 천상(天上)의 선관(仙官)이 인간의 선악(善惡)을 살핀다고 하는데서 유래했다고 전합니다.

또 망혼일(亡魂日)이라고 한 까닭은 망친(亡親)의 혼을 위로하기 위해서 술과 음식 과일을 차려놓고 천신(薦新)을 드린다고 해서 그렇게 명명을 했습니다. 불가(佛家)에서는 우란 분제라 해서 선망조상님(先亡祖上任)을 천도(薦度)하는 날이기도 합니다. 우리 한민족은 조상을 숭배하는 미풍 양속을 가지고 있는 문화민족입니다. 돌아가신 조상님을 산 사람같이 섬기는 제사 문화가 있습니다.〈事死如事生〉제삿날이나 명절 때는 산 사람 음식 대접하듯이 합니다. 그래서 새 곡식으로 술도 빚고 새 곡식 으로 음식도 장만하여 새벽 동이 틀 무렵에 가족들이 모여서 조상님 전 에 절을 올립니다. 세계적인 석학 토인비 같은 역사학자는 제사 문화를 높이 평가를 했습니다. 또 대가족 제도를 몹시 부러워하였다고 합니다. 그런데 정작 우리는 우리 문화를 천시하고 무시를 합니다. 뭔가 잘못된 것 같습니다. 오늘 하루는 무척이나 바빴습니다. 눈 코 뜰 새가 없었습 니다. 내일 조상님 전에 올릴 음식 장만을 한다고 바빴습니다. 가지도 따 고 겉절이 김치도 담고, 이제 책상 앞에 앉아 이렇게 페친 여러분께 글을 올립니다. 좋은 밤 되십시오.

옥상 생태 텃밭 가지 수확

117. 문(門)의 단상(斷想)

문(門)이란 들고 나는 공간(空間)입니다. 방(房) 쪽에서 보면 문(門)은 밖으로 나가는 공간이고, 바깥쪽에서 보면 방(房)으로 들어가는 공간입니다. 문(門)은 용도에 따라 처소에 따라 쓰임새가 각기 다양(多樣)합니다. 40년 전에 한국 불교 영화에 노 선사가 감옥에 갇히면서 묻는 말이 있습니다. 내가 갇힌 것인가? 그대가 갇힌 것인가? 하고 간수에게 물었습니다. 감옥 쪽에서 보면 간수 쪽이 갇힌 것이고, 간수 쪽에서 보면 노 선사가 갇혔다고 하나, 노 선사에게는 갇힌 것이 아닙니다. 몸은 가두어도 마음은 가둘 수가 없기 때문입니다. 사찰에는 문(門)이 많습니다. 산사(山寺)에서 처음 만나는 문(門)은 일주문(一柱門)이라고 하는데, 기둥이 한 줄로 서 있다 해서 일주문이라고 하며, 일주문부터 사찰 경내가 됩니다. 일주문 바깥쪽은 세속(世俗)이 되고, 일주문 기둥 안쪽부터는 출세간(出世間), 수도(修道)도량(道場)인 셈입니다. 이렇게 출입(出入)하는 문(門)은 용도(用途)에 따라 다양한 이름이 붙여집니다. 사찰 일주문에 들어설 때는 마음을 청정(清淨)하게 하여 일심(一心)으로 불법(佛法)에 귀의(歸依)하겠다는 마음가짐이 필요합니다. 두 번째 만나는 문은 금강문(金剛門)이 있는데, 사찰에 따라서 금강문을 인왕문(仁王門)이라고 하기도 합니다. 금강문에는 호법(護法)하는 금강역사(金剛力士)가 왼쪽에는 밀적금강이, 오른쪽에는 나라연금강이 불법을 훼방하는 사악한 무리를 경계하기 위해서 지키고 있습니다. 세 번째 천왕문(天王門)은 불국토를 지키는 동서남북의 사천왕을 모시는 문으로 이것은 불법을 수호하고 사악한 마군을 방어한다는 뜻에서 세워진 문입니다. 사천왕은 33천 중 욕계 6천의 첫 번째인 사천왕천(四天王天)의 지배자로서 수미의 4주를 수호하는 신입니다. 비파를 들고 있는 지국천왕(持國天王)은 동쪽을 수호하는데, 선한 이에게는 복을, 악한 자에게 벌을 줍니다.

또 서쪽을 수호하는 광목천왕(廣目天王)은 악인에게 고통을 줘 구도심을 일으키게 한다고 하며, 칼을 들고 남쪽을 수호하는 증장천왕(增長天王)은 만물을 소생시키는 덕을 베풉니다. 그리고 탑을 들고 있는 다문천왕(多聞天王)은 북쪽을 수호하며 어둠속을 방황하는 중생을 구제해 줍니다. 네 번째는 불이문(不二門)입니다. 불이(不二)란 둘이 아닌 경계를 말하며 절대 차별 없는 이치를 나타냅니다. 승속이 둘이 아니요, 세간과 출세간이 둘이 아니며, 중생과 부처가 역시 둘이 아니니, 일체중생이 개유불성(皆有佛性)하여 이 문을 들어서면서 부처님의 이치를 깨우치라는 뜻입니다. 그래서 이 문을 해탈문(解脫門)이라고 하기도 합니다. 해탈문을 지나고 나면 사찰의 각 전각이 나타납니다. 대웅전이나 대적광전이 정면에 배치되어 나타납니다. 대웅전이나 대적광전 전각 중앙 가운데에는 어관문(御關門)이 있고, 어관문 좌우에 작은 문이 있습니다. 어관문은 절에 큰 스님들이 출입하는 문이고, 작은 문으로는 일반 신도나 스님들이 출입을 합니다. 그 외 전각은 극락전, 약사전, 미륵전, 원통전, 지장전, 응진전, 영산전, 칠성전, 산신각, 승당 등 사찰 규모에 따라 전각은 다 배치된 것도 있고, 몇 개만 구비된 사찰도 있습니다. 전각마다 문이 중앙에 있고, 좌나 우, 또는 좌우에 문이 두 개인 것도 있고 세 개인 전각도 있습니다. 이렇게 문이라는 것은 들고 나기 위해서 만들어졌습니다.

문을 통하지 않고는 출입할 수 없는 것이 문의 용도입니다. 그런데 그 문을 선가(禪家)에서는 대도무문(大道無門)이라고 했습니다. 큰 도는 문이 없다. 앞에서 사찰 배치도로 보면 일주문부터 해탈문을 거쳐 각 전각마다 문이 다 있었는데 큰 도는 문이 없다고 했습니다. 무슨 말일까요? 오늘 문에 대한 단상 핵심이 여기에 있습니다. 사찰도량에 들어오면서 다 문을 통해서 들어왔는데, 불법 대도는 문이 없다고 했습니다. 그 말 속의 말을 찾아야 합니다. 선방(禪房)에는 진짜 수행자만 들어가는 무문관(無門關)이란 곳도 있습니다. 한 평, 두 평 되는 작은 골방에 들어가면 밖에서 문을 봉해 버립니다. 3년, 6년, 10년을 문 없는 방에서 무문(無門)의 자성(自性) 해탈(解脫) 문(門)을 찾기 위해서 피나는 용맹정진을 합니다. 깨닫기 전에는 나올 수가 없는 곳이 무문관(無門關) 수행(修行)입니다. 페친 여러분! 인생을 살면서 문 없는 삶을 살아 보셨나요? 문

합천 해인사 일주문

이 없는 삶은 정말 절박한 삶입니다. 나갈 수도 없고, 들어갈 수도 없는 꼼짝달싹을 못하는 지경에 처해졌다면 어찌하겠습니까? 여러분의 들고 나는 문은 어떤 문(門)입니까? 생사(生死) 윤회의 문입니까? 아니면, 해탈(脫), 열반(涅槃)의 문입니까? 진지하게 고민해 볼 일입니다. 답은 남에게는 없습니다. 각자에게 있습니다.

118. 소욕(小欲) 점심 공양(供養)

점심 공양

필자의 집 점심 공양은 고구마 두 쪽, 호박 네 쪽으로 합니다.

119. 옥상 생태 텃밭의 단상(斷想)

무더운 여름 폭폭 찌던 날씨도 조석으로는 한풀 꺾인 것 같습니다. 자다가 새벽녘에는 천장에 달린 선풍기를 끄고 잘 정도입니다. 옥상 생태 텃밭에 나가면 가을을 알리는 귀뚜라미 소리가 납니다. 늦은 저녁부터

새벽 먼 통이 틀 때까지 가을의 전령사 같이 울어댑니다. 어스름한 초저
녁 달빛과 함께 들으면 귀뚜라미 소리는 정말 처량합니다. 찬 공기와 함
께 느끼는 그 처량한 울음소리는 삶을 되돌아보게 하는 활구(活句) 법
문(法門)과도 같습니다. 계절의 변화를 도시에 사는 사람들은 모르고 삽
니다. 그런데 옥상 생태 텃밭을 가꾸다 보니, 텃밭 그대로가 자연생태계
의 축소판이 되어가고 있습니다. 가꾸는 식물마다 자연의 운행에 타이
밍을 맞추어서 봄에는 꽃피고, 여름에는 성장하여 가을이 되면 꽃망울
씨를 맺습니다. 생태 텃밭에도 그 곱게 피던 꽃들도 계절마다 혼신을 다
해서 자기 몫을 다 해내고 있습니다. 철쭉꽃 피고 지니, 찔레꽃 피고 지
고, 감꽃 피고 지니, 호박꽃, 접시꽃 피고 지고, 가지꽃 피고 지니, 호박
꽃 피고 지고, 달맞이꽃 피고 지니, 부추꽃, 방아나무 꽃이 막 한창 피
는 늦여름이 되었습니다. 철근 콘크리트 도시 건물 옥상도 자연 생태계
의 환경을 만들어주면 이렇게 자연의 순환 원리를 직접 눈으로 느끼고
삽니다.

필자의 집 옥상에 생태 텃밭을 만든 목적은 우리 사회가 안고 있는 환
경오염 문제를 나부터 줄여보자는 뜻에서 만들게 되었습니다. 도시 옥
상에 생태 텃밭을 만들면 일석삼조(一石三鳥)의 효과를 볼 수가 있습니
다. 채소 먹거리를 직접 가꾸어 먹기 때문에 농약으로부터 해방이 되어,
정서적으로도 좋습니다. 또 농사를 직접 짓다 보니 부지런해집니다. 활
동량이 많아지니, 건강에도 유익합니다. 경제적으로도 낭비를 줄일 수가
있어서 좋습니다. 가장 좋은 점은 음식물 찌꺼기를 생태 텃밭 퇴비로 활
용한다는 것입니다. 집에서 나오는 음식물 찌꺼기를 텃밭에 구덩이를 파
고 덮어두면 지렁이들과 흙속에 사는 음식물 분해하는 벌레들이 식물에

좋은 퇴비로 만들어 주니, 순환생태 텃밭이 됩니다. 8월부터 음식물 찌꺼기 종량제를 실시한다고 뉴스에 보도가 되었습니다. 그러다 보니, 수질 오염과 부작용이 벌써부터 일어난다는 보도를 며칠 전에 보았습니다. 음식물 찌꺼기 종량제를 실시한지 한 달도 안 되어서 벌써부터 음식물 찌꺼기를 갈아 분해해서 하수도관으로 흘려보내다 보니, 수질이 오염이 심각하고, 하수도가 막혀서 하수도 물이 역류를 하여 가정 주방까지 악취와 함께 썩은 물이 올라온다는 뉴스 보도입니다.

옥상 생태 텃밭 오이, 가지, 고추, 방아나무, 황국, 접시꽃

각 가정마다 나온 음식물 찌꺼기를 옥상 생태 텃밭을 만들어서 퇴비로 활용한다면 음식물 찌꺼기가 전혀 나오지 않습니다. 이런 좋은 방법으로 근본 대책은 세우지 않고, 우행(愚行)에 치행(痴行)만 더하는 꼴이 보기 딱합니다. 옥상 생태 텃밭은 자연환경도 살리고, 환경오염을 줄이는 일석십조(一石十鳥)의 생태 텃밭임을 자부하면서 텃밭 채소 작물 사진을 페친 여러분께 공유합니다. 21세기는 자연 생태계 파괴와 환경오염이 인류의 화두입니다. 자연환경을 살리고 환경오염을 줄이는 방법은 지구촌 사람들의 각자 의식이 바뀌어야 합니다. 나 하나쯤 하는 안일한 생각이 환경오염의 주범입니다. 자연 생태계가 파괴되면 살아남을 생물은 아무것도 없습니다.

120. 옥상 생태 텃밭의 단상

옥상 생태 텃밭에는 지금 부추꽃과 방아꽃과 달맞이꽃이 한창 피었습니다. 부추꽃은 하얗습니다. 코로 향기를 맡으면 톡 쏘는 듯하고 매큼한 독특한 향이 납니다. 나도 금년에 처음 맡아 보았습니다. 옥상 텃밭 가장자리를 따라서 밭 전체에 부추 씨를 심었습니다. 옥상이다 보니, 바람이 불면 텃밭 흙 마사토가 날립니다. 그래서 흙이 날리지 않도록 밭 가장자리 전체에 돌아가면서 부추를 심었더니, 효과를 톡톡히 봅니다. 날리는 흙이 많이 줄어들었고, 부추는 봄부터 계속 잘라서 먹으니, 일석이조(一石二鳥)의 효과를 봅니다. 텃밭에서 봄이 되면 제일 먼저 고개를 밀고 올라오는 것이 부추입니다. 한 번 심어 놓으면 연년이 수확을 합니다. 씨를 받으려면 초봄에 세 번 정도 베어서 먹고 놔두면 늦여름부터 꽃도 관상하고 씨도 받을 수가 있습니다. 꽃잎은 여섯이고 꽃심은 파랗고, 꽃대 하나에 아홉 꽃망울이 가장자리에 피고 속으로 두 겹을 육사(6,4)로 피는 올망졸망한 예쁜 꽃이 부추꽃입니다. 부추는 이미 효능이 다양하게 알려져서 건강보약 채소로 알려져서 각종 요리에 널리 쓰여지고 있습니다. 부추는 빈대떡으로도 많이 부쳐서 먹습니다. 다른 야채와는 다르게 칼슘, 철분, 칼륨, 아연 등 건강유지에 도움이 되는 물질까지 다량으로 함유되어 있어서 여름 보양 채소로 알려져 있습니다. 부추는 보온 작용이 있기 때문에 비위(脾胃), 소화기 계통이 약한 사람에게는 아주 좋다고 합니다. 부추를 이용하는 민간요법도 아주 다양합니다. 그만큼 우리 식탁에 보양 채소로 알려져 있으니, 집에서 직접 화분에다 길러서도 먹을 수가 있습니다. 부추는 정력제로도 알려져 있습니다. 정력이 6시 방향인 분들은 부추를 먹다 보면 12시 방향이 된다고 합니다. 그만큼 건강 보양 채소입니다. 주의할 점은 부추는 따뜻한 성질의 채소이기 때문에 몸이 열이 많은 사람은 술 마실 때 부추 요리는 안 먹는 것이 좋습니다. 몸이 찬 사람에게는 아주 좋은 보양 채소입니다. 부추꽃은 벌들이 많이 찾지를 않습니다. 오늘 부추꽃을 유심히 살피다 보니, 부추꽃에 아주 작은 벌과 파랗게 생긴 파리가 부산하게 꽃망울마다 돌아다니는 것을 사진을 찍었습니다. 파리가 좋아하는 성분이 부추꽃에 많이 있는 것 같습니다. 꽃 종류에 따라 찾아오는 벌의 종류도 다릅니다. 호박꽃에는 호박벌이 찾아옵니다. 꽃에도 각기 다른 성분이 있는 것 같습니다. 그러니 찾아오는 손님도 자기 기호에 따라 단골손님이 된 것 같습니다. 오늘은 부추꽃 소식과 효능도 조금 알아보았습니다. 가꾸기 쉽고 보양 채소인 부추를 직접 화분에다가 길러서 먹어 보십시오. 이때쯤이면 부추꽃도 보고, 씨도 받아 매년 화분을 늘리는 것도 재미가 솔솔 붙고 가정 경제에 도움이 될 것입니다.

부추꽃

121. 오늘 반나절 단상(斷想)

오늘은 강남에 볼일이 있어서 2호선, 3호선 전철을 타고 볼 일을 보고 왔습니다. 볼 일 볼 곳이 말죽거리 강남 쪽이라 매봉역에서 내려 1번 출구 쪽을 막 나갔더니, 왼쪽 대로변에 역삼동(驛三洞) 청동기 시대 집터靑銅器 時代住居址라는 표지석이 비를 흠뻑 맞고 있기에 폰카로 사진을 찍어 이미 공유를 했습니다. 청동기 시대면 기원전 1300년쯤 옛적이라 까마득한 세월입니다. 청동기 집터는 북쪽으로 50m 산언저리에 있던 것을 1966년도에 발굴했다고 합니다. 우리가 살고 있는 나라 전체가 알고 보면 고대 유적지가 묻혀 있는 박물관인 셈입니다. 어느 천문학자님이 말씀했듯이 아는 만큼만 보인다고 했습니다. 우리 고대사나 고대 문화 유물이 그렇습니다. 모르는 사람은 고인돌을 하찮은 돌멩이로 보지만, 고고학자가 보면 고고학적 유물이라는 것입니다. 천문학자가 고인돌을 보면 고인돌은 천문학적 유물이라고 했습니다. 고인돌에는 별자라가 새겨져 있기 때문에 고인돌이 천문학적 유물이라는 것입니다. 선사시대에 우리 조상님들이 하늘의 별 운행을 관측하고 고인돌에 새겨 놓았기 때문에 돌이 아니라 우리 조상님들의 삶과 철학과 사상이 녹아 새겨져 있기 때문입니다. 그러니 우리 민족의 역사와 문화유산은 우리가 지키고 보존하고 계승해야만 합니다. 우리 것을 천시하고 무시하는 잘못된 사대주의 사상은 버려야 하겠습니다.

그것은 그렇고 오늘 오전에 전철에서 보고 느낀 감회를 이야기하고자 합니다. 지하철은 항상 타보면 앉을 자리는 한정이 되어 있어서 서서 가는 사람이 많습니다. 또 노인석이라는 곳도 마련이 되어 있지만 앉을 자리가 늘 부족하다 보니, 나이가 연로하신 어르신들이 서서 가는 분이 더 많습니다. 그래서 노인석 말고 일반석에도 어르신들이 더러 앉아서 갑니다. 오늘 목격한 일은 역마다 도착하면 내리는 사람, 타는 사람으로 분주합니다. 앉았던 사람이 내리면 빈자리가 생깁니다. 그런데 그 빈자리가 양보가 없는 쟁탈석이 되어서 빠르게 먼저 앉는 사람이 자리를 차지하더군요. 성별, 노약(老弱) 관계치 않고 먼저 차지한 사람이 앉는 것을 보았습니다. 오늘 목격한 빈자리는 젊은 여자분과 팔순 넘은 할머니였습니다. 할머니는 무거운 짐을 들고 서서 가다가 빈자리가 나오자 앉으려고 가는데, 젊은 여자분이 잽싸게 그 자리에 앉아가는 것을 보았습니다. 너무 당당하게 자리를 차지하니까 좀 늦게 앉으려 하던 할머니가 짐을 들고 다른 곳으로 가는 것을 보았습니다. 자리를 차지한 분을 유심히 살펴보았는데, 젊고 건강하고 배도 나오지 않았습니다. 옛날에는 나이 드신 어른을 먼저 생각하고 배려했습니다.

그런데 그런 미풍양속을 전혀 찾아볼 수가 없어서 기분이 짠했습니다. 페친 여러분! 혹시 대중교통을 이용할 때에 어린이나, 노약자나 임산부가 서 있으면 자리를 양보하는 것은 좋은(善行) 일입니다. 서서 가는 것은 헬스라고 합니다. 내가 조금 힘들어도 빈자리가 생기면 주위를 한번 둘러보고 양보하는 그런 넉넉한 마음을 갖고 삽시다. 반나절 나들이 단상이었습니다.

122. 옥상 생태 텃밭 고추 수확 단상

이제 날씨가 조석으로 제법 쌀쌀합니다. 어젯밤에는 자다가 얇은 이불을 꺼내서 덮고 잤습니다. 환절기에는 몸 관리를 잘못하면 감기가 들기 쉽기 때문에 신경을 써야 합니다. 오늘 아침은 선선하기 때문에 아침 공양을 마치고 바로 옥상 텃밭에 나가 빨갛게 익은 고추를 땄더니, 한 바구니가 됩니다. 이번 수확이 금년 들어서 세 번째 수확입니다. 양으로 보면 얼마 되지 않지만 손수 심어 가꾼 고추라 사먹는 고추에 비하면 그래도 마음은 아주 만족합니다. 필자의 집에서는 고추는 말리지 않고 깨끗하게 씻어서 생으로 바로 믹서기로 갈아서 냉동실에 보관했다가 김치 담글 때 양념으로 활용을 합니다. 고추를 태양 고추로 말리려면 쉽지를 않습니다. 통째로 말려도 속에 곰팡이가 나기 쉽습니다. 가위로 썰어서 말려도 씨 있는 부분이 곰팡이가 나기 때문에 여러 해 실패를 거듭하다가 생으로 갈아서 냉동실에 보관을 했다가 김치 담글 때 사용했더니, 금방 생고추 갈아놓은 것 같아서 이렇게 활용을 합니다. 오늘은 고추도 따고 토란대도 베어서 수확을 했습니다. 토란대는 육개장 만들 때 꼭 들어가는 식재료입니다. 토란은 국으로 끓여 먹으면 아주 좋습니다. 토란은 미국이나 유럽 선진국에서는 주목을 받고 있는 식품입니다. 토란은 천연물 성분으로 멜라토닌을 함유하고 있기 때문에 건강 보조 식품으로 만들어서 판매한다고 합니다. 멜라토닌 성분은 비행기를 타고 여행할 때 시차 때문에 생기는 불면증과 피로감을 완화시켜준다고 합니다. 토란 줄기는 베어서 겉껍질을 벗겨내고 엄지손가락 길이로 잘라서 말려 두었다가 식재료로 사용하면 됩니다. 토란은 영하 날씨로 떨어지지 않을 때 캐서 수확하면 됩니다. 보통 추석 때도 명절 음식으로 차례상에 올려놓습니다. 한방에서는 개위진식(開胃進食)이라 해서 위를 열어주고 음식을 잘 내려가게 하는 효능이 있다고 했습니다. 토란도 효능이 아주 다양합니다. 심어 놓으면 병충해 같은 피해 없이 화분에서도 아주 잘 자랍니다. 내년에는 페친 여러분께서도 화분에다가 심어 보십시오. 꽃만 피지

옥상 생태 텃밭 고추 수확

않지 연꽃과 똑같습니다. 필자의 집 고추 수확 소식이었습니다. 페친 여러분! 환절기에 감기 조심해야 합니다. 가족 건강들 챙기십시오.

123. 안동포 옷의 단상(斷想)

올 여름 무더운 찜통더위는 안동포 옷으로 이렇게 보냈습니다. 역시 안동포는 가볍고 입어보니, 바람이 솔솔 들어와서 옷 입은 것 같지 않아서 참 좋았습니다. 이렇게 계절적으로 좋은 옷감 안동포가 대를 이어 가업을 이을 사람이 없어서 문제라는 것입니다. 안동포는 고부가 가치 특산물인데도 기능 보유자가 노령화로 명맥이 끊길 지경에 이르렀다고 합니다. 종로 포목상에서 두 필 남았다고

화정거사 안동포 조끼로
여름 났습니다.

이제 구하려고 해도 물건이 없다고 연락이 와서 입기 편하게 반소매, 반바지, 어깨가 파인 조끼로 맞추어 입었는데, 여름옷으로는 딱 맞습니다. 이토록 좋은 옷감이 명맥이 끊길 지경이라서 안동시에서는 명맥을 이을 부녀자 30명을 모집해서 10개월 동안 실습위주 교육을 실시한 후에 기능 인력을 정예화 한다는 안동 연합 뉴스 2013.02.13일자 보도입니다. 관심이 있는 분은 한번 참여해서 안동포 기능 보유자가 되어보십시오.

124. 포대화상(布袋和尚)의 단상(斷想)

오늘은 필자의 집에 포대화상(布袋和尚)님이 오셨습니다. 페이스북 페친 유신희님께서 선물로 보내 왔는데, 작고 아담한 포대화상이지만 상호(相好)가 아주 원만해서 보고만 있어도 마음이 넉넉하고 풍족해집니다. 포대화상에 관한 것은 여여법당 선시(禪詩)에서 아주 자세하게 소개를 했습니다. 오늘은 선물 받은 고마움에 포대화상 선시를 보답하는 마음으로 사진과 함께 공유를 합니다. 페친 여러분! 세상사 짜증나는 일 많죠? 여기 포대화상님 뵙고 마음 푹 푸십시오. 보기만 해도 마음이 풀릴 것입니다. 포대화상님, 필자의 집까지 먼 길 오신다고 피로할 것 같아 목욕을 시켜드렸더니, 목욕하신 포대화상님, 금빛 찬란하게 변했습니다. 신통방통입니다. 포대화상님은 살아생전에 미륵불이라고 말씀하셨습니다. 평생을 포대자루 하나로 길에서 살다가 가신 분입니다. 중국에서는 복 주는 스님이라고 해서 지금도 포대화상 상을 많이 조성을 합니다. 당신 사는 모습을 읊은 선시(禪詩)입니다.

一鉢千家飯 孤身萬里遊
靑目睹人少 問路白雲頭
발우 하나로 집집마다 밥을 빌며
외로운 나그네 되어 만리를 떠도네.
밝은 눈으로 알아보는 사람 적으니,
내갈 길을 흰 구름에게 물어본다.

我有一布袋 虛空無罣礙

展開遍十方 入時觀自在

내가 가진 큰 자루 하나

텅 비어 어디에도 걸림이 없다

열어 펴면 우주에 두루 하고

오므려도 자재로 움을 보노라.

포대화상 선물 감사합니다.

인천에 사는 유신희님께서 물 온도에 색이 변하는 포대화상님을 선물

125. 계절변화의 단상(斷想)

오늘은 24절기로 보면 열다섯 번째인 백로(白露)입니다. 백로는 기온이 뚝 떨어져서 풀잎에 이슬이 맺힌다고 해서 붙여진 이름입니다. 예부터 백로 전에 서리가 내리면 농작물이 시들어 버려 벼이삭도 백로 전에 펴야 먹을 수 있고, 백로 절기 후에 핀 벼이삭은 쭉정이만 남기 때문에 흉년이 든다고 했습니다. 다행히 금년에는 서리가 내리지 않아서, 올해 농사는 대풍년이 될 것 같습니다. 아침저녁으로는 선선하다는 말 대신 쌀

쌀하다는 말이 맞는 날씨입니다. 이렇게 조석 기온차가 심한 계절에는 감기를 조심해야 합니다. 백로 절기인 오늘 아침부터 입고 있던 안동포 옷감 촉감이 전혀 다릅니다. 피부에 닿는 느낌이 뻣뻣합니다. 더운 여름 날씨에는 느낌 촉감도 통풍이 살랑살랑 살갗 속까지 불어주어서 마냥 좋았는데, 찬바람이 뻣뻣해진 옷 촉감과 함께 닿으니, 이제 더 이상은 못 입을 것 같습니다. 찬바람이 나면 못 입는 것이 삼베옷입니다. 옷감 올이 기온이 떨어지면 부서져 상하기 때문입니다. 좋다, 싫다는 것도 이렇게 계절의 변화에 따라서 달라집니다. 계절의 변화에 따라 생태 텃밭에도 많은 변화를 느낍니다. 한 달 전부터 피기 시작했던 부추꽃은 지금 하얗게 만발해서 절정을 이루고 있고, 방아나무 꽃도 한 달 전부터 피기 시작해서 지금도 새벽부터 벌들을 불러들이고 있습니다. 가지나무는 꽃은 피어도 열매가 달리지 못해서 이제 베어버렸고, 토란대는 수확을 해서 잎도 말리고 줄기는 겉껍질은 어제 벗겨서 사진과 같이 말리고 있습니다. 고추밭 고랑에 고구마를 심었더니 줄기가 호박 넝쿨마냥 자라서 늘어져 있습니다. 고추도 빨갛게 익어가는 것이 눈에 띕니다. 아침 새벽에 생태 텃밭에 올라오면 귀뚜라미가 울어댑니다. 집 앞 뜰에서도 울어대고 옥상 텃밭에서도 울어댑니다. 이렇게 도시 속에서도 계절의 변화를 느낄 수 있는 것은 옥상 생태 텃밭의 변화 덕분에 자연의 변화를 느끼고 삽니다. 오늘은 주말입니다. 일교차가 심합니다. 페친 여러분! 건강들 하십시오. 필자의 집 계절 변화 단상이었습니다.

126. 꽃이 피니, 벌 나비 날아든다. 단상

이것이 있으니, 저것이 오네 그려! 는 필자의 집 생태 텃밭에 벌과 방아나무 꽃을 보고, 느낀 감회의 단상(斷想)입니다. 오늘 아침에 옥상 텃밭에 나가서 고추나무에 물을 주다 보니, 유별나게 벌들이 많이 날아와서 방아꽃에서 잔치를 벌이고 있습니다. 벌들도 숫자가 많다보니, 서로 꽃을 차지하려고 몸싸움이 심합니다. 한 꽃에 두 마리 세 마리 벌들이 서로 차지하려고 난리 법석입니다. 시기적으로 보아서 벌들도 겨울 준비를 해야 하기 때문에 한 모금의 꿀이라도 더 장만을 하려는 벌들의 생존의 몸짓 같습니다. 방아나무 꽃에서 부산을 떠는 모습을 사진에 담다 보니, 사람 사는 것과 별 차이가 없어 보입니다. 사람 사는 것도 꽃 한 송이를 두고 서로 차지하려는 벌들의 모습과 흡사하다는 생각이 들었습니다. 이것이 있으니, 저것이 오네 그려는 필자의 집 옥상 생태 텃밭에 방아나무 꽃이 있으니, 벌들이 날아오네 그려 입니다. 방아나무 꽃이 없다면 저 벌들도 찾아오지 않을 것입니다. 벌도 꽃 속에 있는 꿀을 가져가려고 부르지도 않았는데 찾아옵니다. 찾아오는 것도 먼동이 트기도 전에 이 꽃 저 꽃에서 부지런히 날갯짓을 합니다. 세상사 모든 것이 인연 법칙으로 이루어졌다는 부처님 말씀을 옥상 텃밭 방아나무 꽃과 벌에서도 체감을 하게 됩니다.

옥상에 텃밭을 만들지 않았으면 방아 나무도 심지 않았을 것이고, 방아나무가 없었다면 벌들도 오지 않아서 없을 것입니다. 그런데 방아나무를 심어 놓으니, 꽃도 피고 벌도 불러들이게 되었습니다. 텃밭을 만든 목적은 음식물 찌꺼기를 내지 않기 위해서 생태 순환식 텃밭으로 만들었는데, 옥상 생태 텃밭이 생태 순환 연결고리가 되어서 이렇게 날마다 벌들의 잔치마당이 되고 있으니, 마음이 극락정토에 온 것 같아 흡족합니다. 그래서 우리가 사는 세상도 옥상 생태 텃밭과 같아야 하지 않을까 하는 생각이 들었습니다.

우리가 사는 하나뿐인 지구 생태 환경을 살리려면 오물 오염을 줄여야 하고, 오염 오물을 줄이려면 각자 사람의 생각을 올바르게 전환을 해야만 가능합니다. 부처님 말씀에 모든 것은 인연 법칙으로 이루어졌다고 했습니다. 좋은 인연 법칙은 주어진 것에 순응만 하지 말고, 좋은 인연으로 만들어 가라는 가르침입니다. 법장비구는 정토의 원력을 세워서 극락세계를 만들었습니다. 주어진 조건 인연에 탓만 하지 말고, 좋은 조건 연을 만들어 가라는 부처님 말씀을 옥상 생태 텃밭에 날아든 방아나무 꽃 벌에서 더욱 절실하게 체감을 했습니다. 페친 여러분! 행복한 한 주 되십시오. 옥상 생태 텃밭 소식이었습니다.

옥상 생태 텃밭에 핀 방아나무 꽃과 벌떼 사진

127. 효당(曉堂) 최범술 스님 문집(文集) 발간

동국대학교 고(故) 김상현 교수

오늘 다솔사 회주로 계신 효공 동초 도반 화상께서 효당 최범술 스님의 문집을 선물을 가지고 상경하셨습니다. 효당 스님은 일제 시대에 독립운동도 하셨고, 평생 원효 대사를 연구하셨습니다. 원효 대사가 남긴 저서가 많지만 유실된 것도 많기 때문에 효당 스님께서는 유실된 원효 저서를 복원하는데 일생을 바쳤습니다. 동국대학교 김상현 교수님은 효당 스님의 수제자로서 스승이 연구해서 후학들을 위해서 강의했던 문집들을 모아서 1030페이지 분량의 보석 같은 문집을 이번에 발간해서 불교계에 학문적 업적이라고 할 만합니다. 불교 관련 문집으로는 海印寺刊鏤板目錄, 元曉大師般若心經復元疏, 十門和諍 復元을 위한 모집자료 등등 귀중한 자료 문집입니다.

효당 스님과 화정거사와의 인연은 35년 전에 다솔사에서 친견을 했는데, 그때 효당 스님이 주신 15페이지 분량의 원효대사 般若心經復元疏였습니다. 15페이지 반야심경 복원하는데 15년이 걸렸다고 효당 스님께서 직접 말씀을 하셨습니다. 스님의 학문하는 자세가 너무 진지하셔서 부처님 경이나 조사님 어록은 볼 때는 늘 효당 스님의 그때 가르침이 지금도 마음에 남아있습니다. 이번에 발간한 효당 스님 문집은 비매품이라고 합니다. 학문하시는 스님들에게는 귀중한 자료가 되겠기에 이렇게 발간 소식을 공유합니다. 세상에서 가장 귀한 선물은 책 선물입니다. 페친 여러분! 환절기에 건강들 챙기시고, 좋은 하루 되십시오.

효당 최범술 스님의 문집을 동국대 김상현 교수가 발간

128. 심우정(尋牛亭)에 비가 내립니다.

필자의 집 옥탑 정자 선방

129. 우일(雨日) 음다(飮茶) 단상(斷想)

벌써 삼일째 가을비가 내립니다. 이번 비는 약비인 것 같습니다. 바짝 마른 대지 위에 촉촉이 비가 내려주니, 말라가던 농작물도 이번 비에 생기가 납니다. 이런 날은 "벗" 두세 명이 모여 담백한 작설차(雀舌茶) 한잔씩 나누며, 나누고 싶던 담소를 나누는 것도 날씨와 격이 맞습니다. 삼일 전에 효당 스님 문집을 가지고 오셨던 효공 화상께서 황봉운하(黃鳳雲霞)라는 다솔사(多率寺) 수제(手製) 발효(醱酵) 황차(黃茶)를 두 봉지나 선물로 두고 가셨기에 오늘 아침 공양 마치고, 이렇게 차(茶)를 한 잔 하고 있습니다. 차맛이 담백하고 뒷맛은 아주 감로맛이 납니다. 매년 차는 이렇게 효공 화상이 손수 만든 다솔사 야생차野生茶로 음다飮茶를 하는 도반 복을 가졌습니다. 차명(茶名)이 황봉운하(黃鳳雲霞)라고 한 것을 물어보지는 못했습니다만 다솔사(多率寺) 주봉(主峰)이 봉황산(鳳凰山)이라서 봉황산 운하(雲霞)의 정기(精氣)를 먹고 자란 야생차(野生茶)라는 뜻을 담고 있는 듯합니다.

옛부터 차(茶)는 수행하는 스님들이 많이 마셨습니다. 차와 수행(修行)과는 떨어질 수 없는 생활필수품입니다. 차는 정신을 맑게 하고, 잠을 쫓아 줍니다. 항상 의식이 또렷이 깨어서 참선(參禪)을 해야 하는 선방(禪房) 수좌스님들에게는 이보다 더 좋은 것이 없습니다. 그래서 지금도 절에서는 차(茶)를 스님들이 즐겨 마십니다. 차에 대한 예찬을 보면 이렇습니다. 옛 성현들이 다 차를 좋아했으니, 차는 군자와 같아서 성품이 삿되지 않다.〈古來聖賢俱愛茶 茶如君子性無邪〉 차에 대한 예찬 중에 예찬입니다. 차(茶)를 많이 마시면 사람 성품도 차맛을 닮아 갑니다.

차맛은 덤덤한 그냥 맹물 맛입니다. 차맛은 커피를 즐겨 마시는 요즘 사람들이 마시고는 맛이 없다고 합니다. 오미(五味)에 길들여진 현대인들의 입에는 그럴 수밖에 없습니다. 달든가 맵든가 쓰든가 해서 혀끝을 자극해야 하는데, 맹물에 풀 잎사귀 끓인 맛이다 보니, 좋아할 수가 없습니다. 그런데 이런 맛이 없는 듯한 녹차(綠茶)도 담백한 맛 가운데 오미(五味)를 가지고 있다는 것입니다. 다섯 가지 맛은 동양의학 한방에서는 오장육부로 맛이 귀속이 된다고 보았습니다. 녹차 성분 중에 다섯 가지 맛은 오래 마시다 보면 오장육부의 균형을 맞추어서 건강에 좋다는 통계입니다. 현대인들의 식생활을 보면 너무 지나치게 맵고, 짜고 단 음식을 많이 섭취하다 보니, 당뇨, 고혈압, 중풍 등 각종 질환으로 고생들을 합니다. 현대인들의 병의 원인은 식원병(食源病)이라고 합니다.

먹는 음식 따라 병이 생긴다는 말입니다. 숙고해볼 일입니다. 그러고 보면 차(茶) 한 잔 마시는 것도 섭생(攝生)에 속합니다. 자기 건강은 차茶 한 잔에서도 온다고 보면 섭생의 지혜입니다. 보도에 보니, 우리나라 커피 시장 규모가 1조 2천 9백 70억 정도라고 합니다. 우리 동네 이면 골목에도 한 달 전에 커피점이 3개 생겼습니다. 그만큼 수요에 따라 생겨난 것 같습니다. 몸에 좋은 전통차는 뒷전으로 밀려나고 외화 달러가 막

다솔사 봉일암에서 효공 화상과 체로금풍 차회(茶會) 사진

나가는 커피가 우리 한국인의 입맛을 사로잡아 버렸습니다. 전통차 파는 곳 인사동에 가보아도 한국 녹차는 뒤로 밀려나고 점포마다 중국차 일색이 되어 버렸습니다. 오늘 다솔사 황봉운하 발효차를 마시면서 10년 20년 뒤를 생각해보니, 이런 차(茶)를 그 때도 마실 수나 있을까 하는 생각이 들었습니다. 페친 여러분! 우리 것을 지키는 것이 좋지 않겠습니까? 이러다가 우리 혼까지 빼놓고 살까 걱정입니다. 독도가 일본 땅이라고 한 사람도 있으니 말입니다. 필자의 집 차 한 잔의 단상이었습니다. 사진은 다솔사 주지스님 효공 화상과 여연 화상입니다. 체로금풍다회(體露金風茶會) 사진입니다.

130. 부래 옥잠화 개화 소식

옥상 생태 텃밭 확독에 부래 옥잠화가 오늘 아침에 활짝 피었습니다. 만물은 제각기 시절 인연 따라 왔다가 갑니다. 이렇게 부래 옥잠화도 어젯밤에는 보이지 않았는데, 아침 텃밭에 물을 주려고 올라왔다가 활짝 핀 옥잠화와 반갑게 인사를 나누었습니다. 눈빛으로 미소를 지어 보았습니다.

131. 생명(生命)에 대한 단상(斷想)

며칠 전에 산각 산 암자(庵子)에 갔다가 느낀 생명력(生命力)에 대한 단상(斷想)입니다. 큰 바위틈 사이로 졸졸졸 물줄기가 흘러 바위틈에 조그마한 돌확 구덩이에는 옹달샘이 만들어져서 그 물로 암자 절에서는 먹는 식수로도 사용을 합니다. 물맛도 돌 사이에서 흐른 샘물이라 한 바가지 마셨더니, 뱃속까지 시원한 청량감을 느낄 수가 있었습니다. 물을 마시고 옹달샘 주위를 살펴보았더니, 돌 틈 사이로 이렇게 최악의 조건(緣) 속에서도 온 생명력(生命力)을 다해서 뿌리를 내리고 있는 나무들이 눈에 들어 왔습니다. 바위 전체가 돌이라 흙이라고는 하나도 없는 그런 돌틈 사이로 뿌리를 내려서 제법 큰 나무로 자란 것도 있고, 막 싹을 틔운 어린 나무도 있어서 이렇게 사진을 찍어서 공유를 합니다. 생명에 대한 메시지가 너무나 강하게 전해 와서 그렇습니다. 나무로 보면 환경 조건은 최악의 조건입니다. 그런데도 생을 포기하지 않고, 주어진 조건 속에서 온 힘을 다해서 살아있는 모습이 감동을 주었고, 나의 삶에 대한 성찰의 기회가 되어서 어린 나무들이지만 절도 삼배를 올렸습니다. 감사합니다. 감사합니다. 살아주어서 감사합니다. 작고 보잘 것 없는 돌 틈 사이 나무지만 생명의 고귀함을 일깨워 준 나무 선지식의 감동을 느꼈기 때문입니다. 나이가 들어갈수록 자연을 보는 시각이 젊을 때와는 다릅니다.

풀 한 포기 나무 한 그루에서도 생명의 존엄성 같은 것을 느끼게 됩니다. 이름도 모르고 작고 눈에 띄지 않는 잡초의 꽃망울 속에서도 생명

(生命)을 자축(自祝)하는 아름다운 생명의 잔치를 봅니다. 생명마다 주어진 여건 속에서 최선을 다하는 모습 속에서 생의 환희를 절절히 느낍니다. 나이 탓일까요. 페친 여러분! 우리나라가 OECD 가입국 중에서 자살율(自殺率)이 첫째라고 합니다. 41분마다 1명씩 자살한다는 통계입니다. 삶을 포기한 이유야 있겠지만, 너무 생명을 가볍게 포기하는 것이 아닐까요? 보릿고개를 넘긴 우리 민족입니다. 지금 우리는 옛날 왕후장상 못지않게 부(富)를 누리고 삽니다. 너무 쉽게 인생을 포기하지 맙시다. 지금 살고 있는 환경이 아무리 어렵고 궁핍해도 보릿고개 때에 비하면 아무것도 아닌 좋은 환경입니다. 오늘 공유한 이 작고 어린 나무들도 저토록 생을 포기하지 않고 아름다운 모습으로 나에게 감동을 주었답니다. 보십시오, 이 나무들을. 얼마나 아름답습니까? 생명은 고귀한 것입니다. 함부로 가볍게 포기하지 맙시다. 죽을 힘을 다해서 산다면 그래도

삼각산 약수암 약수터 바위에 뿌리를 내린 나무들

저 나무들의 환경보다는 우리가 사는 지금의 세상은 좋은 환경입니다. 저도 직업을 열 번이나 바꾸며 살아온 춥고 배고픈 보릿고개를 넘긴 세대입니다. 우리 어릴 때는 굶기를 밥 먹듯이 했습니다. 그런데도 살아남았습니다. 페친 여러분! 이 작은 나무들에서 생명 의지를 보셨으면 합니다. 생명력에 대한 필자의 단상이었습니다.

132. 옥상 생태 텃밭 수확 단상

오늘은 일요일 휴일이라 점심 공양을 마치고, 옥상 생태 텃밭 고추를 땄습니다. 이번 수확이 금년 고추 농사 네 번째 수확입니다. 수확량은 바구니로 한 바구니입니다. 양은 비록 많지 않지만, 무농약 유기 농법으로 직접 길러서 도시 옥상에서 수확을 했다는 데 그 의미가 크다고 봅니다. 앞으로도 찬바람 나기 전까지 두 번 정도는 더 수확을 할 것 같습니다. 오늘은 고추 수확도 했지만, 고추 고랑에 덤으로 심어 놓았던 고구마 줄기도 수확을 했는데, 사진과 같이 한 바구니를 수확했습니다. 고구마는 다섯 개를 화분에서 묘종을 심었다가 줄기를 끊어서 밭에 삽목을 하여 꽂아두었더니 덩굴이 온 고추밭 밑을 덮고 자랐습니다. 고구마는 줄기기 뻗으면서 마디마다 잎이 나고 잎이 난 줄기 밑으로 뿌리가 납니다. 그 뿌리는 땅속으로 깊이 내려서 싱싱한 잎과 줄기가 이렇게 성장을 해서 먹거리가 되었습니다. 호박도 고구마와 같이 줄기 마디마다 잎이 나고 뿌리를 내리는 것은 똑같습니다. 고구마 줄기는 껍질을 벗겨내야 무쳐 먹어도 연하고 먹기가 좋습니다. 고추 따고 고구마 줄기 따고 텃밭 방아나무 꽃을 보았더니, 오늘 방아꽃 손님은 벌 이외에 나비도 잔치에 참석을 해서 꿀을 따는데 정신이 팔려서 사진을 찍는데도 전혀 놀라거나 날아가지 않았습니다. 국화꽃도 꽃망울이 막 돋기 시작했습니다. 머지않아서 누런 국화꽃 향기가 생태 텃밭에 가득할 것입니다. 국화꽃은 피면 겨울 초까지 피고 지고 합니다. 하얀 설국(雪菊)도 있고, 누런 황국(黃菊)도 핍니다. 국화꽃도 벌들이 넘쳐납니다. 국화꽃은 벌들에게는 1년 중 마지막 꽃이라, 쉴 틈 없이 찾아와서 꿀을 따서 가져갑니다. 국화꽃 소식은 그때 가서 페친 여러분을 위해서 공유하겠습니다. 페친 여러분! 편안한 휴일 되십시오. 생태 텃밭 소식이었습니다.

꽃도 벌도 나비도 보며 고추, 고구마 줄기 수확 했습니다.

133. 장미 허브 키우기 단상(斷想)

장미 허브 묘종을 사다 심은 지 벌써 두 달 반이 되었습니다. 장미 허브를 알게 된 것은 동네 수퍼 가게 사장님이 매일 뭔가를 보고 있기에 하루는 궁금해서 물었더니, 아무 말 하지 않고, 조그마한 묘목 싹을 살짝 손가락으로 잡더니만 코에다 손가락을 대기에 냄새를 맡아 보았더니, 장미꽃 향이 아주 짙게 났습니다. 향이 하도 좋아 기르고 싶은 생각이 들어서 이름을 물었더니, 장미 허브라고 가르쳐 주었습니다. 산 곳을 물었더니, 꽃 가게에서 샀다고 하여 꽃 가게마다 다 돌아다녀 봐도 장미 허브는 없었습니다. 그래서 장미 허브 싹 30개 정도를 기르는 수퍼 사장님께 5개만 살려고 했으니, 팔지 않는다고 딱 잘라버려서 못 사고 있던 중에 여름 장마가 왔습니다. 동네 농협 앞 꽃 가게를 지나가다가 장미 허브가 있기에 장미 허브가 맞느냐고 물었더니, 장미 허브는 맞는데, 죽어가는 장미 허브라고 했습니다.

조그마한 장미 허브 묘종 화분 2개가 싹이 흙 속에서 시들어서 보기에도 살 것 같지 않은 볼품 없는 장미 허브였습니다. 그래서 장미 허브가 왜 이 모양이냐고 물었더니, 다른 허브는 장마철에도 잘 자라는데, 장미 허브는 습기가 많은 장마철에는 싹이 녹아 죽어 버린다고 했습니다. 그래서 누가 사가지를 않아서 죽기 직전이라고 했습니다. 그러면 나한테 팔라고 하고 4,000원을 주고 묘종 화분 두 개를 사다가 심어 놓고 물을 주기적으로 정성을 들여서 키웠더니, 사진과 같이 아주 잘 큰 장미 허브가 되었습니다.

시들시들 죽어가던 장미 허브가 이렇게 싱싱하게 잘 자라고 있는 것은 정성을 들여서 키웠기 때문입니다. 말 못하는 식물도 보살피는 정성을 먹으면 이렇게 살아납니다. 아침마다 옥상 생태 텃밭에 물을 주려고 올라가면서 잎을 손으로 살짝 만져보면 장미향이 손끝에 남아 기분을 아주 상쾌하게 해줍니다. 햇볕을 아주 좋아하는 장미 허브라 계단 베란다 창 쪽으로 햇볕이 잘 들고 통풍이 잘된 유리쪽에 바짝 붙여 놓고 키웁니다.

장미 허브는 번식력이 아주 좋다고 합니다. 순을 잎 네 개 정도 남겨두고 잘라서 화분에 꽂아두면 새싹이 나서 분도 많이 늘릴 수가 있다고 합니다. 아직 번식은 시도해보지 않아서 해본 후에 자세하게 말씀 드리겠습니다. 물주기는 1주일에 한 번 정도 합니다. 화분 흙이 마르면 주어도 괜찮다고 합니다. 습기를 좋아하지 않는 식물인 만큼 8일에 한 번 정도 물주기를 하면 될 것 같습니다. 필자의 집에서는 차(茶)로 활용해 보

장미 허브 사진

려고 합니다. 생잎을 바로 따서 뜨거운 물에 담갔다가 마셔 보았더니, 향이 진하게 입안에 남고 머리가 상쾌해지는 감을 느꼈습니다. 장미 허브는 생선 비린내를 없애주고 돼지고기 같은 육류 음식 만들 때 넣으면 돼지고기 냄새나 생선 비린내가 없어진다고 합니다. 페친 여러분께서도 한 번 장미 허브를 길러서 활용해 보십시오. 향도 맡고 차로도 활용도 하고 냄새 없애는 데도 활용할 수가 있으니, 일석삼조 식물입니다. 오늘은 장미 허브 기르는 단상이었습니다.

134. 옥상생태 텃밭 고추 수확 단상(斷想)

오늘은 옥상 생태 텃밭 고추 수확을 다섯 번째 하는 날입니다. 아침 공양을 마치고 텃밭에 나갔더니, 고추가 빨갛게 익어서 고추 수확을 마지막으로 했습니다. 아침 새벽부터 날씨가 구름이 끼더니 가랑비가 내렸다가 그치고, 또 내려서 그냥 비를 맞고 고추를 다 따고, 고추나무는 다섯 나무만 남겨두고 다 뽑아서 텃밭에 구덩이를 파고 묻었습니다. 구덩이를 파고 묻어 놓으면 내년 봄에 고추를 심을 때쯤이면 훌륭한 퇴비로 밑거름이 되기 때문입니다. 이렇게 하면 도시 옥상 생태 텃밭 순환식 유기 농사법이 됩니다. 고추나무도 도시에서는 버리려고 하면 쓰레기가 됩니다. 그런데 이렇게 텃밭에 바로 묻어서 퇴비로 활용을 하면 생활쓰레기가 전혀 나오지 않는 옥상 생태 텃밭이 되기 때문에 일석 삼조의 효과를 보게 됩니다.

옛날 우리나라 농촌 농사짓는 법이 순환식 유기 농법이었습니다. 집집마다 소나 돼지 닭장에서 나오는 똥이나 짚은 논밭에 퇴비로 활용을 했습니다. 생활쓰레기가 전혀 나오지 않고 순환식으로 농사짓는데 활용을 했기 때문에 동네 골목길에 소똥도 망태기에 담아 집 퇴비 덤에 쌓아놓고 퇴비로 활용을 하는 지혜농법을 썼습니다.

도시 건물 옥상도 생태 텃밭으로 활용을 하면 음식물 쓰레기나 생활쓰레기는 퇴비로 활용할 수 있기 때문에 음식물 쓰레기나 생활쓰레기가 전혀 나오지 않아서 자연환경을 살릴 수가 있습니다. 오늘 수확한 고추는 덜 익은 푸른 고추도 다 땄습니다. 빨갛게 익은 고추와 파란 고추도 함께 믹서기로 갈아서 냉동실에 보관을 했다가 김치 담을 때 양념으로 쓰면 됩니다. 청양고추라 덜 익은 고추라도 굉장히 맵고 얼큰합니다. 고추 뽑는 자리에는 쪽파를 심을까 합니다. 김장 배추나 무는 시기적으로 좀 늦었습니다. 쪽파도 작년에 고추 뽑고 심었더니, 서리가 내리는 김장 때쯤에는 조금 밑이 덜 큰 것 같아서 무엇을 심을 지는 생각을 조금 해보아야 하겠습니다. 오늘 고추 수확은 파란 것까지 다 따다보니 양이 상당히 많습니다. 꼭지 따고 깨끗하게 씻고 보니 네 바구니쯤 됩니다. 고추밭 정리한 김에 부추씨도 받아 놓았습니다. 방아나무 꽃은 지금도 벌

나비 잔치집입니다. 꽃이 피고 지고 피고 지고 해서 아직도 꽃이 한창입니다. 가끔 방아꽃에 대추 왕벌이 날아와서 방아꽃에 꿀을 따고 있는 작은 벌목을 물어뜯고 물고 갑니다. 완

전히 무법자입니다. 쫓으면 사람한테도 막 달려듭니다. 정말 무법자입니다. 호박꽃도 오늘 아침에 두 송이가 노랗게 피었습니다. 국화꽃은 꽃망울이 막 움돋고 있습니다. 찬바람이 나면 누런 국화꽃과 하얀 설국이 필 것입니다. 그것도 일이라고 몸이 노곤합니다. 고추 수확 사진 공유하고 잠깐 눈을 붙일까 합니다. 페친 여러분! 오늘 일요일 행복하게 보내십시오. 옥상 생태 텃밭 고추 수확 단상이었습니다.

135. 심우정에서 본 쪽빛 하늘!

전형적인 쪽빛 풀어놓은 가을 하늘입니다.

페친 여러분! 모두 다 행복하십시오. 풍경도 멈추었네요.

옥상 심우정자 풍경 사진

136. 배향초(방아) 발효액 담기

오늘은 날씨가 비가 오려고 구름이 잔뜩 끼었습니다. 일기 예보로는 오늘부터 비가 내려서 내일 일요일도 비가 종일 내린다고 합니다. 비가 온 후에는 서리가 내리고 날씨도 쌀쌀하게 추워진다고 해서 옥상 생태 텃밭에 꽃이 만발한 배향초(방아)를 베어서 발효액을 담았습니다. 서리를 맞으면 잎이 시들어 버리기 때문에 오늘 담가야 싱싱한 잎과 줄기 꽃을 통째로 담을 수가 있을 것 같아서 담아 보았습니다. 배향초 발효액은 금년 처음 담아 본 것이기 때문에 성패 여부는 내년에 알게 될 것 같습니다. 왜 배향초 발효액을 담을 생각을 했느냐 하면, 잎도 향기가 좋지만 꽃향기는 더욱 향기로워서 발효액으로 만들어서 향기가 그대로 유지되어 향이 살아난다면 다용도로 활용을 해도 좋을 것 같아서 처음 시도를 해보았습니다. 배향초는 우리나라 들녘에 자라나는 허브 식물입니다. 자생력도 강하고 아무데서나 잘 자라기 때문에 가을에는 추어탕 끓일 때에 비린내를 없애기 위해서 추어탕국에 많이 사용을 했고, 오늘 같이 비가 내리려 하거나 비가 오는 날에는 가족들이 배가 출출할 때 밀가루로 반죽을 해서 빈대떡 부침을 해서 먹었습니다. 배향초 향기가 빈대떡 부침에도 그대로 살아나기 때문입니다.

발효액을 담그려고 배향초 나무를 베다 보니, 벌들이 꿀을 따다가 우왕좌왕 서운해하는 것 같습니다. 그래서 벌들을 위해서 다섯 그루는 베지 않고 남겨 두었습니다. 종자 씨도 받고 벌들도 꿀을 더 따가게 하기 위한 배려입니다. 배향초를 베어다가 작두로 잘게 썰어서 담다 보니, 사진과 같이 통으로 2통이 됩니다. 옷이나 손에서는 아직도 배향초잎, 꽃

향기가 코끝에 진동을 합니다. 페친 여러분! 행복한 주말 되십시오. 배향초 발효액 담기 소식이었습니다.

137. 야생화 이름 알기 광고

이 꽃 이름이 무엇입니까? 알고 계신 페친님께서는 가르쳐 주세요.

요즘 낮은 산에 피는 야생화입니다. 필자의 집 생태 텃밭에 만발해서 혼자 보기 아까워서 공유했습니다. 하얀 눈같이 예뻐서 추설화(秋雪花)라고 이름을 지어서 부릅니다. 안홍균님이 알려준 이름 풀 송꽃, 학명은 아게라텀입니다. Ageratum houstonianum이라고 페이스북에 댓글로 알려 주셨습니다. 하얀 눈송이 같은 가을 산야에 피는 꽃입니다. 식물도감을 찾아보니, 이 꽃은 서양 등골나물입니다. 눈처럼 예쁜 꽃이지만, 외래 귀화종으로 번식력이 강해서 생태계 교란 식물 종으로 지정, 지금은 뽑아 없애고 있는 식물입니다.

138. 배향초(방아) 꽃씨 받기 단상

오늘은 음력으로 구월 초하루입니다. 벌써 금년도 가을의 문턱에 들어선 것 같습니다. 페이스북을 하다 보니, 각국 페친님들께서 댓글과 함께 격려의 말씀도 주시고, 메시지도 전해 옵니다. 미국 와이오밍에 사시는 Joung Nam Hunter(종남, 헌터)님께서 벌써 그곳에는 오늘 두 번째 눈이 내렸다고 합니다. 날씨 계절은 한국과 비슷한데, 때 아닌 눈이 내려서 큰 나무가 꺾이고 또 비까지 내린데다가 정전까지 되어서 생활하는데 불편이 많다고 합니다. 우리가 사는 지구 환경이 이렇게 된 것은 환경오염으로 인한 지구 온난화가 원인이라는 전문 학자님들의 이구동성 견해입니다. 우주 공간에 태양계를 다 찾아보아도 생명체가 존재할 수 있는 지구만한 곳은 아직 못 찾았다고 합니다. 그러고 보면 우리가 살고 있는 지구는 생명체가 존재할 수 있는 유일한 곳이 됩니다. 이렇게 소중한 곳에 살면서 환경에 대한 무관심, 무지 때문에 지구는 오염이 되어서 생명체가 살수 없는 곳으로 변할 수도 있다는 것입니다. 오늘 아침에 현관에 청소하려고 나가 보니, 층층별 편지함에 생활쓰레기 배출 전단지가 꽂혀 있었습니다. 배출 요일별, 수거업체, 생활쓰레기와 재활용품, 음식물 쓰레기, 대형 폐기물, 대형 폐가전제품 등을 규격봉투에 담아서 배출하라는 협조 전단지였습니다. 위반시에는 100만원 과태료를 물리겠다는 내용입니다. 이렇게 전단지를 가가호호마다 보내는 것은 아직도 규격봉투에 넣지 않고 마구잡이로 버리고 있다는 증거입니다.

내가 살고 있는 동네 골목에도 보면 지금도 전혀 기초 생활 질서에 대한 시민의식이 없이 생활쓰레기를 몰래 그냥 버리는 사람들이 있습니다.

지정된 날짜와 시간에 자기 집앞에 규격봉투에 분리 수거해서 담아 내놓으면 밤 10시쯤이면 수거 업체에서 가져갑니다. 밤 8시에 내놓으면 2시간 정도 골목에 쓰레기가 있다가 10시에 수거해 가기 때문에 사는 동네 골목이 청결하고 깨끗해집니다. 생활쓰레기 하나 제 날짜 제 시간대에 잘 내놓으면 대한민국 골목골목이 깨끗한 청결 도시 동네로 변하게 됩니다. 규격봉투 종량제가 시행된 지 몇 년이 되었는데도 아직도 동네 방네 협조 전단지가 오는 것은 국민 시민 의식에 문제가 많다고 봅니다. 길바닥 골목마다 담배꽁초가 버려져 있는 것을 보면 창피합니다. 우리집 앞에도 버려진 쓰레기가 넘쳐나서 1년 전에 CCTV 감시 카메라를 달고, 경고문을 붙여놓고 3개월간을 밤낮없이 골목집집마다 경고를 했더니, 지금은 버리는 사람이 없어졌습니다. 그런데 가끔 새로 이사 온 사람들이 밤중에 버리고 갑니다. 적발하여 혼줄을 냅니다. 환경문제는 21세기 인류가 풀어야할 공동 화두(話頭)입니다. 생존과 직결되기 때문입니다. 물이 썩고 공기가 오염되면 사람뿐만 아니라 모든 생명체는 살 수가 없기 때문입니다. 생활쓰레기부터 줄이는 것이 환경오염을 줄이는 첫 걸음입니다. 그래서 필자의 집에서는 생활쓰레기를 줄이는 방법으로 옥상 생태 텃밭을 만들어서 순환식 유기 농법으로 채소와 먹거리를 직접 심어서 먹습니다. 도시 옥상 생태 텃밭은 음식물 쓰레기를 퇴비로 활용하는 지혜 농사법입니다. 집집마다 온 국민이 텃밭을 만들면 음식물 쓰레기를 퇴비로 활용한다면 엄청나게 줄어들 것입니다. 오늘 배향초(방아) 꽃씨를 받았습니다. 배향초는 우리나라 들녘에 자생하는 다양한 먹거리 활용하는 허브 식물입니다. 아직도 꽃이 피고 벌 나비가 배향초 나무에 꿀을 따려고 날아옵니다. 일찍 핀 배향초 꽃은 수수마냥 고개를 살짝 숙이고 있습니다. 지금 잘라서 씨를 받아야 하기 때문에 사진과 같이 말리고 있는 중입니다. 옥상 생태 텃밭에 자란 배향초 씨받기는 환경문제와 연관이 되어서 길게 언급을 했습니다. 배향초 씨를 받아 보내 달라는 페친님들이 계셔서 말려서 주소지로 보내드리겠습니다. 부추 씨와 달맞이꽃 씨는 며칠 전에 받아 말렸더니, 잘 말랐습니다. 페친 여러분! 편안한 주말 보내십시오.

배향초 사진

139. 국화(菊花) 꽃을 만발(滿發)

필자의 집 생태 텃밭에 국화꽃이 만발했습니다. 페친 여러분! 국화꽃 향기와 함께 편안한 휴일 되십시오.

옥상 생태 텃밭에 만발한 황국 설 국화꽃 사진

140. 국화(菊花)꽃을 보며 느끼는 단상(斷想)

필자의 집 옥상 생태 텃밭에는 오늘 아침부터 누런 국화꽃(黃菊)과 하얀 국화(雪菊)꽃이 피기 시작했습니다. 누런 국화는 연년이 노랗게 피는

데, 하얀 국화꽃은 꽃색이 연년이 조금씩 달리 피게 됩니다. 국화꽃 곁에는 풀송꽃 아게라텀과 호박꽃과 취나물꽃도 피어서 가을의 정취를 더욱 물씬 느끼게 됩니다. 송(宋)나라 때 대혜종고(大慧宗杲) 선사(禪師) 어록(語錄)인 서장(書狀)에 보면 이런 선시구(禪詩句)가 있습니다. 붉은 복숭아꽃은 삼월에 피고,〈紅桃三月綻〉 누런 국화꽃은 구월에 피네,〈黃菊九秋開〉 하나같이 땅에 뿌리를 박고서〈一般根得地〉 각각 시절인연을 만나면 스스로 피어난다. 고 했습니다. 삼월이 되어야 복숭아꽃이 피고, 구월이 되어야 누런 국화꽃이 핀다는 말입니다. 세상에 모든 것이 전부 다 인연소치(因緣所致)라는 말입니다. 금년도 벌써 구추(九秋) 가을입니다. 세월은 이렇게 눈 깜짝할 사이에 지나가고 맙니다. 산야(山野) 들녘에는 오색 단풍이 물이 들어가고 있습니다.

아침저녁으로는 날씨가 쌀쌀하여 뜰에서 울어대던 귀뚜라미 소리도 이젠 들을 수가 없습니다. 모든 생물은 시절 인연과 함께 왔다가 사라집니다. 잘난 사람도 못난 사람도, 가진 사람도 못 가진 사람도, 자기 몫을 다하고 시절 인연 따라서 왔다 갑니다. 이렇게 인생백년이 긴 것 같아도 알고 보면 무상(無常)합니다. 이렇듯 무상한 인생살이를 헛눈 팔며 아옹다옹 싸우며 살 필요가 있겠습니까? 요즘 우리나라 정치를 보면 서로 못 잡아먹어서 야단들입니다. 허리가 잘리어 남북이 갈라진 것도 서러운데, 좌다 우다 편을 가르고 쌈질이나 하고 있으니, 한심 작태입니다. 정치라는 것은 자고로 백성(국민)이 행복해야 잘한 정치입니다. 국민의 의식은 앞서가는데, 뒷북이나 치고 내 편, 네 편, 편이나 가르고 으르렁대니, 어찌합니까? 제발 이제 민생을 살피는 정치, 온 국민을 편하게 하는 정치, 국민을 통합하는 정치를 해 주었으면 합니다. 옥상 텃밭에 방금 피어난 누런 국화꽃을 보면서 느낀 것은 꽃이 피면 벌과 나비가 날아든다는 사실입니다. 꽃도 벌 나비가 와 주어야 좋고, 벌 나비도 꽃이 피어야 꿀을 따가니 좋습니다. 서로가 돕는 공생 공존의 이치입니다. 서로가 서로에게 상처를 주지 말고, 서로 돕고 사는 아름다운 세상을 만들었으면 합니다. 페이스북에도 게시된 글들을 보면 지나치게 좌우로 편을 가르는 편향된 글들이 많습니다. 언론매체도 보면 너무 지나치게 색깔로 편을 가릅니다. 힘을 합쳐도 될까 말까 하는데, 이래가지고는 대한민국의 장래가 걱정스럽습니다. 누런 국화꽃은 가을에 피어서 벌 나비에게 꿀을 선물합니다. 붉은 복숭아꽃은 삼월에 피어서 벌 나비에게 꿀을 줍니다. 꽃 한 송이에서도 공생 공존의 진리를 배우게 됩니다. 페친 여러분! 국화꽃 한 송이를 닮아 보면 어떨까요. 공생의 이치가 있습니다.

141. 선물(膳物) 복(福) 단상(斷想)

오늘 필자는 선물복(福)이 터졌습니다. 금년에는 대풍년이라고 합니다. 그래서 그런지 필자의 집에는 지인(知人)들로부터 생각지도 않은 선물이 제주도에서는 조생종 귤을 2박스나 보내왔고, 공주에서는 토실토실한 밤 2자루를 보내왔고, 전남 해제에서는 콩 한 가마에 물고구마 1박스에다 참깨와 녹두까지 보내와서 뜻밖에 선물 풍년이 되었습니다.

땀 흘려 지은 귀한 농작물을 이렇게 보내주신 분들께 페이스북을 통해서 고맙다는 인사를 올립니다. 도시 옥상에 생태 텃밭을 가꾸다 보니, 농사 짓는 일이 얼마나 고생이 많은지 잘 알고 있기 때문에 더욱 선물에 대한 감사한 마음과 고마움을 느끼게 됩니다. 제주도에서 올라온 귤을 먹어보니, 신맛은 전혀 없고 아주 단맛이 나는 맛 나는 귤이라 먹어도, 먹어도 물리지 않습니다. 공주에서 올라온 밤은 토실토실하게 생긴 알밤이라 구워도 먹어보고, 삶아서도 먹어보니, 맛이 꿀밤입니다. 무안 해제에서 올라온 고구마는 황토밭 물고구마라 삶아서 먹었더니, 당도가 입에서 살살 녹습니다. 우리나라 60년대 농촌에서는 고구마가 주식主食이었습니다. 춘궁기 때는 동지섣달에는 쌀이 떨어지기 때문에 물고구마가 밥 대신 주식이었습니다. 오늘 물고구마를 점심 공양으로 삶아 먹었더니, 옛 생각이 새록새록 납니다. 세상 참 많이 변하고 발전했습니다. 요즘 우리가 먹은 음식은 옛날 60년대에 비하면 궁중에 임금님이 자시는 수라상입니다. 삼시세끼 흰 쌀밥에 고기반찬 떨어지지 않고 배부르게 먹고 사니 좋은 세상입니다. 금년에는 농촌에도 대 풍년이 들어서 인심 좋게 이렇게 지인들께 선물을 보내오니, 더욱 인심 좋고 살기 좋은 세상입니다. 페친 여러분! 필자의 집 선물복 소식이었습니다.

142. 구례 화엄사 참배 단상

어제 고향 가는 길에 화엄사 참배하고 왔습니다. 천년 고찰답게 참배

객이 많아서 참 좋았습니다. 아쉬운 것은 폰카만 믿고 갔다가 배터리가 다 되어 낭패였습니다. 휴일 페친 여러분께 가을 순례 참배 고찰로 화엄 도량구례 화엄사를 추천합니다. 호남 남단에 있는 고즈넉한 천년 고찰 입니다.

구례 화엄사

143. 국화주(菊花酒) 담기 단상

국화주(菊花酒)는 예로부터 불로장생(不老長生)의 약용주(藥用酒)로 많 이 애용을 했습니다. 국화주는 향기롭고 맛은 좀 쓴맛이 납니다. 본초 강목에 보면 눈과 귀를 밝게 한다고 되어 있습니다. 피로회복에 좋고, 식욕을 증진시키고, 녹내장에도 효능이 있다는 보고가 있습니다. 국화 주를 보통 말려서 담그나, 필자의 집에서는 그냥 생으로 담습니다. 이슬을 머금고 있는 국화꽃을 따서 깨끗한 유리병에 넣고 소주를 붓습니다. 술을 좋아하는 애주가는 3개월 후면 먹을 수가 있으나, 그렇지 않으면 그냥 담가 두었다가 마음이 통하는 절친한 벗들이 오면 도담(道談)을 나누며 마시면 격이 딱 맞는 술이 됩니다. 누런 국화꽃은 보기도 아깝습니다. 가을 아침 국화꽃을 바라보고 있노라면 은은한 향기가 코끝에 와 닿습니다. 황국(黃菊)은 황국대로 설국(雪菊)은 설국대로 보는 느낌이 다릅니다.

어둠이 깔린 새벽녘에는 눈같이 하얀 雪菊이 더 아름답습니다. 황국(黃菊)은 햇살이 밝은 대낮에 보면 누런 황금덩어리, 황금화(黃金花)가 됩니다. 국화꽃은 차(茶)로도 많이 만들어서 마십니다. 작년에 필자의 집에서는 국화차를 만들었습니다. 만드는 방법은 페이스북에 올려놓았습니다. 국화꽃은 차로 마셔도 몸에 좋고, 국화주를 담아 먹어도 좋습니다. 국화꽃 만발한 이 가을 페친 여러분들께서도 화화차(菊花茶)나 국화주(菊花酒)를 담아 활용해 보십시오.

144. 국화차(菊花茶) 만들기 단상

오늘은 양력 10월 23일, 국화꽃 향기 짙은 가을이 깊어가는 아침입니다. 필자의 집 옥상 생태 텃밭에는 지금 국화꽃이 만발하여 국화꽃 향기가 진동을 합니다. 벌들도 국화꽃 송이마다 꿀을 따간다고 분주합니다. 지난번에는 국화주를 담았고, 오늘은 국화차를 만들었습니다. 국화는 한방에서는 감국(甘菊)이라고 합니다. 들녘에 황금색으로 누렇게 피는 야생 국화입니다. 본초학(本草學)에 보면 국화차(菊花茶)의 효능은 다양하게 나옵니다. 국화차는 간의 열을 식혀주고 머리와 눈을 맑게 해주고, 혈압 상승을 막아주고, 눈의 충혈을 없애주고, 아토피에 탁월한 효능이 있는 것으로 보고가 되고 있습니다. 또 혈관내의 유해 콜레스테롤을 녹여주고, 고혈압 동맥경화증 등의 혈관 질환에도 효능이 있는 것으로 알려져 있습니다. 국화꽃은 동양에서는 사군자(四君子) 중 하나에 속합니다. 사군자는 매(梅), 난(蘭), 국(菊), 죽(竹) 아닙니까? 옛 선비나 문인들은 사군자를 좋아했습니다. 사군자의 의미와 기원을 보면 많은 꽃과 식물 중에서 특별히 이 네 식물을 선택한 것은 덕(德)과 학식(學識)이 높은 사람의 인품(人品)에 비유를 했기 때문입니다.

매화(梅花)는 봄눈이 녹기 전에 엄동설한(嚴冬雪寒)의 추위를 이겨내고 설중(雪中)에 피는 꽃이라 그 고결함을 상징한 것이고, 난초(蘭草)는 심산유곡에서 피어서 먼 곳까지 그 은은한 향을 뿜어내므로 사람도 그 기품(氣品)을 닮고자 해서 사군자로 뽑았고, 菊花꽃은 늦가을 서리를 맞고 은은한 향을 피워내므로 사군에 들었고, 대나무 죽(竹)은 추운 겨울에도 잎이 시들지 않고 싱싱함을 간직한 것을 절개와 지조가 있는 선비로 인격화 한 것입니다. 옛 선비나 문인들은 이렇게 사군자 중에 마음에 드는 식물의 품격을 닮고자 했습니다. 국화(菊花)는 중국 시인 도연명(陶淵明)이 좋아했다고 합니다. 그는 국화꽃에 대한 시(詩)도 명시를 남겼습니다. 국화차(菊花茶) 만드는 방법은 보통 국화꽃을 따서 끓은 물에 데쳐서 말려 차로 마시기도 합니다. 그런데 필자의 집에서는 국화꽃을 데치지 않고, 찜통에 쪄서 만듭니다. 찜통에 넣고 김이 푹 나게 찌면 국화꽃이 데친 것과 같이 익혀집니다. 찐 국화꽃을 널어서 말릴 쟁반에 쏟고 쟁반을 흔들어 주면 국화꽃이 찔 때 서로 붙었던 것이 한 개씩 나누어지면서 올려놓은 사진과 같이 국화차가 만들어집니다. 이렇게 찐 국화차는 햇볕에 말리지 말고, 응달에서 말리면 훌륭한 국화차가 됩니다. 국화

꽃은 꽃도 보고 차(茶)도 만들어 마시고, 국화주도 담아 기호에 따라 활용하면 아주 좋습니다. 페친 여러분들께서도 한번 활용해 보십시오. 도연명의 국화꽃 따며 시를 선물합니다.

변두리에
오두막 짓고 사니

나를 찾은
수레와 말의 시끄러운 소리 없네

그대에게 묻노라,
어찌 그럴 수가 있는가?

마음이
욕심에서 멀어지니

사는 것도
구차 하구나,

동쪽 울타리
아래서 국화꽃 따며

무심코
남산을 바라보니

산기운은
석양에 더욱 아름답고

나는 새도
각자 둥지로 돌아오네,

이러한 자연 속에
참다운 삶의 뜻이 있으니

말로
표현하려해도

할 말을 잊었네.

結廬在人境 而無車馬喧
問君何能爾 心遠地自偏
採菊東籬下 悠然見南山
山氣日夕佳 飛鳥相與還
此間有眞意 欲辨已忘言

- 陶淵明 飲酒 -

145. 옥상 생태 텃밭 구덩이 파기 단상

　입동이 지나서 그런지 요즘 날씨는 기온이 뚝 떨어져서 겨울이 성큼 다가온 느낌입니다. 강원도 설악산에는 어제 영하 12도라고 하니, 초겨울 날씨치고는 너무 매섭습니다. 그래서 필자의 집에서는 오늘 아침 공양을 마치고 옥상 생태 텃밭에 나가서 구덩이를 여러 개 파 놓았습니다. 기온이 영하 날씨로 뚝 내려가면 땅도 꽁꽁 얼기 때문에 이렇게 미리 파 놓아야 겨울철에 나온 음식물 찌꺼기를 퇴비로 활용할 수가 있습니다. 음식물 찌꺼기를 옥상 생태 텃밭에 묻어서 자연 생태적 순환식 유기 농법으로 채소를 가꾸어 먹다보니, 한 집에서 나온 음식물 찌꺼기가 엄청나게 많이 나온 것을 새삼 느끼게 됩니다. 한 가정에서 나온 음식물 찌꺼기가 이렇게 많이 배출이 되는데, 우리나라 전체로 환산해 보면 엄청 날 수밖에 없다는 생각이 들고, 3년 전에 통계 자료를 보면 5조 4천억 원이 낭비된다고 합니다. 필자의 집에서는 음식물 쓰레기 내지 않기 운동 차원에서 이렇게 옥상에 생태 텃밭을 만들어서 활용한지가 14년이 되었습니다. 그동안 묻고 썩혔던 음식물 찌꺼기가 퇴비가 되어서 텃밭의 흙도 옥토가 되었습니다. 아무 채소나 심어도 잘 자랍니다. 이렇게 도시 건물마다 옥상 생태 텃밭을 만들어서 활용한다면 국익차원에서도 일석 삼조의 효과가 있을 것입니다. 정치권에서는 너 죽고 나 살자식 쌈박질 만 하지 말고 이런 비전 좀 제시했으면 합니다. 어제는 옥상 생태 텃밭 에서 나온 방아나무 씨앗과 취나물 씨앗, 달맞이꽃 씨앗, 쥐똥나무 씨 앗을 미국 와이오밍 주에 사시는 종남, 헌터님과 전북 장수에 사시는 임 채윤님에게 보냈습니다. 이렇게 페이스북을 통해서 서로 알게 되어 좋은 정보를 주고받는 것도 지구촌 시대에 누리는 소통의 복이라고 생각이 듭니다. 페친 여러분! 겨울철 환절기에는 감기 독감을 조심하십시오. 옥 상 생태 텃밭 소식이었습니다.

146. 총각김치, 무시래기김치 담기

오늘 오후에는 어제 양평에서 아는 지인께서 총각무와 무잎 시래기를 잔뜩 갖다 주셔서 점심 공양을 마치고, 총각김치와 무시래기 김치를 담 았습니다. 김치는 들어가는 양념이 집집마다 식성에 따라 다릅니다. 필자의 집에서는 화학조미료를 일체 쓰지 않고 담습니다. 미원이나 화학조미료를 많이 넣으면 맛은 있을지 몰라도 먹고 나면 느끼한 맛이 나서 아주 넣지를 않고 담아 먹습니다. 김치는 숨을 죽여야 하기 때문에 천일염 소금으로 간을 해두었다가 하루 정도 지나서 물로 깨끗하게 씻어서 물기가 완전히 빠지고 나면 김치를 담는데, 양념으로는 밀가루 죽을 쑤었다가 식혀두고, 마늘과 생강은 곱게 갈아서, 고추가루와 멸치액과 매실 발효액과 새우젓을 넣고 버무려 주면 김치 담는 것은 끝이 납니다. 이렇게 담은 김치는 먹고 나면 뒷맛도 아주 개운하고 좋습니다. 화학조미료는 일체 넣지 않아도 맛이 담백하고 깔끔합니다. 요즘 김장철이라 무잎이 많이 나옵니다. 무시래기로 말려 두었다가 국거리로 활용해도 아주 좋습니다. 무시래기는 섬유질이 많기 때문에 겨울철 된장국으로는 딱 맞는 찰떡궁합입니다. 필자의 집에서는 옥상에 올라가는 계단에 사진과 같이 말려서 겨울철 국 식재료로 활용을 합니다. 무시래기 효능은 건강 식재료로 이미 알려진 사실입니다. 김장철인 요즘 미리 이런 식재료를 준비해 두었다가 눈이 펑펑 내리는 겨울에 가족들의 식탁에 올려놓으면 가족들의 건강은 보장이 됩니다. 페친 여러분께서도 무시래기 김치나 무시래기를 말려서 활용을 해 보십시오. 건강이 최고입니다. 병은 먹는 음식에서 온다는 것이 의학 통계입니다. 식탁을 보면 그 집안의 건강이 보인다는 말이 있습니다. 페친 여러분! 좋은 하루 되십시오.

147. 오후(午後) 한중(閑中) 끽다(喫茶)

궁정보이 중국 차(茶)로 차(茶) 한 잔 했습니다.

페친 여러분! 차 한 잔 드십시오!

148. 해인사 무 지짐 반찬 만들기

필자의 집에서는 오늘 김장철에 많이 나오는 무로 무 지짐 반찬을 만들었습니다. 일명 해인사 무 갈비찜 반찬입니다. 해인사 무 갈비찜이라고 이름을 붙인 것은 계절적으로 가을 김장철에서부터 겨울 내내 해인사 스님들 반찬으로 올라오는 갈비찜보다 더 맛있는 반찬 메뉴이기 때문에 스님들이 그렇게 이름을 붙였습니다. 사찰에서는 육식을 하지 않기 때문에 식물성 단백질 요리를 많이 해서 먹게 됩니다. 무는 밭에서 나는 산삼입니다. 요리를 방법도 다양하고 맛도 좋고 먹고 나면 소화도 잘 되어 사람 몸에 유익하기 때문에 해인사에서는 삼동 겨울 내내 무 지짐 반찬을 해서 먹습니다. 요리 방법은 아주 간단하면서 맛은 소고기 갈비찜보다 더 맛이 좋습니다. 페친 여러분들께서도 집에서 만들어서 가족들 입맛을 나게 해보십시오. 요리 방법은 큰 무도 좋고 작은 무도 좋습니다. 무는 껍질을 깎아내고 깨끗하게 씻어서 물기는 행주로 닦고, 좀 두텁게 2cm 정도 썰어서 토막을 내고, 토막 낸 무를 큰 것은 먹기 좋을 만큼 크기로 썰어도 되고, 두 토막만 내도 됩니다. 원래는 손바닥 크기만큼 크게 토막을 내는 것이 해인사 무 갈비찜입니다. 양념은 간장과 콩기름을 부어서 졸여서 지져주면 끝입니다. 너무 간단하죠. 이렇게 손바닥 크기의 무 지짐 반찬은 스님들 공양 때 한 개씩 분배하게 됩니다. 작게 썰어놓으면 공양 배식 때 번거롭기 때문에 해인사에서는 손바닥 만하게 썰어서 요리를 합니다. 필자의 집에서는 먹기 좋게 썰어진 무와 간장과 올리브유와 매실액과 멸치액을 더 넣습니다. 두세 가지 더 첨가했더니, 맛이 더 환상적입니다. 나이가 들면 이가 약해져서 단단한 음식은 씹기가 불편합니다. 나이 드신 어르신을 모시는 집에서는 씹기 좋고 맛좋은 무 지짐 요리가 아주 좋습니다. 페친 여러분께서도 한번 활용해 보십시오. 효부효녀가 될 것입니다. 우환이 도둑이라고 했습니다. 가족들이 건강한 것이 집안의 행복입니다. 환절기 겨울철에 감기 독감 조심하십시오.

149. 덕수궁에서 추억의 사진 한 장

덕수궁 돌담길에서 계사년이 가기 전에 한 컷 했습니다

화정거사, 선덕행 도반

150. 생강차(生薑茶) 한잔!

감기에 좋은 생강차(生薑茶)를 점심 공양 후에 한잔 마셨습니다.

계절적으로 몸에 냉기를 몰아내고 면역력을 향상시키는 생강차를 따끈하게 한잔 마셨더니, 몸이 후끈해집니다.

몸을 따뜻하게 하는 생강차

151. 생강차(生薑茶) 만들기 단상

오늘은 겨울철에 먹기 좋은 생강차(生薑茶)를 만들었습니다. 생강차는 추운 겨울에 따끈하게 끓여서 마시면 아주 좋습니다. 큰 돈 들지 않고도 온 식구가 건강차로 마실 수가 있습니다. 겨울에는 감기가 들기 쉽고, 추위에 온 몸이 움츠러드는 계절이라, 다른 차보다는 생강차(生薑茶)가 적격입니다. 필자의 집에서는 겨우내 마실 수 있도록 어제 한 관(4kg)을 사다가 물로 씻고 껍질을 벗겨서 사진과 같이 얇게 썰어서 말리는 중입니다. 오래 두고 먹으려면 보관하기 좋게 썰어서 말려야 합니다. 생강(生薑)은 보통 향신료 조미료로 많이 쓰지만, 이렇게 차(茶)로 만들어서 먹으면 건강에 많은 도움을 줍니다. 생강의 효능 중에 첫째가 감기나 기관지염에 효능이 있는 것으로 나왔습니다.

설탕이나 꿀과 함께 달여서 따끈하게 마시면 기침도 멈추고 가래도 제거가 되어서 천연 감기약으로는 최고라고 합니다. 그 외에 퇴행성관절염에도 좋고, 냉증완화에도 좋고, 멀미나, 생리통 완화 작용, 혈액순환에도 아주 좋고, 살균 작용이 있기 때문에 식중독 예방에도 좋고, 식용부진, 해독에도 아주 좋은 것으로 임상보고입니다. 그 외에 많은 효능이 있는 것으로 되어 있습니다. 알고 보면 이렇게 좋은 생강(生薑)이지만 너무 흔하니까 모르고 활용을 못하고 있는 실정입니다. 우리나라에서 생산되는 생활 건강차가 아주 많습니다. 구기자(拘杞子)차(茶)도 아주 좋고, 당귀차(當歸茶)도 겨울에는 좋습니다. 이루 다 헬 수가 없을 정도입니다. 왜 이런 말씀을 드리느냐 하면 우리나라가 커피 수입 공화국이라는 말이 나와서 그렇습니다. 물론 커피도 차로는 세계인의 입맛을 사로

잡은 것도 있지만, 그 이면에는 상업적 광고로 세뇌가 되어서 그런 것입니다. 한국인이 한 해 커피를 350잔에서 400잔 마시는 것으로 되어 있고, 커피 수입액이 5억 달러라고 합니다. 작년에 비해 두 배 증가했다고 하니, 10억 달러에 세계 커피 소비 11위국이랍니다. 수입하려면 돈 달러가 막 나가겠지요. 공짜가 아니니까요. 그래서 이제 우리 국민들도 몸에도 좋고 건강도 좋은 한국전통차(傳統茶)에 눈을 돌렸으면 하는 바람을 가져 보았습니다. 페친 여러분! 오늘 시장에 가서서 생강 몇 개 사다가 껍질 벗겨서 썰어서 대추 넣고, 감초 몇 개 넣고 푹 끓여서 가족과 함께 오손 도손 이야기 나누면서 생강차(生薑茶) 한잔씩 마셔보십시오. 가족애(家族愛) 따끈따끈해질 것입니다. 추운 겨울 감기들 조심하십시오. 생강차 한잔속에 감기가 멀어집니다. 생강차 만들기 단상이었습니다. 건강이 최고이니, 건강들 하십시오.

152. 쓰레기 종량제의 단상

오늘은 일요일 휴일이라 조금 늦게 일어났습니다. 보통 평일은 4시 정도에 일어나는데, 오늘은 다섯 시 반에 일어나서 페이스북에 글을 올려놓고 현관 대문 앞에 나가 골목을 청소하면서, 느낀 단상입니다. 우리 동네는 월, 수, 금으로 생활쓰레기를 밤 8시 이후 내놓기로 되었습니다. 수거하는 날짜 홍보도 할 만큼 세월을 두고 했는데도 아직도 지키지 않는 일부 얌체족 몰염치한 사람들이 있어서 한마디 하고자 합니다. 생활쓰레기는 종량제 봉투에 넣어서 내놓고, 재활용품은 투명봉투에 담아서 자기 집 앞에 내놓으면 되고, 음식물 쓰레기는 노란 봉투에 넣어서 지정된 음식물 수거통에 내놓게 되어 있습니다. 그런데도 아직도 까만 비닐봉투에 오만 잡동사니 쓰레기를 섞어서 분리도 하지 않고 밤중에 몰래 남의 집 대문 앞에 던져놓고 가버리니, 분통도 터지고 얄밉기도 하고 그 버린 사람의 정신 상태가 궁금도 합니다. 쓰레기 종량제는 1995년도 1월부터 전국적으로 실시되었습니다. 종량제 실시 이전에는 가구당 일정액의 쓰레기 처리 수수료를 징수했으나, 종량제 도입 후에는 배출하는 쓰레기 양에 따라서 봉투 값을 쓰레기를 낸 사람이 부담하는 제도입니다. 종량제가 실시된 지 18년이 되도록 아직도 생활쓰레기 하나 제대로 지키지 못하고 무단 투기하는 일부 못된 사람들의 시민의식이 걱정이 됩니다. 속이 상한 것은 페인트 통을 뚜껑도 닫지 않고 버려서 온 집 앞 동네 골목길이 페인트로 범벅이 되어 아침 먹고 신나로 닦고 닦아도 청소가 되지를 않는데서 느낀 속상함입니다. 기초 생활 질서도 지키지 않는 시민의식에 불쌍한 생각이 들기도 합니다. 이래가지고 어떻게 지구촌 시대에 살면서 대한민국이 선진국이라고 할 수가 있겠습니까? 부끄러운 생각이 듭니다. 아침마다 골목에 버려진 담배꽁초와 쓰레기를 청소하면서 매일 느끼는 단상입니다. 페친 여러분! 이런 얌체족을 어찌 해야 합니까? 일요일 아침에 느낀 단상이었습니다.

153. 김장 김치 담기 단상

일요일에는 아침 4시에 일어나서 페이스북에 글 올려놓고, 5시에 수산시장에 가서 생새우 한 박스 사다가 김치를 담기 위해서 배추는 소금물에 담가놓고, 김치 속 장만한다고 하루 종일 분주하게 했는데도 이틀 동안 해야 김장 김치를 다 담을 것 같습니다. 필자의 집은 식구라야 두 식구라 김치는 조금만 담아도 되지만 외손녀 유민이네 한통 주고, 11월 25일 태어난 오 태규네 한통 주고, 이웃에 사는 분들께 조금씩 나눠 주고, 나머지는 우리 몫이 됩니다. 저녁 12시경 늦게 군산에서 아는 노 보살님께서 겨울삼동에 먹을 수 있는 김치와 여름에 먹을 수 있는 김치를 큰 통으로 2통이나 선물로 가져왔습니다. 남의 손 빌리지 않고 둘이서 김장을 담다 보니 이제 나이 탓인지 이틀 김장 일을 했다고 허리도 아프고 다리도 쑤시고 목도 어깨 쭉 지도 뻑적지근하고 피로가 겹쳐옵니다. 주부님들 가사일이 이토록 힘든 줄 미처 몰랐습니다. 남자 분들도 가정 살림살이 많이 도와주어야 합니다. 나이 들면 둘만 남는데, 서로 돕지 않으면 노년이 힘들 수밖에 없습니다. 올 김장은 배추김치 속을 조금 신경을 써서 맛있게 담으려고 노력을 했답니다. 무는 체칼로 썰고 갓과 미나리, 배, 사과, 청각, 마늘, 생강, 참깨, 멸치액, 매실액, 고춧가루 등으로 가진 양념을 하였더니, 맛이 아주 좋습니다. 필자의 집에서는 화학조미료는 일체 쓰지를 않기 때문에 김치 맛이 개운합니다. 일요일 날씨는 포근해서 김치 담기에 아주 좋았고, 월요일은 날씨가 구름이 잔뜩 낀 날씨지만 그래도 김장 담는 데는 불편함이 없습니다.

작년에는 수산시장에서 생새우 한 박스 값이 6만원 갔는데, 올해는 한 박스에 2만원밖에 안 가서 아주 싱싱한 산 새우를 사다가 담았습니다. 예전 같으면 김장철에는 수산시장이 사람들로 북적댔는데, 올해는 아주 한산했습니다. 일본 방사능 여파가 수산 시장에도 영향을 미친 것 같았습니다. 페친 여러분! 올 겨울 김장김치 담으셨지요. 올해 김장김치는 풍년이라 배추값도 싸고, 무값도 싸고 양념 식재료 값도 아주 쌉니다. 작년 김장김치 담는 비용이면 두 배는 더 담을 수가 있습니다. 조금 넉넉히 담아서 이웃들과 나누어 먹는 것도 좋을 것 같습니다. 필자의 집에는 객손님이 많기 때문에 조금 넉넉히 담았습니다. 꼬박 이틀 동안 김장 김치를 담았습니다. 이젠 김장 김치 다 담았으니, 눈이 풍풍 내려도 걱정 끝입니다. 밥만 지으면 김치 하나만 가져도 식사는 해결이 됩니다.

작년 묵은 신 김치는 찌개를 끓여서 먹습니다. 새큼한 맛이 입맛을 돋우어 줍니다. 페친 여러분! 날씨가 몹시 춥습니다. 감기 조심하시고 건강들 하십시오. 김장 김치 담기 단상이었습니다.

154. 당뇨(糖尿)에 효능이 있는 우엉 차 만들기 단상

선덕행이 당뇨로 고생을 한지 20년이 넘습니다. 좋다는 약과 음식은 다 구해서 먹어 보았지만 효과를 본 것은 그리 많지 않았습니다. 한 때는 산삼이 좋다고 해서 고가(高價)를 지불하고 사 먹어 보았지만 별 효능이 없었습니다. 또 봉황삼이 좋다고 해서 먹어 보았으나 그것 또한 신통치를 않았습니다. 사람이 병이 들면 누가 몸에 좋다고 하면 어떻게든

구해서 먹어보는 것이 아픈 사람들의 심정입니다. 그것을 돈벌이로 이용하는 약삭빠른 장사꾼들이 아주 많은 것은 먹어 보고 속은 후에야 알게 됩니다. 그래서 요즈음은 누가 무엇이 좋다고 해도 별로 관심을 두지 않는 편입니다. 그런데 지인이 당뇨에는 우엉 차(茶)가 좋다고 해서 속는 셈치고, 경동시장에서 3kg을 사다가 겉의 흙만 깨끗하게 씻어내고 껍질째 잘게 썰어서 창호지 위에 펴서 방바닥에 말렸더니, 4일 정도 지나니 아주 잘 말랐습니다. 차(茶)로 먹으려면 약한 불로 살짝 볶아서 끓여 마시면 맛도 담백하고 고수한 맛이 나서 먹기에도 아주 좋았습니다. 볶을 때 주의할 것은 바짝 마른 우엉 뿌리를 그냥 볶으면 타버리기 때문에 물을 살짝 적셔서 볶으면 타지 않고 차 색깔도 노란 색을 더 띠게 되어서 투명한 유리잔에 부어서 마시면 차 마시는 식감이 더해져서 맛이 더 살아납니다. 오늘까지 3주째 먹어본 결과 당뇨 수치가 뚝 떨어진 것을 경험했습니다. 우엉 차 마시기 전에는 아침 인슐린 단위가 31단을 맞고, 저녁에는 24단을 맞아도 혈당조절이 잘 되지 않았는데, 우엉 차 마신 후로는 아침에 20단, 저녁에 16단을 맞으면 혈당이 잘 조절이 되어서 이렇게 페이스북에 공유를 하게 되었습니다. 당뇨로 고생하시는 분이 계시면 한번 활용해 보십시오. 우엉은 채소라 값이 아주 쌉니다. 통계에 의하면 우리나라 사람 4명 중 1명은 당뇨병을 앓고 있다는 보도입니다. 우리네 전통 식단이 서구화되면서 혈관질환이 많이 발생 한다는 통계 보고입니다. 너무 고단백질을 섭취하다보니 혈행장애로 오는 중풍, 고혈압, 당뇨, 심장병, 뇌출혈, 뇌경색 등 병을 앓고 있는 사람들이 아주 많아졌다는 통계입니다. 무슨 음식을 먹고 사느냐에 따라서 병이 따라 온다는 말입니다. 현대인들의 병은 식원병(食原病)이라고 단언을 합니다. 우엉뿌리는 2년 근 뿌리채소로서 섬유질이 아주 많이 들어있어서 변비에도 아주 좋습니다. 변 덩어리가 아주 크게 매일 시원하게 나옵니다. 우엉뿌리에는 폴리페놀이 들어있는데, 바로 그것이 사포닌이라고 합니다. 사포닌은 혈관 속에 나쁜 콜레스테롤를 분해해서 배출하기 때문에 피를 맑혀주고 피부습진 면역력을 강화시켜준다고 합니다.

우엉 속에 악티게닌이라는 물질은 동물 실험 결과 항종양성, 항암제 효과가 있다는 결과를 얻었기 때문에 암도 예방된다는 임상 보고입니다. 우엉뿌리는 섬유질이 많아서 변비를 없애고 쾌변을 보기 때문에 대장암도 예방이 된다고 합니다. 우엉에는 이눌린이라는 성분이 혈당을 저하시켜주고, 혈당을 올리는 당분과 지질성분이 체내 흡수를 막아주고, 억제하는 성분이 들어 있어서 혈당이 급격히 상승하는 작용을 막아 준다고 합니다. 그밖에 우리 몸에 좋은 효능이 다양하게 많이 들어있는 건강 채소입니다. 3주째 먹어보고 혈당이 조절되는 효능을 체험했기 때문에 당뇨로 고생하시는 분을 위해서 사진과 함께 이렇게 공유를 합니다. 페친 여러분! 건강이 최고입니다. 건강을 잃으면 천하를 준다고 해도 무슨 의미가 있겠습니까? 큰 돈 들이지 않고 혈당이 개선되면 그것이 약입니다. 한방에서는 식의동원(食醫同源)이라고 합니다. 사람이 먹는 음식이 약도 되고 음식도 된다는 뜻입니다. 평소 먹는 음식이 건강 섭생에 근원이 됨을 일깨워준 가르침입니다. 우엉은 가격도 저렴한 채소입니다. 페친 여러분 가족 중에 혹 당뇨로 고생하시는 분이 계시면 우엉 차(茶)를 만들어 장복해 보십시오. 큰 효과를 볼 것입니다.

155. 우엉 뿌리 계란 부침 만들기

어제는 우엉 차(茶) 만들어 먹는 방법을 올려놓았습니다. 당뇨(糖尿)로 혈당 조절이 안 된 분을 위해서 공유를 했습니다. 우엉 차(茶)는 볶아 마시기 때문에 목이 마를 때면 물 대용으로 항상 마시면 됩니다. 뜨겁게 끓인 후에 보온병에 넣어서 마시면 따끈한 우엉 차를 하루 종일 마실 수가 있습니다. 당뇨가 심하신 분들은 차(茶)는 차대로 먹으면서 반찬으로 식사 때마다 간편하게 요리를 해서 먹을 수 있는 방법으로는 우엉 뿌리 계란 부침이 있습니다. 재료는 크고 굵고 반듯한 우엉 뿌리를 흙만 깨끗하게 씻어 껍질까지 사용을 합니다. 우엉 뿌리는 껍질에 좋은 성분이 많이 들어 있기 때문에 흙만 씻고 껍질까지 사용을 합니다. 가운데 손가락 세 마디 길이 정도 썰면 6cm 정도가 됩니다. 그것을 얇게 4등분으로 정사각형으로 길게 썰어서 물을 붓고 삶습니다. 우엉 뿌리가 익을 정도로 삶는데, 삶을 때는 소금을 약간 넣어 삶아낸 다음 체에 걸러서 물기가 다 빠지고 나면, 계란 두개를 깨어서 먹을 만큼의 우엉 뿌리와 함께 고루 섞어 적셔서 소금을 약간 넣어 간을 맞춘 다음에 프라이팬에 식용유를 붓고 부침개처럼 부치면 먹기 좋은 우엉 뿌리 계란 부침개가 됩니다. 매 식사 때마다 이렇게 반찬으로 만들어 먹으면 혈당 조절이 더 많이 됩니다. 우엉 뿌리는 인삼만큼이나 사람 몸에 좋은 식품으로 알려져 있습니다. 우엉 뿌리를 인삼에다가 왜 비유를 하느냐면 인삼은 사포닌이 풍부해서 항암효과와 면역력에 탁월한 효능이 있다는 것으로 연구 결과 보고인데, 우엉도 인삼만큼이나 사포닌 성분이 많기 때문에 체내 기름기를 분해하고 LDL이라고 불리는 나쁜 콜레스테롤을 체외로 배출

시켜서 혈관계 질환인 혈압조절에도 좋다는 것입니다. 우엉 뿌리를 이용하는 요리 방법은 찾아보니 아주 다양하게 있더군요. 우엉 채소밥도 해 먹을 수가 있고, 우엉 조림으로도 해 먹을 수가 있고, 우엉 볶음, 무침 등 다양한 요리법이 있습니다. 각자 식성에 맞게 요리법을 개발해서 활용하면 몸에 유익한 식단이 될 것 같습니다. 항상 말하지만 건강이 최고입니다. 천하를 얻어도 건강을 잃으면 아무 소용이 없습니다. 건강을 잃으면 모든 것을 다 잃은 것과 같습니다. 페친 여러분께서도 우엉 계란 부침개 활용해 보십시오.

156. 동지(冬至)날, 팥죽 유래(由來)

오늘은 동지(冬至)날입니다. 동짓날은 24절기(節氣) 중에서 22번째 오는 절기로 태양(太陽) 황경(黃經)이 270도가 되는 날입니다. 양력으로는 보통 12월 22일~23일경에 들지만 음력으로는 11월이 동짓달이라고도 합니다. 초순에 들면 애동지, 중순에 들면 중동지(中冬至), 그믐에 들면 노동지(老冬至)라고 부릅니다. 동지가 드는 시기에 따라 부르고, 애동지 때는 팥죽을 먹지 않고 팥 시루떡을 해서 먹습니다. 동지는 대설(大雪)과 소설(小雪)절기 사이에 들어있는 절기로써 동짓날은 일 년 중 밤이 가장 길어 음(陰)이 극(極)에 이른 날이기도 합니다. 이날 팥죽을 끓여먹는 유래는 중국 고서인 형초세기(荊楚歲時記)에 보면 공공(共工)씨의 아들이 동짓날 죽어서 역질 귀신(疫神)이 되었는데, 살아생전에 이아들이 붉은 팥을 무서워했기 때문에 동짓날 팥죽을 먹고 역귀를 물리쳤다는 데서부터 시작되었다고도 하고, 동짓날을 옛날에는 작은설이라 해서 붉은 색인 팥을 태양을 상징하고 불을 상징하는 의미에서 전래했다는 설도 있습니다.

또 신라 헌강왕 때 처용(處容)이라는 한량이 있었는데, 그의 아내는 천하절색 미인이라 귀신 도깨비도 탐을 내어서 처용이 없는 틈을 타서 처용의 모습으로 변장을 하고 처용의 아내와 잠자리를 하게 되었는데, 처용이 늦은 밤에 집에 돌아와 보니, 이불에 다리가 넷인 것을 보고 시를 지어서 읊기를, 서라벌 달 밝은 밤에 늦도록 노닐다가 집에 돌아와 자리를 보니, 다리가 넷이로세, 둘은 내 것이지만 나머지 둘은 뉘 것이던고? 말아라, 본디 내 것이라도 빼앗긴 걸 어이 하리. 도깨비가 처용의 노래를 듣고 깜짝 놀라며, 처용의 아량에 사죄를 하고 가면서 당신 얼굴을 그려서 문밖에 붙여두면 다시는 얼씬도 않겠다고 도망을 쳤다는 설화에서 팥죽색인 붉은 색의 처용의 얼굴을 그려 붙이는 축사(逐邪)풍속이 전해져서 옵니다. 각 지방마다 동짓날은 팥죽 쑤는 것은 같은데, 경상도 지방에서는 팥죽을 쑤어서 삼신(三神), 성주님께 빌고, 모든 역병을 막아 달라고 솥 잎으로 팥죽을 집안 사방에 뿌렸습니다. 경기도 지방에서는 팥죽으로 사당에 차례를 지낸 후에 집안 곳곳에 팥죽 한 그릇씩을 떠놓고 역병을 물리쳐달라고 빌고, 충청도에서는 동지불공(冬至佛供)이라 해서 절에 다녀오는 풍습이 전해져서 옵니다. 동짓날은 달력과 책력(冊曆)을 선물하기도 했습니다. 농사를 짓는 농경문화 때는 책력은 지구가 태양을 한 바퀴 도는 1년 동안 일어나는 자연의 기후변화를 24절기로 나누어 놓은 지침자료이기 때문입니다. 필자의 집에서도 오늘 팥죽을 쑤어서 먹었습니다.

팥죽은 쑬 때 찹쌀로 새알 모양 옹심을 만들어서 끓입니다. 찹쌀만 하면 너무 찰져서 멥쌀과 5:5 비율로 하면 아주 좋습니다. 팥은 삶아서 팥물을 우려내어 찹쌀옹심과 함께 죽 쑤듯이 약한 불로 천천히 저어주면서 끓여주면 동지 팥죽이 됩니다. 동짓날 팥죽은 밤(陰)이 가장 긴 날이고, 낮(陽)이 가장 짧은 날이기 때문에 음의 기운이 강해서 잡귀가 왕성하게 활동을 해서 귀신들이 싫어하는 붉은 팥을 이용해서 역병이나 액운 벽사를 물리친다는 풍습에서 비롯했으나, 영양학적으로, 건강면에서 보면 추운 겨울에는 우리 몸속 혈관이 수축되어 뇌졸중(중풍), 심근경색 등 심혈관 질환 발생률이 높기 때문에 단백질과 비타민 B1이 풍부한 팥으로 죽을 쑤어 먹음으로서 혈액순환이 잘 되도록 하고, 숙취 이뇨에 도움을 주고, 팥은 비타민 A, 비타민 B2, 철분, 칼슘, 인, 식물성 섬유

등이 함유되어 있고, 팥 외피에는 사포닌이 풍부하게 함유되어 있어서 심장병, 신장병, 각기병 등에 의한 부기와 변비 해소에도 효과가 있다는 보고입니다. 페친 여러분! 동지 팥죽 잡수셨습니까? 동지 팥죽 넉넉히 쑤어서 이웃과 한 그릇씩 나누어 먹어 보십시오. 이웃사촌이라고 하지 않습니까? 팥죽 한 그릇이 이웃과 정을 나누는 아름다운 풍속으로 이어졌으면 합니다.

157. 24 절기(節氣)

중국력 법은 달의 위상변화를 기준으로 하여 역일(曆日)을 정해 나가는데, 이것에 태양의 위치에 따른 계절변화를 참작하여 윤달을 둔 태음태양력이었다. 그러나 이 역법으로는 계절의 구분이 뚜렷하지 않아 특별한 약속하에 입춘·우수·경칩·춘분 등 24기의 입기일(入氣日)을 정한다. 그 정하는 방법에 두 가지가 있는데 하나는 평기법(平氣法)이고, 다른 하나는 정기법(定氣法)이다. 예전에는 장구한 세월에 걸쳐서 평기법을 써왔다. 이것은 1년의 시간적 길이를 24등분하여 황도상의 해당점에 각 기를 매기는 방법인데, 동지(冬至)를 기점으로 하여 순차로 중기·절기·중기·절기 등으로 매겨나가는 방법이다.

따라서 동지의 입기시각을 알면 이것에 15.218425일씩 더해가기만 하면 24기와 입기 시각이 구해진다. 정기법은 훨씬 뒤늦게 실시되었다. 6세기반경에 북제(北齊)의 장자신(張子信)에 의해 태양운행의 지속(遲速)

이 발견된 후, 수(隋)의 유탁(劉倬)이 정기 법을 쓸 것을 제창하나 그 후 1,000년 이상이나 방치되었고, 청나라 때 서양천문학에 의한 시헌력(時憲曆)에서 처음으로 채택되었다. 정기법에서는 황도 상에서 동지를 기점으로 동으로 15° 간격으로 점을 매기고 태양이 이 점을 순차로 한 점씩 지남에 따라서 절기·중기·절기·중기 등으로 매겨나간다. 이 경우 각 구역을 지나는 태양의 시간간격은 다르게 된다.

158. 더덕 무침과 도라지 김치 담기 단상(斷想)

오늘은 일요일이라 아침 공양을 마치고, 더덕 무침과 도라지 김치를 담갔습니다. 중국발 미세먼지 때문인지 기관지가 약해져서인지 그만 감기가 들고 말았습니다. 좀처럼 아프지 않는 체질인데 칠십을 바라보는 나이라 면역력이 떨어져서 기침이 콜록콜록 나고, 멀건 콧물이 쉴 새 없이 흐릅니다. 봄부터 여름만 빼놓고 토요일 일요일은 결혼식 청첩장이 많이 와서 어제는 고향 후배 여식 결혼식에 먼 곳까지 비를 맞고 다녀왔더니, 그것이 감기의 원인이 된 듯합니다. 결혼식장도 많은 사람들이 모인 곳이고, 전철도 많은 사람이 이용하는 곳이라, 차내에서도 결혼식장에서도 기침을 하는 사람들이 많았는데, 감기 바이러스가 전염이 되어서 꼼짝 없이 감기가 들어서 목도 아프고 머리도 아프고 기분이 착 가라앉습니다.

그래서 어제 경동시장에서 도라지 반 관과 더덕 반 관을 사다가 껍질을 벗기고 지금 막 더덕 무침과 도라지 김치를 담게 되었습니다. 도라지나 더덕은 기관지를 좋게 하는 약이고 식재료입니다. 한방명으로 도라지는 길경(桔梗)이라고 하고 더덕은 사삼(沙蔘)이라고 합니다. 약성(藥性)을 보면 더덕(沙蔘)은 성미(性味)는 달고(甘), 조금 쓰고(微苦), 약성(藥性)은 서늘(凉)하고, 독이 없다(無毒)고 했습니다. 귀속장부(歸經臟腑)로는 폐(肺)와 간(肝)으로 가는 약입니다. 효능(效能)은 윤폐지해(潤肺止咳), 양위생진(養胃生津)이라고 되어 있습니다. 즉 폐를 윤택하게 하고 기침을 멎게 하며, 위장 기능을 도와주고 진액을 생하게 한다고 합니다. 도라지(桔梗)는 성미(性味)는 쓰고(苦), 맵고(辛), 독이(平無毒)없다고 했습니다. 생으로 막 먹으면 아리고 쓴 맛이 납니다. 귀속장부(歸經臟腑)로는 폐(肺)와 간(肝)으로 가는 약입니다. 효능(效能)은 선폐거담(宣肺祛痰), 배농이기(排膿理氣)의 작용을 합니다. 폐장기능을 좋게 하고 폐에 가래를 없애주고, 고름을 빼내고 폐기를 다스린다고 합니다.

한방에서는 말려서 약으로 활용하지만, 가정집에서는 생으로 음식 반찬으로 만들어 먹어도 효능은 똑같기 때문에 감기가 잘 걸리는 계절에는 이렇게 반찬으로 만들어 먹으면 면역력이 증강이 되어서 가족들 건강에도 도움이 많이 되는 약식 먹거리입니다. 만드는 법은 더덕은 껍질을 벗겨서 자근자근 나무 방망이로 두들겨서 양조간장, 식초, 대파, 고춧가루, 마늘을 정당하게 넣어서 무치면 더덕 무침이 사진과

도라지 김치 무침

같이 됩니다. 더덕은 무침도 좋고 지짐을 해서 먹기도 합니다. 생으로 무치면 아삭아삭 씹히는 맛과 향이 입에 가득해서 좋습니다. 도라지도 더덕 무침 양념과 같은데 식초를 조금 더 넣으면 새큼한 맛이 나서 식욕을 돕습니다. 도라지는 생으로 담으면 아린 맛과 쓴맛이 나기 때문에 껍질을 벗긴 후에 쌀뜨물에 담갔다가 활용하면 아리고 쓴맛이 없어져서 먹기 좋은 도라지 김치가 됩니다.

도라지 김치는 쌀뜨물에 하루는 담가 놓기 때문에 오늘은 더덕 무침만 담갔습니다. 페친 여러분들께서도 가족들의 건강을 위해서 한번 활용해 보십시오. 한방에서는 의식동원(醫食同源)이라고 합니다. 우리가 날마다 먹는 음식이 병을 고치는 약이 된다는 이치입니다. 병이 나서 약을 먹는 것보다는 평소 음식으로 먹으면 면역력을 증강 시키는 것이 동양의학의 양생법입니다. 페친 여러분! 겨울철에 건강들 하십시오. 특히 감기 조심하십시오.

더덕 꽃 더덕 도라지

159. 갑오년 설날 바램 단상

지구촌 페친 여러분! 새해 복 많이 받으십시오.

오늘이 우리나라 고유 명절 설날입니다. 페친 여러분! 갑오(甲午) 새해
에는 하시는 일마다 뜻과 같이 되고, 복(福) 많이 짓고 복 많이 받으십시
오. 설날 명절 아침을 고향에 내려가서 부모님과 가족들 함께 모여서 조
상님께 차례 올리고, 부모님께 세배 드리고 가족 형제 이웃 어른들께 세
배 마치고, 오손 도손 정담을 나눌 시간입니다. "설"이란 말은 설(說)만
많지, 정확한 어원(語源)은 없는 것 같습니다. 새해 첫날의 뜻이라고도
하고, 익숙하지 않다에서 오는 낯설다라는 뜻이라고도 하고, 선날 개시
(開始)라는 뜻으로도 보기도 하며, 삼가〈謹愼〉하다. 조심〈愼日〉하다에
서 어원을 찾기도 합니다. 우리 어렸을 때는 시골 농촌이라 어머님이 손
수 짠 무명베에 물감 들여 지어준 새 옷 입고 하루 종일 동네 어른들께
세배를 다녔습니다. 집집마다 어른들이 계셨기 때문에 하루 종일 어른
들을 찾아뵙고 세배를 드리면 어른들의 덕담과 함께 음식이 나오면 설
날만큼은 온 마을이 잔치집이 되었습니다. 동네가 크다보면 하루 세배
로는 다 찾아 뵐 수가 없어서 설날 다음날까지 세배를 했던 기억이 납니
다. 지금은 다들 타향 객지에서 고향을 떠나 살기 때문에 고향에 계시
는 부모님을 찾아가서 설날 명절을 보냅니다. 해마다 추석이나 설날 명
절이 되면 귀향길에는 고생길이 되기도 합니다. 이런 고생고생 하며 고
향을 해마다 찾는 것은 우리 민족의 최대 명절인 설날이기 때문에 그렇
습니다. 우리 민족은 고래로부터 조상숭배 사상과 효孝 문화 사상이 있
기 때문에 그렇습니다.

살아생전에는 효도로써 부모님을 모시고, 돌아가시고 나면 차례나 제사로써 효도를 합니다. 자기의 뿌리인 조상의 은덕을 잊지 않겠다는 사람답고 아름다운 풍습을 지닌 민족은 이 지구상에 흔치 않습니다. 그만큼 우리 민족은 아름다운 정신, 문화를 지닌 민족입니다. 설날은 한자(漢字)로는 원일(元日), 원단(元旦), 정조(正朝), 세수(歲首), 세초(歲初), 세시(歲時), 연두(年頭), 연시(年始), 라고도 합니다. 새로 시작하는 첫날이라는 의미를 가진 날입니다. 한 해가 가고 새로 시작하는 1년의 첫날인만큼 새로운 마음가짐으로 돌아가신 조상님과 살아계신 부모님, 가족과 이웃들에게 세배를 올리고 새해를 시작하는 미풍양속의 설날 명절입니다. 고향에 가고 싶어도 가지 못하는 천만 이산가족이 있는 우리 민족입니다. 통일 문제는 지금 우리가 풀어야 할 우리민족의 당면 문제입니다. 뉴스 보도를 보니 이번 설 쇠고 금강산에서 남북 이산가족 상봉을 하자고 해놓고, 아직도 북측에서 일정 약속도 잡지 못했다고 하니, 이산가족들의 상심은 클 수밖에 없습니다.

이산가족 상봉 문제는 남, 북한 모두 정치적으로 이용해서는 안 됩니다. 한시적 상봉은 이렇게 문제가 많습니다. 인도적 차원에서 상설 상봉 장소를 설치하여 매주 1회씩 만나게 해줄 것을 박근혜 현정부에게 제안합니다. 이산가족 중에는 나이가 많은 분들이 많기 때문에 시급한 현안 문제입니다. 통일을 하려면 지금부터라도 적과 적으로 대적할 것이 아니라, 같은 민족으로써 서로 보듬고 돕고 힘을 모아 동질성을 찾아야 합니다. 분단 60년의 한 맺힌 민족 통일 문제는 우리민족 문제인 만큼 하나씩 차근차근 시급한 현안 문제부터 풀어나가야 합니다. 새해 갑오년에는 정치권에서도 새로운 각오로 민생을 위한 정치를 해주었으면 합니다.

지난 한 해는 정말 짜증나는 한 해였습니다. 직종불문하고 다 죽겠다고 합니다. 살맛난다고 한 사람은 한 사람도 없습니다. 경제가 막혀도 너무 꽉 막혔습니다. 민생경제가 심각합니다. 이제는 정치인들도 대승적 차원에서 정치를 해야 한다고 봅니다. 민생을 살피지 않고 싸움이나 하는 정치는 이제 그만두어야 합니다. 갑오년 한 해는 국민 소득 4만불 시대가 꼭 이루어지기를 간절히 빌어 봅니다. 신바람 신명나는 한 해가 되었으면 합니다. 고향을 찾는 페친 여러분! 설 명절 잘 쇠고 귀경길에 천천히 안전운행들 하십시오. 다 같이 행복한 설날 명절 보내십시오.

160. 갑오년 "설날" 세배 인사

지구촌 페친 여러분! 새해 복 많이 받으십시오.
명절에는 아름답고 멋진 우리 전통 한복을 입읍시다.

필자 부부의 사진

161. 엘리베이터 단상

자고 났더니, 밤새 엘리베이터가 안녕치 못했습니다. 도시 빌딩 생활은 고층을 오르고 내리는데 승강기가 생활필수품이 되었습니다. 그저께 밤까지 잘 되던 승강기가 갑자기 꼼짝을 않습니다. 밤새 고장난 것이기 때문에 긴급 폰으로 누가 갇혔나 확인해도 아무 소리가 없습니다. 그래서 층층 계단마다 출입문을 두드려 보고 혹 사람이 갇혔는지 확인을 했더니, 다행히 갇힌 사람은 없었습니다. 기계실에 가서 전원 스위치를 눌러보고 응급조치를 취해 봐도 응답이 없습니다. 그래서 승강기 관리 업체에 연락을 했더니, 금방 오겠다던 관리 직원은 함흥차사입니다. 전화를 또 했더니, 죄송합니다. 곧 가겠습니다. 기다리다 보니 2시간이 경과되어서 젊은 낯선 직원이 도착했습니다. 기계실을 안내하고 유심히 지켜보았습니다. 점검 데이터 기계로 점검을 합니다. 어디가 고장입니까? 고장 오류가 잘 나타나지 않는다고 합니다. 그래서 한마디 했습니다. 내 전문가는 아니지만 승강기에 전원 공급은 이상이 없는데, 엘리베이터가 전혀 움직이지도 않고 공급표시가 안되니, 그 센서가 문제가 아니냐고 했더니, 과장님이 좀 있으면 도착 한다고 합니다.

30분이 경과되어서 과장님이 왔습니다. 점검데이터기로 점검을 했는데 어디가 문제인지 데이터가 나오지 않는다고 합니다. 그래서 사람 머리의 기능과 같은 DOC컨트롤 박스를 떼어가서 확인이 필요하다고 합니다. 그렇게 해서라도 고장난 곳을 찾을 수가 있으면 그렇게 하라고 했습니다. 그런데 하루가 다 되도록 통 연락이 없습니다. 건물에 사는 사람들이 난리가 났습니다. 2층은 계단으로 오르고 내릴 수가 있지만 3층부터 위층에 사는 사람들은 오르고 내리려면 힘이 드니까 난리법석입니다. 젊은 사람들도 난리인데 나이 많은 노인들이 오르고 내리기가 정말 힘이 듭니다. 그래서 엘리베이터가 고장 났으니, 죄송합니다. 불편하지만 고칠 때까지 계단을 이용해 주십시오. 층층마다 표시를 해 놓았는데도 소용이 없습니다. 왜 빨리 안 고치냐고 합니다. 기계도 오래되고 많이 쓰면 결국 고장이 나는데, 사람들은 오르고 내리는 불편함만 불평을 합니다. 그래서 관리업체에 연락을 했습니다. 다 고쳤느냐고. 아직 어디가 문제인지 모르겠답니다. 참 답답할 노릇입니다. 이틀이 다 되도록 고장난 곳을 모르겠다고 해서 그러면 DOC 컨트롤 박스를 전부 새것으로 교체하면 될 것 아니냐고 했더니, 그러면 돈이 많이 들어간다고 합니다. 결국 어제 늦은 밤까지 이틀 만에 새 부품으로 교체를 하고 나서 엘리베이터가 정상으로 작동이 되었습니다. 엘리베이터가 정상 작동되니 불평불만을 하던 사람들도 없어졌다. 그래서 그간 겪은 불편함과 감정을 실어서 말했습니다.

앞으로 고장처리가 이렇게 늦으면 천상 관리업체를 바꿀 수밖에 없다고 따졌습니다. 그랬더니 늦어진 사정을 말했습니다. 처음부터 새 부속으로 교체하면 자기들도 쉽게 빠르게 고칠 수가 있는데, 비용 절감 차원에서 고장난 부속을 고쳐서 써 보려고 한 것이 큰 불편을 초래했다고 사과를 합니다. 그간 미운 감정이 싹 사라집니다. 고쳐서 써보려고 했다는 그 마음이 밉지를 않았습니다. 관리업체 직원의 얼굴을 유심히 보았습니다. 참 진지하고 진솔한 얼굴입니다. 요즘 세상은 쉽게 편하게 이득을 보려고 합니다. 그런 세상에 남을 배려하는 귀한 심성을 가진 사람을 만날 수 있다는 것도 행복이 아닌가 해서 수고했다고 위로와 함께 차 한

잔 대접하고 헤어졌습니다. 승강기 고장으로 인해서 진솔한 사람의 얼굴을 보았습니다. 이런 참다운 얼굴은 많을수록 세상은 좋은 세상이라고. 오늘 아침 일찍 일어나 밖에 골목 청소를 하려고 엘리베이터를 탔습니다. 1층까지 탈 없이 내려올 수가 있었습니다. 불현듯 고마운 생각이 들었습니다. 입에서 고맙습니다가 절로 나왔습니다. 도시 생활에 없어서는 안 되는 엘리베이터는 이제 탈 때마다 고맙습니다. 합장하고 타야겠다는 이틀 만에 느낀 귀한 단상입니다.

162. 나박 물김치 담기

필자의 집에서 오늘은 나박 물김치를 담았습니다. 긴 겨울 끝자락 이른 봄 문턱에 선 요즈음 그동안 김장 김치 하나로 겨울 내내 밥반찬으로 먹다보니, 입맛이 좀 떨어져서 새로운 별미를 찾게 됩니다. 그래서 쉽게 바로 담아서 먹을 수 있는 나박 물김치를 담아 보았습니다. 설을 쇠고 나면 김장 김치 맛도 시고 묵은내가 납니다. 김장 김치는 봄에는 신김치찌개로 끓여 먹어도 별미로 좋습니다. 나박 물김치 식재료는 집집마다 입맛대로 다양합니다. 필자의 집에서는 이렇게 담아 먹습니다. 페친 여러분들께서도 한번 주말 오늘 담아 먹어 보십시오. 가족들이 아주 좋아할 것입니다.

요즘 제주도에서 올라온 싱싱한 무 1개, 양 상추 1개, 사과 1개, 대파, 큰 것 2개, 청양고추 20개, 소금, 설탕은 적당량 입맛대로 넣으면 됩니다. 식재료가 너무 간단합니다. 그러나 맛은 입맛을 확 살아나게 합니다. 다른 분들은 미나리도 넣고, 피망도 넣고 오이도 넣고, 여러 가지를 입맛 따라 식재료를 넣습니다. 그러나 필자의 집 나박 물김치는 사과 1개와 청양고추가 들어가는 것이 특색입니다. 담는 방법은 이렇습니다. 양상추와 무는 껍질을 벗겨 얇게 잘게 사진과 같이 썰고, 대파는 깨끗하게 씻어서 길게 가운데로 토막을 내어서 잘게 송송 썰어서 큰 양은그릇에 소금과 함께 하룻밤 간을 맞추어 재워 놓고, 아침에 일어나서 청양고추는 물과 함께 믹서기로 곱게 갈아서 채로 걸러서 썰어놓은 나박 물김치와 버무려주면 나박 물김치 담는 것은 끝납니다. 너무 간단합니다.

여기서 유의할 것은 사과는 깨끗이 씻어서 맨 나중에 껍질까지 얇게 썰어서 넣어 함께 버무려주면 됩니다. 사과를 넣어주면 먹을 때 새큼 달콤한 사과 맛이 씹히는 맛과 어우러져서 환상적입니다. 매운 청양고추를 넣기 때문에 얼큰한 맛이 속까지 시원하면서 떨어졌던 식욕이 살아납니다. 페친 여러분 요즘 감기가 극성을 부립니다. 건강을 잃기 쉬운 계절입니다. 이렇게 색다른 나박 물김치로 가족들 입맛을 돋우어 보는 것도 생활의 지혜라 생각 됩니다. 즐거운 주말 되십시오.

나박 물김치 재료 썰어 놓은 것   나박 물김치 고추 간 것   나박 물김치 담는 것

163. 독계산(禿鷄散)의 단상

세월은 참 빠르기도 합니다. 벌써 30년 전의 일이니 말입니다. 절에서 수행을 하다가 환속하고 보니, 밥값은 해야겠기에 아는 지인의 안내로 한의원과 인연이 되어서 20여년을 그 계통의 업종에 몸을 담았습니다. 동양의서라는 고서는 다 탐독을 하다 보니, 독계산(禿鷄散)이라는 재미나는 처방전이 보였습니다. 대머리독(禿), 닭계(鷄), 가루산(散)을 닭이 먹으면 대머리가 된다는 처방전이었습니다. 이름이 재미나지 않습니까?

닭 머리털이 그냥 빠지는 것이 아니라, 수탉이 이 약을 먹으면 동네 암 탉들을 시도 때도 없이 올라가 눌러대어서 암탉 머리털이 다 뽑혀 대머 리가 된다는 효능 만점짜리 정력제라는 뜻입니다. 이 처방이 나온 사연 은 옛날 중국 촉蜀나라에 여경대라는 태수가 있었는데, 태생이 허약한 몸이라서 장가를 갔어도 밤마다 아내 눈치 보기에 여념이 없을 정도로 거시기가 발기불능 상태였다고 합니다. 그래서 하루는 고을 명의를 찾 아가서 진맥을 받고 처방을 받아와서 지극 정성으로 약을 복용 하다 보 니, 70세에 득남을 했다고 합니다. 약 처방은 아주 간단한 처방입니다. 육종용(肉從容), 오미자(五味子), 토사자(兎絲子), 원지(遠志), 사상자(蛇床 子), 다섯 가지입니다. 양(量)은 똑같은 비율로 쓰면 됩니다. 여경대 태수 가 이 약을 복용 후에 밤마다 마누라 눈치 보던 사람이 시도 때도 없이 부인을 귀찮게 했으니, 즐거운 비명 아닙니까? 색도 정도껏 즐겨야지 지 나치면 몸에 해롭습니다.

　밤낮도 없이 부인을 귀찮게 해대니 도저히 감당을 못하고 밤이 되면 부인이 남편 눈치를 봐야 할 지경에 이른 것입니다. 이쯤 되다보니, 만족 하지 못한 태수는 집안 여종들을 건들게 됩니다. 그래서 부인이 달인 약 을 마당에 버렸습니다. 그랬더니, 마당에 놀던 수탉이 이 약을 먹고 나 더니만, 동네 암탉들을 모조리 눌러대어서 동네 암탉들이 다 대머리가 되었다는 귀가 번쩍 뜨이는 이야기입니다. 전해온 이야기지만, 밤마다 부인 눈치만 보는 사람들은 희소식 아닙니까? 닭도 대머리가 되고, 몸 종까지 건드리는 처방전이면 비아그라가 무용지물 아닙니까? 효과 효능 만점짜리 정력제이니 말입니다. 그런데 임상을 해보니, 중국 사람들의 평이 좀 센 것을 알았습니다. 한의원 하다보면 발기부전으로 고민하는 사람 아주 많이 봅니다. 이런 분들은 독계산(禿鷄散)이 효능 효과대로라면 천금을 주고라도 사서 먹습니다. 양약 발기부전 치료제가 1,000억대 시장이라고 합니다. 그만큼 수요자가 많다는 통계입니다. 독계산의 효능은 전해온 이야기와 같은 효능은 없다는데 문제가 있습니다. 위의 약재들은 발기부진 약들입니다. 그러나 전해오는 속설과 소문만으로는 임상해 보지 않고는 딱 속고 마는 이런 이야기가 아주 많다는 것을 30년 전에 느낀 단상이었습니다. 소문만 쫓다 보면 항상 속고 삽니다. 요즘 독계산으로 재미 보려는 사람들이 있으니, 주의들 하십시오.

164. 추억속의 앨범 단상

사람의 삶의 자취와 흔적은 마음속이나 기억 속에 아련히 남아 있기 마련인데, 며칠 전부터 그동안 모아서 사진첩에 끼어 두었던 앨범을 뒤적이다가 보니, 앨범도 40년의 세월을 견디지 못하고 붙여두었던 사진들이 한꺼번에 쏟아지고 말았습니다. 세월의 무게를 사진들도 감당하기가 어려운 모양입니다. 그래서 사진들을 분류를 했더니, 해외여행이나 국내여행사진도 있고, 산사 선방에서 일대사를 해결하기 위해서 밤낮 없이 용맹 정진하던 사진들도 있고, 중앙승가대 초석을 놓는다고 몇몇 도반과 함께 동분서주하던 사진들도 있고, 환속 후에 조계사 주지 스님 주례로 결혼한 사진들도 있었고, 그 외에 세속 삶을 살면서 많은 인연으로 연이 되었던 수많은 사람들과 함께 동고동락 하며 찍었던 추억 속에 소중한 사진들이 옛 추억 속으로 빠져들게 했습니다. 낡아버린 앨범을 그냥 두기에는 그렇고 그래서 동네 사진관에 부탁을 하여 새로 앨범을 만들어 줄 수 있겠느냐고 하였더니, 멋지게 만들어 주겠다고 해서 사진을 종류별로 분류를 해서 장수를 세어 보니 천오백 장이었습니다.

열흘 정도면 스캔도 뜨고 앨범을 만들 수가 있다고 해서 맡겼더니, 한 달이 되어도 안 되었다고 합니다. 그러면 기한을 더 줄 터이니, 약속대로 잘 부탁한다고 하고, 또 일주일이 지난 후에 가보았더니, 도저히 만들 수가 없다고 합니다. 비용이 페이지당 5,000원이 들어간답니다. 한 페이지에 6장 정도 들어가는데, 비용이 너무 많이 나온다는 말입니다. 처음에 약속은 스캔 뜨고 새로 사진 뽑아 만든 비용이 칠십만 원이면 된다고 약속을 해놓고, 비용관계로 만들 수가 없다는 것입니다. 참 세상 사람 약속 갈팡질팡 요지경속입니다. 그래서 그러면 큰 앨범을 사주면 내가 직접 만들 테니 앨범만 사달라고 부탁을 해서, 권당 500장 정도 정리할 수 있는 큰 앨범 세 권을 사다가 꼬박 3일을 정리를 했습니다. 정말 힘들더군요. 밥만 먹고 사진첩에 사진 정리했더니, 허리가 딱 꼬부라져서 앉았다가 일어서면 허리가 펴지지를 않아서 80먹은 노인이 되어버렸습니다.

젠장, 그냥 둘 것을! 힘들게 이것이 뭣 하는 짓인고? 후회를 몇 번 했습니다. 이 나이에 새로 앨범 만들어서 몇 년이나 보려고 이 힘든 일을 하는고? 자책을 했답니다. 그런데 말입니다. 힘은 들었어도 얻는 것이 아주 많습니다.

앨범 속에는 지나온 값진 삶의 흔적들을 읽을 수가 있어서 경전 어록 보는 것 못지않게 귀한 선물을 얻었기 때문입니다. 새록새록 사무치도록 무상을 통감했기 때문입니다. 나와 함께 찍었던 사람들 중에 이미 세상을 떠난 분들이 아주 많습니다. 엊그제 같은데 이젠 볼 수가 없으니, 앨범 속 사진들이 그대로 무상법문(無常法門)을 설해 주었습니다. 힘은 들었지만 새로 앨범정리 참 잘했다는 생각이 든 단상(斷想)이었습니다. 앨범 속 사진이 아니라, 무상을 설하는 경전 어록이었습니다. 잠깐 왔다 가는 인생 소중하게 값지게 살다 가자는 마음 다짐의 추억 속의 앨범 단상이었습니다.

"불자 페친 여러분께" 중앙승가대학교 후원회, 교육 불사, 인재 불사에 동참 하는 방법을 공유합니다. 많은 불자님들께서 후원 동참하시어 복 많이 짓기를 빕니다.

중앙승가대학교 홈페이지(www.sangha.ac.kr)후원회(031-980-

7892~3)연락하시면 됩니다. 불사 중에 가장 큰 불사는 인재를 양성하는 교육 불사입니다. 1계좌 5,000원이면 승가 교육에 희망이 될 것입니다. 복 많이 짓고 복 많이 받으십시오.

사진은 앨범 정리하다가 나온 중앙승가대 초석을 놓았던 스님들입니다.
좌로부터 교무 화정 스님, 재무 범산 스님, 학장 석주 큰 스님, 총무 성문 스님.
귀한 자료 사진입니다.

165. 찹쌀고추장 담그기 단상

오늘은 일요일, 아침 일찍 일어나 찹쌀고추장을 담갔습니다. 어제 광화문 광장에는 최순실, 박근혜, 국기 문란 국정 농단, 하야 시국집회가 전국적으로 일어났습니다. 대통령제 중심 국가에서 통치자인 대통령을 잘못 뽑으면 피해는 고스란히 국민에게 되돌아온다는 것을 우리나라 국민들도 이번에 뼈저리게 통감한 시국입니다. 이렇게 무능하고 무지한 통치자를 지지하고 뽑아준 주권자인 국민에게도 책임이 있습니다. 통치자인 대통령은 공과 사를 구분할 줄 알아야 합니다. 공과 사를 구분 못한 것이 이번 국기 문란 국정 농단 사건입니다. 통치자는 통치 철학을 갖춘 사람이어야 합니다. 이제는 주권자인 우리 국민도 민주주의의 성숙한 주권을 행사해야 합니다. 망국적인 지역감정이나 이념논쟁은 버려야 합니다. 그래야 나라가 발전을 합니다. 왜 이렇게 찹쌀고추장 담기 단상에서 현 시국 시사를 논하는가 하면 국민이 뽑아준 정치권이 아직도 제정신을 차리지 못하고 뚜렷한 해법을 내놓지 못하고 있기 때문입니다.

법치주의 국가에서 법은 만인에게 평등하다고 하면서 국법을 어기면 지위고하를 막론하고 똑같이 법이 적용되어야 하는데, 법의 잣대가 고무줄이 되어서 대통령이라고 해서 특권을 주면 공평하지 않기 때문에 국법을 어기면 어긴 범법에 따라 법적 책임을 물어야 합니다. 감옥에 갈 죄를 지었으면 국민이 뽑아준 권력을 빼앗은 것이 당연하기에 그래서 어제 박근혜 하야 시국 집회가 전국적으로 국민들의 분노로 일어나게 되었습니다. 어제 하야 탄핵 시국 집회는 국민들의 주권 행사입니다. 인터넷에도 보면 아직도 정사(正邪)를 판단하지 못한 부류들이 눈에 띕니다. 왜곡되고 편파적 시각을 가진 자들이 많습니다. 그래서 이렇게 시국에 대한 말을 하게 됩니다.

여여법당에서는 해마다 이렇게 전통 된장이나 고추장을 전해오는 전통대로 담가 먹습니다. 간편하게 사다가 먹으면 편하지만, 가족들의 건강을 위해서 손이 많이 가고 힘은 들어도 정성을 들여서 담가 먹습니다.

찹쌀고추장 담기 재료는 엿기름 1말, 고춧가루 10근, 꿀 큰 것 4병, 찹쌀가루 1말, 소주 큰 것 3병, 생강 2근, 천일염 큰 소금 큰 식기 3개, 재료는 이렇게 간단합니다. 담는 방법은 생강 2근을 껍질을 벗기고 깨끗하게 씻은 다음, 얇게 썰어 큰 냄비에 넣고 팔팔 끓여서 엿기름 삭힌 물과 함께 찹쌀가루와 잘 섞어서, 조청 고둣이 주걱으로 솥 밑을 눋지 않게

저어주면서 끓이면 달착지근한 단내가 나면서 조청과 같이 걸쭉해집니다. 이렇게 끓인 물이 완전히 식으면 소주와 고춧가루와 천일염과 꿀을 잘 섞어서 항아리 장독에 담아두면 맛있는 찹쌀고추장이 됩니다. 봄에는 밀고추장 맛이 좋다고 이집 저집 지인들과 나누어 먹다 보니, 고추장이 다 떨어져서 오늘 이렇게 찹쌀고추장을 담갔습니다.

166. 김장 무 배추 심기 단상

옥상 텃밭에 김장 무, 배추를 심었습니다. 봄에 심었던 채소류는 다 뽑아 정리하고 겨울 김장 채소를 심었습니다. 그것도 일이라고 허리 팔다리가 뻐근합니다. 방아나무는 꽃이 한창 피어서 벌 나비잠자리까지 날아오는데 워낙 나무가 크게 자라다 보니, 텃밭을 개똥쑥과 방아나무

가 꽉 차버렸습니다. 어쩔 수 없이 베어서 발효액을 담으려고 잘게 작두로 썰어놓고, 방금 일을 다 마치고 났더니 빗방울이 한 방울씩 떨어집니다. 오늘 밤에 비가 촉촉하게 내려주면 싹이 나는 데 아주 좋을 것 같습니다. 오늘이 양력 8월 26일입니다. 조금 늦은 감은 있어도 아침마다 정성을 들여서 물을 주면 잘 자랄 것입니다.

167. 매실 장아찌 담기 단상

매실 30kg을 6. 15.~16.까지 이틀간 매실 씨를 제거하고 매실 육으로만 반은 소금에 2시간 절였다가 설탕과 1:1 비율로 담갔다. 씨를 빼는데 이틀간 꼼짝도 못 하고 담갔는데, 맛이 좋아야 할 터인데 어쩔지 모르겠다. 10kg는 동대문 과일 시장에서 샀는데 25,000원을 주었고, 20kg은 제기동에서 샀는데 4만 원을 주었다. 동대문 시장보다는 제기도 시장이 크고, 5,000원이 쌌다. 사람이 먹는 음식 먹거리는 정성이 들어가야 맛

과 건강에도 좋습니다. 매실의 효능은 다양합니다. 이렇게 담은 매실 장아찌를 1년 내내 식사 때마다 식후에 먹고 나면 입에서 새콤하고 달짝지근한 뒷맛이 있어서 입안이 개운해서 아주 좋고 몸에도 좋습니다.

168. 황석어젓 담그기 단상

오늘은 점심 먹고 수산시장에 가서 황석어 젓을 담으려고 황석어 1박스를 45,000원 달라고 한 것을 5천 원 깎아서 40,000원을 주고 사다가 4번 수돗물로 깨끗하게 씻고 소금을 1:1 비율로 잘 섞어서 담았더니, 게르마늄 독으로 한 독이 되었다. 황석어젓은 담가 두었다가 그냥 밥 찬으로 먹기도 하고, 김치 담글 때마다 황석어젓과 젓물을 넣으면 김치 맛이 아주 깊은 맛이 납니다.

황석어젓 담그기

169. 옥상 텃밭 고추 심기 단상

오늘은 아침 공양을 마치고 옥상 생태 텃밭에 고추 등 채소를 심었습니다. 어제부터 겨울 동안 한약 찌꺼기 썩힌 것을 텃밭에 밑 퇴비로 고루 뿌려주고 삽으로 흙은 뒤집어 갈아엎어서 고랑을 만들어 놓고, 오늘 고추 모종과 상추, 방풍, 쑥 갓등을 여러 가지 채소를 사다가 심었습니다. 고추는 작년에 비하면 절반 정도로 심었고, 텃밭 반은 감자를 심었습니다. 그것도 농사일이라고 이틀을 한 셈입니다. 오늘 날씨는 전국적으로 비가 온다는 예보라 비 오기 전에 일찍 심었습니다. 채소도 수돗물을 주는 것보다는 비를 맞으면 더욱 잘 자라기 때문에 모종 때부터 잘 자라고 배려한 셈입니다.

텃밭에 연년이 피는 하얀 철쭉과 빨간 철쭉이 막 필동 말동 꽃망울을 머금고 있습니다. 철쭉꽃은 매년 피면 옥상 텃밭이 그야말로 장관입니다. 옆집 울타리에 핑크빛으로 아름답게 핀 복숭아 꽃을 보니, 이제 봄이 완연합니다. 도시 옥상 텃밭을 만들어서 채소를 직접 가꾸어서 먹으면 일석삼조(一石三鳥)의 효과를 누릴 수가 있습니다. 가족들이 먹는 채소를 유기농법으로 직접 가꾸어서 먹기 때문에 농약 농산물로부터 벗어나서 안심 먹거리가 됩니다. 경제적으로도 득이 되고, 음식물 찌꺼기를 퇴비로 활용하기 때문에 자연 생태계를 살리고 환경오염 방지도 됩니다.

도시 옥상은 철근 콘크리트지만 텃밭을 만들면 옥상이 녹지 정원이 되어서 가족들의 쉼터공간이 됩니다. 여여법당에서는 1999년도부터 옥상 생태 텃밭을 만들었기 때문에 올해 벌써 16년이 되었습니다. 옥상 텃밭을 만들게 된 동기는 음식물 제로 운동 차원에서 시작을 했습니다. 우리나라 연간 음식물로 버리는 낭비액이 5조 4,000억 원이라고 합니다. 보릿고개 넘긴 지 얼마 되지 않는 나라인데 음식물을 너무 함부로 버려서 탈입니다. 음식을 함부로 하면 죄악입니다. 여여법당 식단은 일식사찬(一食四饌)으로 합니다. 사찰 발우공양과 같이 음식물 낭비를 막기 위해서 먹을 만큼 덜어서 먹기 때문에 그릇마다 다 비워서 남긴 음식물이 없습니다. 과일 껍질이나 설거지 찌꺼기는 옥상 텃밭에 묻어서 퇴비로 활용을 하므로 자연 순환식 유기농법인 셈입니다. 서울 날씨는 구름이 잔뜩 끼어서 낮인데도 밖이 어둡습니다. 곧 비가 내릴 모양입니다. 2015년도 봄 4월 16일(음력 2월 28일) 고추 심기 단상이었습니다.

170. 감자 심기 단상(斷想)

오늘은 아침 공양을 마치고 옥상 생태 텃밭에 감자를 심었습니다. 감자는 처음 심어 보기 때문에 고추 농사에 비해서 잘 될까 염려도 됩니다. 매년 채소와 고추 농사만 지었으나, 올해는 텃밭 반 정도는 감자를 심었으니 기대도 됩니다.

우리나라 도시 옥상마다 생태 텃밭을 만들어서 채소를 직접 가꾸어서 먹게 되면 음식물 쓰레기도 나오지 않아서 자연환경도 살리게 되고, 채소는 유기농사로 짓기 때문에 농약으로부터 해방이 됩니다. 옥상 텃밭에 방아나무 하나만 심어도 벌이 엄청나게 날아오기 때문에 생태 텃밭이 됩니다. 오늘 다솔사 효공 스님께 방아나무 모종과 접시꽃 모종과 씨앗을 보냈습니다.

방아나무 잎은 된장국을 끓이면 맛이 향기롭고, 부침개를 부쳐 먹어도 맛이 아주 좋은 우리나라 토종 허브 식물입니다. 옥상에 텃밭을 만들면 옥상 텃밭 정원이 됩니다. 비치 파라솔 하나만 설치화면 봄부터 늦가을까지 가족들이 쉬는 쉼터가 됩니다. 봄부터 가을까지 온갖 꽃들이 철 따리 피고 지기 때문에 정서적으로도 아주 좋습니다. 농사를 직접 지어서 먹기 때문에 유기농 먹거리를 먹어서 더욱 좋습니다. 올해부터 한번 옥상에 텃밭을 만들어서 활용들 하여 보십시오. 여여법당 감자 심기 단상이었습니다. 2015. 4. 2.

171. 미국서 보내온 씨앗 파종(播種) 단상(斷想)

오늘은 옥상 생태 텃밭에 꽃 씨앗과 채소 씨앗을 심었습니다. 시기적으로 보아서는 조금 이른 감이 듭니다. 작년에 미국 와이오밍에 사시는 종남, 헌터 님께서 세월호 희생자 가족에게 써 달라고 200불 찬조금과 함께 여러 종류의 예쁜 꽃 씨앗과 채소 씨앗을 보내주셔서 아침 공양을 마치고, 화분에는 꽃 씨앗을 심었고, 텃밭 햇볕이 잘 드는 곳에는 채소 씨앗을 심었습니다. 옥상 텃밭에는 주로 모종을 사다가 심었는데, 씨앗이라 시기는 조금 빠르나, 일찍 심어야 싹이 자라나는 시간이 있기 때문에 이렇게 이른 감은 들지만 조금 빠르게 파종을 하였습니다. 오늘 심은 꽃과 채소가 싹이 다 나온다면 옥상 생태 텃밭은 아름다운 텃밭 정원이 될 것 같습니다. 요즘 날씨가 들쑥날쑥 기온 차가 심해서 조금 염려는 됩니다. 그래서 씨앗을 조금 깊이 심었습니다. 영하 날씨로 떨어진다고 해도 얼어 죽지 않게 고려를 했습니다.

싹이 나고 꽃이 피고 채소가 무성해지면 사진을 찍어서 공유하겠습니다. 멀리 미국 와이오밍에서 귀한 씨앗을 보내주신 종남, 헌터 님께 파종 소식과 함께 고맙다는 인사를 올립니다. 그리고 세월호 찬조금 200불은 모금하는 단체가 없어서 되돌려 보내려고 하였더니, 종남, 헌터 님께서 페이스북에 댓글로, 그럼 불교 TV 방송국에 보내 달라고 하여 불교 TV 방송국 석성우 회주스님께 성금을 전달하고 영수증은 종남, 헌터 님께 보냈습니다. 아래 사진은 페이스북에 올라온 종남, 헌터 님의 행복한 가족사진입니다. 고맙습니다.

미국 와이오밍 주 종남, 헌터님 가족사진

172. 막된장 담그기 단상

오늘은 5월 2일 토요일이다. 인천 주안에서 이원희 장남, 결혼식이 오전 11시에 있기 때문에 아침 먹고 막장 메주를 분말하기 위해서 시장 떡집을 갔는데, 방앗간으로 가라고 한다. 물어서 방앗간으로 갔으나 방앗간 주인이 콩알만큼 잘게 부셔서 오란다. 고추 방앗간이 하나 밖에 없다 보니, 서비스가 배짱이다. 어쩔 수 없이 그대로 제기동 고추 방앗간에 가지고 가서 가루를 내왔다. 부랴부랴 주안 예식장으로 가는데, 1시간 반이 소요되어서 예식장에 도착하고 보니 결혼식이 반은 진행되고 있었다. 사진 몇 장 찍고, 식당에 가서 이른 점심 먹고 집에 도착하니,

내일 비가 온다고 막장을 담그자고 선덕행이 독촉이다. 막장은 메주 4개를 가루를 빻아다가 보리밥 찐 것과 삶은 콩과 소금과 고추씨 2근과 소주 큰 병 2개를 붓고 잘 섞은 다음, 된장 정도의 농도로 해서 게르마늄 장독에 담아서 1년간 발효시키면 맛있는 막 된장이 된다. 을미년 올해도 막장을 조금 늦은 감은 있으나 그래도 담갔으니, 내년 이맘때 쯤이면 맛있는 막된장이 될 것을 기대하면서 일을 마치고, 오후 6시에는 한양대학교 정문 앞에서 향우회 임시총회에 다녀왔다. 1, 2차 술을 먹고, 귀가하고 보니 밤 11시였다.

173. 도반(道伴) 연회(年會) 단상

海印道伴二七師 僧寶松光各處來
不席十一參十六 面面老顔無齒翁

- 和政居士逢伴偈 -

해인도반
이칠사(二七師)가

승보종찰 송광사로
각처에서 왔네그려!

불참(不參) 십일(十一),
참사(參師) 십육(十六),

얼굴마다 노안(老顔)이고
이다 빠진 늙은(無齒翁)일세!

해인(海印) 강원(講院) 19기 도반(道伴)은 27명인데, 매년 이맘때면 서로 만나 안부도 묻고 정담도 나누기를 연년이 모였다고 한다. 어제 순천

송광사에 모여 정담(情談)을 나누었는데, 참석한 스님은 열여섯 분이고, 참석지 못한 분이 열한 분이었다. 불참한 도반 스님들은 몸이 건강치 못해서 못 오신 분도 계셨고, 본사 주지 직분 관계로 바빠 일정 때문에 못 오신 분들도 계셨다. 화정거사는 환속 후 38년 만에 만나게 되니, 어찌나 반갑고 즐거운지 시간 가는 줄 모르고 밤새워 정담을 나누었다. 동문 수첩을 가지고 가서 일일이 사진과 비교하여 보니 이젠 얼굴마다 노안(老顔)이고, 지팡이를 짚고 몸이 불편한 스님들도 계셨고, 몰라보게 얼굴이 달라진 도반들도 계셨다. 세월은 '참 무상(無常)도 하구나!' 하는 생각이 들었다. 이번 도반 모임을 승보사찰 송광사에서 한 것은 무상 스님께서 송광사 주지로 계셨기 때문이다. 송광사(松光寺)는 삼보(三寶) 사찰(寺刹) 중에 승보(僧寶) 종찰(宗刹)로 16국사가 나온 고찰(古刹)이고, 근래 선지식 중에는 효봉 선사, 구산 선사, 법정 선사님께서 주석하셨던 선찰(禪刹)이라 감회가 더욱 깊었다. 무상(無想) 스님께서는 승보사찰 규

송광사 도반 연회 사진

모에 걸맞은 일주문 불사를 하고 계셨는데, 불사가 완공되면 승보종찰로써 규모와 면모가 갖춰지게 될 것 같았다. 짧은 시간에 정담(情談)과 도담(道談) 나누다가 내년에 또 만나기 로하고 헤어졌으나, 참석지 못한 도반 스님들이 마음에 걸렸다. 병원에 입원하여 위독하다는 소식이다. 꼭 건강을 회복하여 내년에는 뵙기를 마음속으로 기원하면서 상경 열차에 몸을 실었다. 2015. 3. 13.

174. 설 합동 세배 단상(斷想)

설은 고래로 우리 민족이 지켜온 고유 명절입니다. 지금도 설 명절에는 조상님께 차례를 올리고, 고향 선영의 묘소를 찾아 성묘도 하고, 어른들께 세배도 올리고, 덕담도 듣습니다. 우리 부모님 세대는 농촌에 뿌리를 두고 사셨기 때문에 대대로 내려온 조상님 묘소가 고향 산천에 모셔져 있습니다. 그래서 설 명절 때나 추석에는 고향을 찾아서 민족 대이동을 합니다. 금년에도 고향을 찾는 분들이 많습니다. 우리 민족만 가지고 있는 독특한 문화이고 조상숭배 사상이기도 합니다. 70년대 들어서면서 보다 잘 살기 위해서 뿌리를 둔 고향을 떠나 타향 객지에서 성공을 기원하면 열심히 산 세대가 60, 70세의 세대입니다. 너나 할 것 없이 절대적 빈곤 속에 굶기를 밥 먹듯 한 춘궁기를 겪고 산 세대입니다. 그런데 이제는 세배를 하는 세대가 아닌 세배를 받는 쪽 세대가 되었습니다.

우리 종친 문중은 서울에서 설날 합동 세배를 합니다. 고향에 사는 종친들은 몇 집 안 되어서 고향에서 서울로 올라옵니다. 도시 생활을 하다 보니 집집마다 어른들을 찾아뵙고 세배를 하자니, 세배하러 찾아가는 손들도 시간적으로 번거롭고, 세배를 받는 어르신들도 많은 종친들이 찾아와 세배할 공간이 부족해서 그 대안으로 설날 큰 식당을 빌려서 그곳에서 함께 모여 합동 세배를 합니다. 그래서 어제 합동 세배를 앉아서 받았습니다. 1년에 한번 씩 보는 자라나는 후손들을 보면 몰라보게 훌쩍 자라나서 마음이 뿌듯합니다. 자라나는 후손들을 보면 마음이 흡족하고 뿌듯하지만, 세배를 받는 쪽으로 보면 작년에 함께 세배를 받던 어른 종친들이 작고 하셔서 뵐 수가 없는 것이 한편으로는 마음이 쓸쓸합니다. 금년 연초에는 자고나면 부고장이 날아와서 많은 분들께서 세상을 떠나셨습니다. 금년같이 인생무상(人生無常)을 통감해본 해는 없었습니다. 생자필멸(生者必滅)이 자연의 법칙이라 어쩔 수 없는 일입니

설 세배 사진

다. 오면 가는 것은 누가 막겠습니까? 인생 "참" 무상(無常)합니다. 을미년 새해 설날 느낀 단상이었습니다.

175. 이른 김장, 담기 단상

도시 옥상 텃밭에 음식물 찌꺼기를 재활용하여 친환경 순환 식 유기농법으로 김장, 무를 키우다 보니, 반은 벌레가 먹고, 반은 수확을 하여 사람이 먹는 겨울 김장 무 배추김치를 담게 됩니다. 배추는 잎이 연하고 넓기 때문에 벌레들이 엄청 많이 달라붙어서 먹어 치웁니다. 벌레들도 연한 배추 잎은 맛이 있나 봅니다. 아침마다 텃밭에 나가 보면 어떤 배추 잎은 배추 줄거리만 남기고 몽땅 먹어 버립니다. 배추벌레 모양은 까만색과 푸른색을 한 조그만 한 놈이 먹성도 아주 좋아서 먹고 싸고 먹고 싸서 까만 똥도 배추 잎줄기에 수북합니다. 벌레를 잡기 위해서 농약을 치면 되지만, 무공해 친환경 유기농법으로 텃밭 농사를 짓기로 마음을 먹었기 때문에 농약은 치지를 않고 이렇게 17년 동안 가족이 먹는 채소 먹거리를 고집스럽게 짓고 있습니다. 그래서 오늘은 조금 일찍이 김장을 담기로 하고 배추 무를 다 뽑아서 깨끗하게 씻어서 김장을 담습니다. 김장철에 맞추다보면 벌레들에게 채소 농사를 몽땅 다 주어야 하기 때문에 조금 이른 감은 들지만 오늘 이렇게 겨울 김장 무, 배추김치를 담게 됩니다. 그래도 올 금년 김장, 무는 반은 벌레들에게 보시(베풀고)하고 반은 건진 셈입니다.

콘크리트 도시 옥상도 생태 텃밭을 만들면 일석십조(一石十鳥) 생활에 이로움을 줍니다. 봄부터 여름 가을 초겨울까지 꽃이 피면 벌 나비가 날아와서 춤을 추고 채소 작물이 자나기 때문에 생태 공원이 됩니다. 각 가정마다 먹고 남은 음식물을 퇴비로 활용을 하니, 자연 환경오염을 막을 수가 있고, 텃밭 주위에 비치파라솔을 놓으면 가족들 쉴 수 있는 쉼터가 되고 매일 가족들과 함께 자라는 채소 작물을 살피다 보면 가족들이 정성적으로도 행복과 안정감을 줍니다. 텃밭을가꾸다 보면 옛 농촌 생활이 재현이 됩니다. 텃밭이지만 땅에 씨앗을 심고 잡초도 뽑다 보면, 우리가 먹는 음식 먹 거리에 대한 소중함을 체험하게 됩니다. 이렇게 유익한 점은 아주 많습니다. 채소 먹 거리를 자급자족하니, 가정경제에 도움이 되고, 근면 성실하게 되며, 매일 땅을 대하니 사람 성품이 질박하고 소박해지며, 도시 속에 살면서도 자연의 순환한 이치를 깨닫게 되고, 유익한 점을 다 쓸 수가 없을 정도입니다. 옥상 텃밭 덕분에 매일 페이스북에 올린 단상의 글들과 시詩가 책으로 몇 권의 분량이 됩니다. 오늘 이른 김장 단상이었습니다.

176. 일미칠근(一米七斤) 단상

일미칠근(一米七斤)이라는 말은 쌀 한 톨이 일곱 근이라는 말입니다. 쌀 한 톨을 만들려면 농부가 일곱 근의 피와 땀을 흘려야 한다는 말입니다. 쌀 한 톨에 들어간 농부의 노고를 상징적으로 말한 것입니다. 옛

말에 벼는 농부의 발걸음 소리를 듣고 자란다고 했습니다. 쌀 미 자(米)를 보면 위에 두 점과 밑에 두 점이 쌍 팔(八八)을 뜻합니다. 그리고 가운데는 열십(十)자를 뜻합니다. 쌀 한 톨이 만들어지려면 농부가 여든여덟 번의 손이 가야 한다는 것입니다. 우리 조상님들의 농사법은 그렇게 손이 많이 갔습니다. 그렇게 각고 끝에 얻어진 곡식이라 소중하게 여겼습니다. 그래서 일미칠근이라는 말은 절에서 큰 스님께서 법문하실 때 나온 말입니다. 요새 젊은 세대들은 그런 것을 잘 모릅니다.

당唐나라 때 이신(李紳)이라는 시인(詩人)이 이었습니다. 그 사람은 민농(憫農)이라는 詩를 썼습니다. 그 시에 보면 이렇습니다.

"논에 김을 매는데 한낮이 되니(鋤禾日當午),
벼 포기 아래로 땀방울이 떨어지는구나(汗滴禾下土).
그 누가 알아주랴! 소반 위에 쌀밥이(誰知盤中餐)
한 알, 한 알 모두가 고된 노고인 것을(粒粒皆辛苦)!"

농사 짓는 농부의 실상을 잘 표현한 시입니다. 여름 삼복더위에 논매는 모습 아닙니까? 옛날 농법은 유기 농법이라 논에 김도 네 번 다섯 번 매었습니다. 땅에서는 뜨거운 기운이 숨이 막히도록 올라옵니다. 땀은 비 오듯 합니다. 허리 펼 겨를도 없잖습니까? 얼마나 힘든 일이었습니까? 그 고된 농촌 실정을 너무나도 적 나 하게 그려 놓은 시입니다. 그러니 어찌 일미칠근(一米七斤)이라 하지 않겠습니까? 일미천근(一米千

斤)이라고 해야 합니다. 그래야 양식(糧食)의 소중함을 압니다. 예부터 식자(食者) 민지본(民之本)이라 했습니다. 백성은 밥을 하늘처럼 여긴다는 말입니다. 먹어야 살 수가 있어서 그렇습니다. 먹지 않으면 생존할 수가 없습니다. 그래서 가족 수(數)도 식구(食口)라고 하지 않습니까? 가족 수(數)를 입(口)으로 샌 것입니다. 열 식구, 다섯 식구, 먹는 것이 그렇게 중한 했습니다. 그런데 그렇게 소중하게 여겼던 음식을 너무 낭비한 것 같아 글을 올렸습니다. 우리나라 한해에 버린 음식물이 5조 원이라고 합니다.

남은 음식물 처리 비용이 4,000억이 들어간다고 합니다. 무언가 잘못되어 가고 있지 않습니까? 세계 곳곳에서는 굶어 죽어가는 사람이 너무 많은데 이렇게 음식물이 낭비되어서야 되겠습니까? 음식물 함부로 하면 그것은 죄악입니다. 절대로 그렇게 해서는 안 됩니다. 쌀 한 톨의 소중함을 알아야 합니다. 먹는 곡식의 소중함을 알아야 합니다. 우리 음식 문화를 바꿔야 합니다. 일식(一食) 삼찬(三饌) 정도로 바꾸어야 합니다. 밥 하나에 반찬 세 가지 정도로 바꾸어야 합니다. 음식은 먹을 만큼만 만들어서 먹어야 합니다. 좀 배고픈 듯하게 먹는 것이 건강에도 좋습니다. 너무 고단백·고칼로리로 섭취하다 보니 비만이 우리 사회의 문제가 되었습니다. 병원마다, 한의원마다 살 빼는 데 정신이 없습니다. 너무 많이 먹어서 그렇습니다. 적게 먹으면 건강에도 좋습니다. 적게 먹고, 남은 돈으로 못 먹고 못 사는 이웃들을 도와줍시다. 우리나라도 춘궁기 보릿고개 넘긴 지 얼마나 됩니까? 굶기를 밥 먹듯이 하지 않았습니까? 정말 배고팠던 시절이었습니다. 5, 60년대에는 서럽게 배고팠던 시절이었습니다. 절대적 빈곤 시절이라 너나 할 것 없이 너무나 배고팠지 않습니까? 그런데 지금은 너무 많이 먹어서 병입니다. 너무 많이 먹어서 탈이 납니다. 살찌는 데 돈 들어가고, 살 빼는 데 돈 낭비를 합니다. 이래도 됩니까?

환경청 통계에 의하면 우리나라 일 년에 5조 4천억을 음식물로 낭비하고 있다고 합니다. 그래서 대한불교 조계종 정토회에서 음식물 제로 운동을 하고 있습니다. 음식물 남기지 않기 운동입니다. 그곳에 가입하시면 좋은 정보를 얻을 수가 있습니다. 음식을 남기지 않으면 환경도 살리게 됩니다. 정말 좋은 운동 아닙니까? 빈 그릇 운동은 원래 스님들의 식사법입니다.

절에서는 일절 음식물을 남지 않습니다. 먹을 만큼만 음식을 합니다. 남긴 음식이 하나도 없습니다. 원래 하루 세 홉씩만 먹습니다. 얼마나 소식(小食)입니까? 밥그릇도 물로 행구어서 마십니다. 그러니 물도 오염될 일이 없습니다. 자기 밥그릇은 자기가 씻어 마십니다. 각자 수행을 하기 위해서 그렇습니다. 빈 그릇 운동은 일미칠근(一米七斤)의 정신을 담고 있는 운동이고, 하나뿐인 지구를 살리는 운동이고, 자연과 환경을 살리는 운동입니다. 빈 그릇 운동은 세계 기아 문제를 돕는 운동입니다. 보다 살기 좋은 세상을 만드는 것은 서로 돕고 사는 자비심에 있습니다. 여여 화옹도 옥상 생태텃밭 가꾸기로 음식물 제로 운동을 실천하고 있습니다. 도시 옥상을 생태적 친환경 순환식 유기농법으로 텃밭에 채소를 가꾸어 먹고 삽니다. 음식물을 남기지 않기 위해서입니다. 자연환경이 오염되어서 생태계가 파괴되면 인간도 생존할 수가 없습니다. 그러니 우리 모두 하나뿐인 지구 환경 살리는 데 동참합시다.

절에서 스님들은 공양할 때마다 오관게(五觀偈)를 염(念)합니다.

이 음식은 어디서 왔는가?(計功多小 量彼來處)

내 덕행으로는 그냥 받기가 부끄럽네!(忖己德行 全缺應供)

마음의 온갖 욕심을 버리고(防心離過 貪等爲宗)

몸을 지탱하는 약으로 알아(正思良藥 爲療形枯)

도업을 이루고자 이 공양 받습니다.(爲成道業 應受此食)

스님들이 공양을 마친 빈 발우

177. 벌의 생태적 가치 단상

요즘 언론 매체에서 특종 뉴스로 등장하는 것이 벌의 개체 수가 감소하고 있다는 것이 세계 통계이다. 과수원에서는 과일나무에 꽃이 피어도 벌들이 날아오지 않아서 인력을 동원하여 사람이 붓으로 꽃마다 화분 매개 작업을 해야 한다고 하니, 과수 농가의 고충이 이만저만이 아니다. 벌이 사라지므로 생태계 환경에 끼치는 영향이 심각한 것을 알 수가 있다. 2006년도 미국 펜실베이니아의 한 양봉업자는 플로리다에서 꿀벌이 월동을 하는데, 벌통에 여왕벌만 남고 텅텅 비어있는 것을 발견하여 최초로 군체붕괴(群體崩壞) 이상 증후군이 발견되어서 미국 전역에 보고가 되었고, 캐나다 유럽, 중남미, 아시아에서도 벌들의 군체붕괴 현상이 전 세계적으로 확산하고 있다는 추세이다. 벌은 여왕벌을 중심으로 사는 사회성 곤충이다. 그런 벌들이 왜 이렇게 개체 수가 감소되고 멸종되는지는 아직 뚜렷한 연구 보고가 나오지는 않았다. 농약 살충제 살포 때문이라는 설과 유전자 조작 식품설과 자연적 생태 환경 감소에서 온다는 설 등 다양하다. 서울 도시 중심의 옥상 생태 텃밭에는 봄부터 꽃이 피면 벌과 나비들이 어떻게 알고 찾아오는지 신기할 정도이다. 먼동이 트는 새벽부터 밤 늦게까지 벌과 나비들이 꿀을 따간다고 야단입니다. 부지런한 벌은 비 오는 날에도 열심히 날아와서 꿀을 따서 날아가는 것을 봅니다. 벌들이 찾아와 주니 곡식이나 채소가 결실을 보게 됩니다. 벌이 사라지면 인간도 살아갈 수가 없는 세상이 된다는 것이 연기법칙(緣起法則)입니다. 연기법은 이것이 있음으로 저것이 있고, 이것이 사라지면 저것도 사라진다는 우주 법칙이 연기 논리입니다.

몇 년 전, 옥상 텃밭에　양봉하는 지인이 벌통을 하나 갔다 놓았는데, 늦가을 벌통을 열고 보니, 꿀이 꽉 차 있었다. 도시에서 양봉사업이 된다는 증거입니다. 도시 숲은 농약 살충제의 오염이 덜 되었다는 증거입니다. 작은 곤충인 벌이 생태계에 주는 생태적 가치는 돈으로 환산을 못 할 정도라는 것이 통계입니다. 세계 곳곳 농촌 온 들녘에 다수확을 목표로 편리한 농업 정책으로 그 독한 농약 살충제를 마구 살포하다 보면 벌뿐 아니라 자연 생태계 미생물까지 다 죽게 되어서 자연환경이 파괴되다 보니, 그에 따른 자연적 인과응보의 법칙이 오늘날 벌들의 군체 붕괴 현상이 오지 않았나 생각이 듭니다. 일벌들은 병이 걸리면 다른 벌들에게 전염되지 않도록 혼자 집단을 떠나 생을 마친다고 합니다. 그래서 벌통에 여왕벌만 남는다는 증거입니다. 나무하나 풀 한 포기도 자연 생태계의 소중한 생명체입니다. 사람이 파괴하지 않으면 자연은 자연 그대로 생존합니다. 벌들이 멸종된다는 뉴스를 보고 느낀 단상이었습니다. 하나뿐인 지구 자연을 사랑합시다.

옥상 텃밭 가을 국화꽃과 벌 사진

농작물 씨앗 품명별 파종시기

씨앗(품명)	파종시기	파종 방법	비 고
결명자	3월 중순	노천매장, 포트,	일부 포트, 일부 직파(4월 중순)
옥수수	3-6월초	직파, 30cm 간격	1달 간격으로 5회 정도 파종(밭 둘레)
오 이	3월 말	포트, 15cm 간격	5월초 2차 파종, 넝쿨 올라가는 시설 필요
열 무	3월 말	직파, 줄뿌림	가을까지 수시 파종
근 대	3월 말	직파, 줄뿌림	5월 초 2차 파종
케 일	3월 말	직파, 줄뿌림	포토가능
당 근	3월 말	직파, 줄뿌림	가을당근 : 7월말~8월초
쑥 갓	3월 말	직파, 줄뿌림	5월 초 2차 파종
아 욱	3월 말	직파, 줄뿌림	5월 초 2차 파종
감 자	3말-4초	직파, 25cm 간격	
상 추	3월, 수시	직파, 흩어뿌림	1달 간격으로 여름까지 가을상추8월 말-9월초
부 추	3-4월	"	
완두콩	3말-4초	직파, 20cm 간격	2~3알씩
시금치	4월초	"	가을 시금치 8월중순-10월초
호 박	4월 중순	직파, 50	넝쿨 올라가는 시설 필요
치거리	"	직파, 흩어뿌림	
가 지	4월초	직파 또는 모종	모종 4월중~5월초
마	4월 중순	직파, 10cm 간격	넝쿨 올라가는 시설 필요
더 덕	4월 중순	직파, 줄뿌림	"
박	4월 중순	직파, 50cm 간격	"
목 화	4월 중순	직파, 줄뿌림	
토 란	4월 중순	직파, 30cm 간격	
달 래	4월 중순	직파, 줄뿌림	밭 언덕
지 치	4월 중순	직파, 줄뿌림	
황 기	4월 중순	직파, 줄뿌림	
땅 콩	4월 중순	직파, 20cm 간격	
도라지	4월 중순	직파, 줄뿌림	가는 모래와 섞어서 뿌림
하수오	4월 중순	직파, 줄뿌림	넝쿨 올라가는 시설 필요

농작물 씨앗 품명별 파종시기